老厦门

鼓浪闻音

景 灏 ◎ 编

泰山出版社 · 济南 ·

图书在版编目（CIP）数据

鼓浪闻音：老厦门 / 景灏编 . -- 济南 : 泰山出版
社 , 2024.8
（老城趣闻系列丛书）
ISBN 978-7-5519-0754-5

Ⅰ . ①鼓… Ⅱ . ①景… Ⅲ . ①散文集－中国－当代
Ⅳ . ① I267

中国版本图书馆 CIP 数据核字（2022）第 258262 号

GULANG WENYIN：LAO XIAMEN
鼓浪闻音：老厦门

编　者 景　灏
责任编辑 徐甲第
特约编辑 史俊南
装帧设计 蔡海东

出版发行 泰山出版社
　　　　　社　　址　济南市泺源大街 2 号　邮编　250014
　　　　　电　话　综 合 部（0531）82023579　82022566
　　　　　　　　　市场营销部（0531）82025510　82020455
　　　　　网　址　www.tscbs.com
　　　　　电子信箱　tscbs@sohu.com
印　　刷 山东华立印务有限公司
成品尺寸 160 毫米 × 235 毫米　16 开
印　　张 18
字　　数 230 千字
版　　次 2024 年 8 月第 1 版
印　　次 2024 年 8 月第 1 次印刷
标准书号 ISBN 978-7-5519-0754-5
定　　价 60.00 元

目　录

附：诗歌咏厦门

鼓浪屿

叶鼎洛

　　昨晚又失眠，要是没有这南国的美丽的日子，实在没有离开床铺的勇气。起来的时候固然已经九点多钟，总算比平日早多了。可是思路的混乱，后脑的疼痛，诚使我痛惜这温和的晴日又将断送神经衰弱的恶病之中。在丧父之后刚由家乡赶到厦门来的林革尘君，问我"要不要到鼓浪屿去？"这个在南海角上负有盛名的鼓浪屿，我到此地来了近二十天还没有去拜访过它，所以林君的这句话颇使我提了一提精神，我高兴地答应说"去"。

从厦门岛眺望鼓浪屿

说到鼓浪屿，十几年前在小学校里上地理课的时候，我已经和它相识了。从上海动身之时，有曾经到过厦门的朋友也特意将它介绍给我的。既然称做鼓浪屿，它这地方当然不消说位置于海水中央，而且必须用船摆渡过去，所以我们穿过几条龌龊的街道，去到一个摆渡口（可笑我到今天还不知道这渡口的名字）。能够起早身的人诚然是有福气的，天天不到十二点钟不起身的我，一年到头恐怕看不满一个礼拜的朝景（曾经有一位女太太责备我的睡早觉，她说我晚上睡不着的缘故实在因为不起早，然而你们这些健康的太太们，哪里知道我这精神上有病的男子的苦痛呢，我是非常之羡慕起早身的人的，不过我终于不能起早罢了）。虽然那时候已经是午前的光景，但朝雾像还流连在海水上面，太阳照遍了各个山头，晴爽的空气由鼻管中通入我的肺腑，正像有一种酸素杀尽了我躯体中无数颓唐的毒菌。

那码头不像别处一样用石头做成，却是一排木板直向海水中伸出。无数涂以彩油的划子似乎是我幼时的玩具，攒聚在码头旁边，趁着水势互相倾轧。每只划子上的船夫打扮得适如人的样子，正在用大声招揽生意。当我们抬着眼睛笔直走去，有如不须船只而可以凌波过海的时候，便有一条酱色的胳膊拦住了去路，我们就上了他的船。

说起坐摆渡船的事情，从小到如今我总算坐过七处的摆渡船了。第一次是我和妈妈在乡下收租的时候，为的要去探望姑母的病，在一处叫做董家渡的地方坐了摆渡船。那是一片宽阔的湖水包围在丛杂的芦苇之中，方头的摆渡船恰像一具没有盖头的棺材。可是在水上行去却好生平稳。当时我坐在上面，望见那几条港汊，就想起了水浒传中梁山泊的芦花荡。第二次坐摆渡船是在长沙南门外的曹家渡。因为那时常常请了假过湘江去游岳麓山，也有几次和赵景深等一班酸味相投的朋友买了一些五茄皮和臭牛肉，把那月明之夜在碧琉璃似的湘江的水面上度过去的。第三次是从岳州坐船到洞庭湖中的君山上去看潇湘妃子的墓，在那似乎隔绝尘俗的地方，曾经看见了千竿瘦竹的影子横卧在夕阳光中的景象，也饿了一天肚皮。第四次是被湖南的学生驱逐出境时，和田汉、刘大杰一起从汉口坐船到武昌的黄鹤楼去，适逢秋雨大降，醉后的我曾在黄鹤楼的山脚下跌了一跤。第五次，是在吉林城外的松花江上，那里是出木材的地方，渡船用整段的木头挖空了心做成，真像八仙过海时做的独木舟。晚上的松花江实在能够引起一些游子的思乡之情，在凄凉的黄昏的江面上我听到悲凉的胡笳声，正当感伤的时候，所以我暗中也流过一些眼泪。其时同坐的有北国诗人沈梦九，还有老同学陆毅、许绍衡二君，现在想起来真是前尘如梦了。至于第六次，是误乘野鸡轮船，在黄浦江中被渡船上的人大敲竹杠，宛如及时雨宋公明碰着了船火儿张横，有欲喊"皇天救命则个"之势。

这次总算是第七次了。划子把我们载到海的那边去，虽然的确是过海，可是十几分钟之后便荡到了对面的码头，此海之宽阔也是可想而知的。福建印书馆的经理陈涤虑曾以庄重的态度对我说过，这鼓浪屿是从南洋发了财回来的资本家的巢窟。因为想免去贼盗的打搅，才把他们的府第安放在四面不着边际的岛上，所以远远地望去时，便看得出这一座大自然的点缀品，已经给聪明的人类加以许多雕凿的工夫了。从前我们家里厅堂上有一盆摆饰，是把许多瓦烧的楼台亭阁放在一块假山上面，又种了一些虎耳草、扁柏、罗汉松之类，我眼望着这有红房子绿树林的鼓浪屿，也正是那种神气，如其我敢说那上面的人类和烧瓦的人形无异，那么这包围在四面的透明的空气，也正是一个玻璃的罩匣了。

住有钱人的地方究属有点两样，这里的码头既然已经用了长条的麻石做成，而且麻石也没有一点破碎。更有像在我的面前跳出黑漆也似一团东西来的，当我的左脚踏上码头时，只见一个黑色的女子迎面而立，其势也像是正要乘船。这位女士全身穿黑，帽子的原料似乎也是黑蚕吐出来的丝。身上所有的东西都是黑色，色虽然黑而能放出宝光，物品的高贵也可以想见。仅是半个面孔露出在帽沿底下，而鼻梁上好像还有墨晶眼镜，底下的黑丝袜和黑漆皮鞋是不用提了。她的面貌究属美丽与否虽然不得而知，但墨晶眼镜的后面想来决不至于是瞎眼，所以我是把她当做美人来看的。到厦门来了二十天，还没有在街上看见一个美人，我本来暗暗奇怪这尚可以算做山明水秀的地方何以缺少好看的女子，疑心怕是咸质的海风吹黑了她们的皮肤，看见这黑色的美人，我这空虚的心里总算被泼上一点墨了。小时候看了许多弹词，那里边的美女仿佛都是官家的小姐，并且一般人也总以为深闺中才有美女，只要那人家有钱有势，即便秃头也一定像天仙化人，所以平常人家的好看女子也只能成为小家碧玉，而金屋才可以藏娇，那么全厦门没有一个粉面含羞的女子，而鼓浪屿的码头上却独有一位染了皂的尤物，其道理大概也是显而易见的。

上了码头，向街道上走去。街道之清洁亦非厦门之龌龊可比，即两旁的店铺也收拾得十分齐整，多半还带了一些日本风味，在那平铺的水门汀上面走着，最初的瞬间我觉得正像今年春间在大连街道上

年轻的福建女子

走着的一般。迎面看见一座广告牌子，在那前面有一群人看山东人变戏法似的围着看，原来一个学生正在以义愤的神气露出在众人头上演讲。这些有志之士一定又是为了国家大事在唤醒许多愚夫愚妇的灵魂。林君于是告诉我说今天又是一个可以纪念的日子，然则当这应该砍了指头去写血书的时候，我们反把这里当做太平世界来及时行乐，岂不是不应该到可以悔过游街的事情吗？我的心里不禁有了点麻木的惭愧，但是另外一条街道，却已经横在我们的旁边。

这条街道转弯过去渐次向上进展，与道路平行而同时进展的是美丽的围墙，围墙中不时伸出荫郁的大树，更杂有红色的鲜花。怕也是什么重要的地方吧？竟有两位戴红色高帽子的土耳其人在那里走着巡逻的步武，手中却还孥着雪亮的短枪，其威势并不亚于要塞重地。可是并不妨害我们的前进。道旁忽有石级，爬上石级看时却是一座庙。庙的结构也和许多的庙一样，不过盖造得有点富贵气罢了。走出庙的侧门，只见刻着"天下第一洞"的一块巨石耸在面前，高有数丈，光滑不生寸草，好像是用机器把它抬到这里来的。所谓"天下第一洞"就在这一块石头的底下，而洞的形状则实在不像洞，然而石上还分明刻着"古避暑地"几个字。里面有一副石枱石凳，古时避暑的人大概是整个夏天坐在这里吃茶的。在此洞中走不上数武，又早走到光天旭日之下。蓝色的大海就横在面前，也可以说在脚底下，复行数武，见旁边有曲径似乎可以通幽。曲径仍然是石级，而石级上又涂着水门汀。由此更上一层，四面的巨石比那刻有"天下第一洞"的巨石更为光滑，看来已经被万年的风雨，以及万人的脚底磨光了。绕过这光滑的巨石，见一座铁桥架在两面石壁之间。铁桥的组织犹如小学校里的豆学细工，踏脚的凳子是漏空的铁条，胆小的人爬上去一定像爬上秋千架。可是我们并不胆小，步步高升地爬上去，终而至于爬到石巅。巅的面积仅如桌面大，矮矮的石凳围在铁栏的中间。石凳可以坐人，铁栏大概是恐防人们坠落下去的。我们就放心地在此小坐，厦门的形势，鼓浪屿的景色，已经像地图似的扁平地平铺在底下了。我于是看见许多有钱人的洋房。那洋房他们一定都造得十分坚壮，但从高处看来却有点近乎蜂房。想起来，人类的营居也何尝异于蜜蜂的生活，不也是雌的在家里生男育女，雄的出去采了花回来酿蜜吗？然蜂蜜尚有点甜味，有时还可以入药，人类的蜜呢？说到这里，恐怕又要使多感的诗人伤心了！

鼓浪屿景色（一）

鼓浪屿景色（二）

在此山巅坐了一时，温热的日光使我的精神慵懒，大有不愿下山，即饿死也宁可在此过了一世之势。然而林君做着手势叫我下去。于是复由铁桥的漏空的铁条上爬下，乃看见左边有城垛似的墙头，其白色，很像城隍庙里的酆都城，只少目莲的母亲立在城垛上。我说："像城呢！"林君极力分辩说"不是"，于是穿过一个普通形状之门。只见这种墙头还有许多蜿蜒地向远处展出，并出没于层层山石之间，这倒又似乎是小小的万里长城。想起了长城，我忽然想抽一支香烟，又忽然想唱一出"南阳关"。可是林君已用独断的神气先自走往下面去了。我跟着他重新拾级而下，乃忽逢平坦之地，其间植有苗条的树木，复有纸扎起来似的亭子，仿佛是画在月份牌上的神奇。旁边山石上复刻着许多笔力劲道的字，底下题的名字都是想流芳百世的。行至此，被许多人嫉妒的资本家的房舍乃一一呈现于目前，而不知人间有甘苦之分的顽石仍蹲峙于我们背后。这时我恍惚感到此地我曾经来过，想了一想，乃知道这地方大概就是那白眼诗人在此地唱了"海角诗人"电影戏的。

时已行于平阳大道之上，大道用水门汀做成，这一定不至于损坏了资本家的鞋底，大势看来很可以通汽车，但是连黄包车也没有。许多枝干上生着胡须的大树立在道旁了。有钱人的房舍齐齐地排列两边，其结构虽各有不同，然大致都是中国化的西式房子，所以每每别墅式建筑的洋门上雕出"富贵寿考"等吉利文字，而露台上又挂着西瓜似的大门灯。听说南洋的华侨平时都穿西装，每年到了元旦却总峨冠博带地穿起中国衣服，除了放爆竹之外，还要不绝地唱肥喏，我中华民国的伟大国民性，于此可见一斑了。

复少顷，由那光滑的大道转弯之时，我们便已到了海滨。海滨的景色自然另有一种神奇，但其神奇也和许多海边的神奇相通，那些陕西或者新疆人活着以一生没有看见过海景为憾，但我对于这些却不能发生兴味，勉强要把它写出来，也仍然不免要落一般小说家之俗套，那就是所谓"蔚蓝的海水躺在天盖底下，层层的波浪拍着沙滩"等等乏味的句子而已。然而海景虽然这样平常，岸上一棵大树底下却有一位警察在吃着甘蔗。这里警察的服装似乎比我们中国什么地方的都好，裤管既没有扎起来，上身束着皮带的衣服也不像马褂一样，并且擦得雪亮的快枪夹在手臂缝里，正是韦驮菩萨捧着降魔杵的姿势。我看见了这位吃甘蔗的警察，才深深地感觉到做亡国奴到底还不如做"次殖民地"的人民舒服，而唯其因为在这"次殖民地"的国家中当警察，才有资格来吃甘蔗，那些立在上海日升楼前的红头阿三是连嗑瓜子的福分也没有的。

仅仅走了这么些的地方，仿佛已经走了半个鼓浪屿。早上没有吃早饭，再加爬了一会儿石级和铁桥，我的额角上已经淌出饿的虚汗来了。最要紧的是想解一解渴。所以我们在一副小担子上各吃了一串仙茶果之后，终之又在水果摊上吃了一瓶莎水。水果摊的对面是民生日报馆。我的意思想赶紧回到厦门去吃饭，但林君却要到报馆里去找朋友，或者也会留饭吧？此便是我愿意跟林君进去的意思。

我来厦门后，看见所有的报馆都在杂货店的隔壁，一开间的门面，里面堆着纸条木屑，又仿佛正是南货店。所出的报纸自然都不大，即使用来包皮鞋恐怕还要另外用线扎。这固然不是报馆里节省经费，大原因也就在厦门的地方小，但这鼓浪屿的民生日报馆的门面却似乎大了一些了。祠堂似的厅上正有些人在办公，而编辑室的宿舍却在楼上。当我恭敬地走到楼上时，便看见四个照相挂在墙壁上。三位有胡子的是托尔斯泰、克鲁泡特金和达尔文。还有一位年纪颇轻，戴着皮帽子，穿着中国人的马褂似的衣服的是卢梭。还有一位却很有点面目生疏。

　　在编辑先生的房中坐了半天，便又在楼梯旁边的饭堂中吃了饭，于是便到了重新去坐摆渡船的时候。

　　时已午后两点钟，我们的渡船靠近厦门的木板码头时，艳丽的骄阳正射在沿海一带的房子上，其后是蓝色的长天，后亘以青色的远山。岸上人语嗡嗡，令人生慵懒的感觉。南国的风光纵是这样佳丽，而于我这有病之人亦无所裨益！当这十一月底的时节，北方固然应该下雪，即上海亦必奇冷不堪，而这南海之滨的天气却如暮春一样。我深羡此地人的生活的幸福，同时也才知道我国疆域之绵广。然而也正因为生活的幸福和疆域绵广之故，我们才有了近日的时势吧？个人的寿命虽短，而人类的运命方长，欲知后事如何，端赖各人努力！我希望每个人都不要和我这个白痴似的病夫一样，而我自己也愿意和各方面发生一点儿爱的感情，再不要写出这种心如死灰，有气无力的东西来！十七年的"十二月九日"呀！我在此与你告别！

厦门印象记

鲁 彦

一 不准靠岸

　　船到厦门是在太阳下山的时候。潮水颇不小。太古公司有一个码头伸出在岸外。我在船上望见了码头上竖着一个吊桥。我们的轮船正停泊在码头外一丈多远的地方，这空隙似乎正是预备用吊桥来连接的。然而船已停了，却不看见码头上有什么人，也没有人预备把吊桥放下来。从岸上来接客的人都在码头旁边下了小划子到了我们的船边，我们船上的客人也都纷纷坐着划子上了岸。

　　"一定是那吊桥坏了，"我想，"不然，从吊桥上走过去多么方便呵！"

　　于是我也就随着接客的坐了一只小船上了岸，到一家码头边的旅馆里去住。在那里休息了一会儿，吃了一点东西，我又从旅馆里走了出来，想去望一望厦门的街市。

　　走出旅馆门口，我忽然看见太古码头上的人拥挤得很厉害，吊桥已经放下了，行李和货件纷纷由船上担了下来。原来吊桥并没有坏。

　　但是为什么不在船到的时候放下来呢？我猜想不出来。我很想问问这原因，可是没有一个熟人，又听不懂厦门话。

第二天，我跟着行李的担子到了往集美去的汽船码头。那只汽船很小，和划子一样大——甚至可以说比划子还小。这时的潮水也很大，但汽船却没有停靠到岸边来，它只是停在离岸一二丈远的地方。我想不出这原因，只得跟着大家下了一只划子，渡到汽船边去。

在汽船上，我注意地望着海港，看见大小的轮船非常的多，但都停泊在海港的中间，或离岸不远的地方。只有太古公司是特别的。

"听说厦门是一个有名的都市，厦门人有钱的很多，为什么不造码头呢？"我想，心里觉得很奇怪。"由轮船上下都须坐划子，不是很不便利吗？"

我觉得厦门人仿佛是不大聪明的，在这一件事情上。

但是过了几天，我的这种感觉却被我的朋友推翻了，我开始相信厦门人的智慧和力量来。

原来厦门有三大姓，人最多势力也最大。那三姓是姓陈的，姓吴的和姓纪的。纪姓人世代靠弄划子过日子。自从有了轮船汽船，他们的生活受了很大的影响。他们不甘心，因此集合起来，不许轮船公司造码头，不许轮船靠岸。太古公司虽然是外国人办的，而且单独地造好了码头，他们也不怕。据说这中间曾经起了许多纠纷，但最后还是穷人们得了胜利，只许码头上的吊桥在轮船停泊二小时后才放下来。

"不准靠岸！"每个弄划子的人都对轮船有着这样的念头。

二　中国首富的区域

到了厦门不久，我忽然听到一个意外的消息，说是我的一个老朋友住在鼓浪屿。于是我急忙坐船到那里去。

鼓浪屿真是一个奇异的岛屿。它很小，费了一个钟头，就可在它的周围绕上一个圈子。这里有很光滑的清洁的幽静的马路，但马路上没有任何种类的车子。这里的房子几乎全是高大的美丽的洋房。

"你看这一间屋子，一定以为是很穷的人住着的吧？"我的朋友忽然指着一间小小的破屋，对我说。"如果你这样想，你就错了。这一类房子里的主人常常是有几万、几十万财产的。"

"照你说来，这一个岛屿里全是富人了！"我说。

"自然。穷人是数得清的。以面积或人口做单位，这里是全中国的首富呢！"

"有钱的人全集中在这里，可有什么原因吗？"

"因为这里太平。除了这里，全省的土匪几乎如毛的多。"

"你未免笑话了！"我说。"既然土匪那么多，只要混进来一二十个，不就不大太平了吗？"

我的朋友听了我的话，忽然沉默了。我留心观察他的面色，他的眼睑红了。我也就沉默下来，不再提起这事情。我想，大约是我的语气使他感觉到不快乐了。

过了一会儿，我们一道走上了日光岩。这里是鼓浪屿最高的山顶。厦门的都市和其他的岛屿全进了我们的眼睑。

"你看见这边和那边是些什么船吗？"我的朋友指着鼓浪屿的周围的海面，问我说。

我依他所指的方向看去，这里那里停泊着军舰，有的打着日本的旗帜，有的打着英美的旗帜。

我恍然悟到了我的朋友刚才不快活的原因了。我记起了鼓浪屿原来是租给了外国人的。

日光岩

"你看见这辉煌的铜牌吗？"我的朋友这样说，当我们走过几家华丽的洋房门前的时候。

我给他提醒了。这样的铜牌我已经瞥见了许许多多，以为一定是什么营业的招牌或者住宅的姓名，所以以前并没注意地去看那上面的字。

"大日本籍民……葡萄牙籍民……日斯巴尼籍民……"我一路走着，一路读着，我觉得我是在中国以外的地球上。

三　球大王

我初到厦门是住在一个学校里。这样可爱的学生，我从来不曾遇到过。他们的身材都很高大结实，皮肤发着棕色的光，筋肉紧绽，一看见他们，便使我联想到什么报上所登的大力士的相片。

皮球是他们的生命，每天早晨，天还没有亮，我已在床上听见操场上的球声了。这声音一直继续到吃早饭，上课。他们永不会感到疲乏，连课间休息也几乎变成了运动的时间。每一班都有球队，常常这一班和那一班比赛，这一个学校和那一个学校比赛。有几次我看见运动员跌得很厉害，膝盖上流着血，禁不住自己的心怦怦跳动起来，却想不到他包扎好了，又立刻进了球场，仿佛并没有什么痛苦似的。

在我们江浙人的眼光里，我敢说他们每一个人都是球大王。

除了很好的体格外，他们还有很好的德性。他们有诚挚的态度、坦白的胸怀、慷慨的心肠——而服从，尤其是他们的特点。他们从来不会叫一个教员下不得台，或者可以说，他们不大会感觉到教员的缺点。

"怎么这里的学生这样好呢？"我常常想不出这原因来。

有一天，我忽然得到了一个有名的小学校的章程，里面载着详细的规则，有一条是：骂人的学生，罚口含石头半点钟。还有几种的犯规是坐监狱。

这时我才明白了。

四　害人的苍蝇

但是过了不久，我忽然看到另一面了。

厦门有一个学校里的学生，把一个教员围在几十个人的中心，用木棍打破了跟睛，伤了腰背。

另一个学校的校长被学生用手枪击伤了两处。

第三个学校的学生分成了两派，带着手枪和手榴弹抢夺着学校。

我在别处也常常看到过学校里闹风潮的事，但总是离不开罢课，发宣言，贴标语，请愿，这些无用的方法，大不了，伸着拳背着木棍。用手枪和手榴弹是不曾听见过的。

"这是这边司空见惯了的，"我的明友告诉我说。"你该听见过械斗这个名词吧？从前在臧致平统治下，厦门的陈、吴、纪三大姓曾经和台湾人械斗了一年多呢。——你听见过一个苍蝇的故事吗？从前有……"我的朋友开始讲述那个故事了。

"从前有两个异县的孩子在路上走着，遇见了一个苍蝇。它飞到了第一个孩子的鼻子上休息着，给这孩子知道了，他拍的一拳向自己的鼻子上打了去，不料没有打着苍蝇，却打痛了自己的鼻子。这苍蝇给他一赶，便飞到第二个孩子的鼻子上了。第二个孩子也是用力地啪的一拳，向着自己的鼻子上打了去，但也没有打着苍蝇，一样地打痛了自己的鼻子。于是他大怒了，和第一个孩子争了起来。

"'——你不赶它，它不会飞到我的鼻子上来！'

"第一个孩子本来打痛了自己的鼻子，心里很不快活，给第二个孩子这么一说，也立刻大怒了。没有几句话，两个人便打成了一团。

"这时第一个孩子的母亲来了。她扯开了他们，问他们厮打的原因。

"'你这孩子这么不讲理！苍蝇飞来飞去干他什么事！'——第一个孩子的母亲说。啪的一拳，打在第二个孩子的脸上。

"于是这给第二个孩子的母亲知道了。她赶到第一个孩子的母亲面前，说：

"'……你这女人这样不讲理！孩子打来打去干大人什么事！'第二个孩子的母亲这么说着，也是啪的一拳，打在第一个孩子的母亲的脸上。

"于是这一村里的人跑出来了，他们不肯干休。那一村里的人也不肯干休。最后两村的人都自己集合起来，做成了对垒，互相残杀攻击，死了许多人，结下死仇——"

我的朋友的话到这里终止了。他使我否认了"口含石头半点钟"的罚规的效力。

五　可怕的老鼠

四月的中旬，离开我到厦门才一月，忽然发生了一件极其可怕的现象。这现象不仅笼罩了厦门、鼓浪屿、集美，连闽南各县也在内了。

在这事情发生的前几天，我在报纸上读到了一条新闻，标题是"某街发现死鼠"，底下一连打着三个惊叹记号。

我很奇怪，死了一只老鼠，也有在报纸上登载的价值。细看这条新闻的内容也极平淡无奇，只报告这只死鼠发现在某处罢了。

站在我背后看报的两个学生在用本地话大声地说着，我听出两个惊骇的字眼"啊唷！"底下就听不懂了。

我转过头去，看见他们的眼光正注视在报上的那条新闻上。

"难道这和苍蝇一样地含着重要的意义吗？"我想，于是我问了。

"黑死症！可怕的黑死症又来了！"他们说。

"黑死症是一种什么样的病呢？我没有听见过。"

"一种瘟疫！又叫做鼠疫！"

于是他们开始讲了起来。

原来这是闽南最可怕的一种瘟疫。每年春夏之间，不可避免地必须死去许多人。它的微菌生长在鼠的身上，传染人身非常迅速。被它侵入的人立刻发高度的热，过不了一星期就死了。死了以后常常在颈间、手指间，或脚趾间，以及胁下胯下发出结核来。以前死人的多常常来不及做棺材，一家十余口的常常死得一个也不留。近来外国人发明了防疫针以后，虽然死的人减少了一些，但许多人还是听天由命地不愿意注射，而且直到微菌侵入，防疫针就没有效力，此外也就没有什么药可救了。

一星期以后，空气果然一天比一天紧张起来，报纸上天天登着某处死了多少人，某处死了多少人。我的耳内也时常听见死人的消息。这时防疫运动开始了，大扫除，注射，闹得非常纷乱。我们学校里死了几个人，附近的街上死得还要多。但是一般民众只相信神的力，这里那里把菩萨抬了出来。

我的一个朋友寄寓的一家本地人，甚至还把死在外面的人抬到屋内来供祭，入殓了以后，在厅里放上半月。

我虽然打了药水针，但完全给这恐怖的空气吓住了。偶然走到街上去，就看见了抬着的棺材，听到了哭声。

天灾人祸，未来在哪里呢？

六　人口兴旺

然而未来究竟是有的。天灾人祸虽然接连着，人口可并不曾有减少的现象。他们只要留着一个人和财产一起，人口就会立刻兴旺的。

似乎就因为死的人太多的缘故吧，本地女子的地位因之抬高了。本地男子要讨一个妻子，总须花上很多的聘金。

我的老朋友所在的一家报馆里，有一个担水工人曾经出了七百元聘金讨了一个妻子。他的另外的一个朋友是曾经出了三千元聘金的。

这样一来，人口似乎应该愈加少了？然而并不如此。他们有很聪明的办法的。

有一次，我的老朋友忽然带了一个六岁的小孩来，说是宁波人，要我和他用宁波话谈谈。我很奇怪，我的朋友居然会在这里寻到别的宁波人，而且把他的孩子也带来了。

那孩子穿着不很整洁的衣服，面色很难看，像是一个穷人的儿子。我想，一定是我的朋友发现了一个流落在这里的宁波人，想借同乡的观念，来要我援助了。

于是我便说着宁波话，请他走近来。

但是他没有动，露着怯弱的眼光。

"你是哪里人呢？"我仍用宁波话问他。

"呒载！"他说的是厦门话，意思是不晓得。

"怎么？是厦门人吧？"我问我的朋友说。

"是宁波人，他有点怕生哩！"

"你姓什么呢，小朋友？"我又问了。

"呒载！"他摇着头说。

"几岁呢？说吧，不要怕呵！"

"呒载！"又是一样的回答。

"用上海话问问看吧！也许是在上海生长的。"我的朋友说。

于是我又照着办了。但他的回答依然是这两个字。

"到底是哪里人呢？"我问我的朋友说。

"老实说，不清楚，只晓得是宁波那边人。"

"你从哪里带来的呢？"

"一个朋友家里。他是从人贩子那里买来的。"

"不犯法吗？"

"在这里官厅是不禁止的。花了一二百元钱，就可买到一个。本地人几乎每家都要买一两个的。"

我给他说得吃惊了。这样的事情，我从来没有听见过。

"这孩子到这里快半年了，"我的朋友继续着说。"他从来不说话，偶尔说了几句，也没有人听得懂。他只知道说'吭载'，无论他懂得或不懂得。仿佛白痴似的，据说他到这里的头一天，脱下衣服来，一身都是青肿。显然人贩子把他打得很厉害。他只会说'吭载'，大约就是受了人贩子的极大的威迫的缘故了。这里是一个人口贩卖的倾销市场，也就是人口贩运的总机关。来源是上海，上海的每一只轮船到这里，没有一次没有贩卖人口。……"

我给这些话呆住了。

七 罗马字拼音

厦门话真不易懂，跑到那里好象到了外国一样。就连用字，也有许多是我们一时不容易了解的。学校的布告常常写着拜六拜五，省去了一个"礼"字。街名常常连着一个"仔"字。从某处到某处的路由牌，写着"直透"某处。

有一次，我看见街上有一个工厂，外面写着很大的招牌，叫做某某雪文厂。我不懂得"雪文"是什么，跑到门口去一看，原来里面造的是肥皂，才记起了英文的 soap，世界语的 sapo，法文的 savon，而厦门人把肥皂是叫做 sapon 的。

我的老朋友告诉我，厦门话古音很多。如声方面，轻唇归重唇的例如房读若旁；舌上归舌头的，彻读若铁；娘日归泥，娘读若良，人读兰。韵方面：有闭口韵，如三读 sam，今读 kim，入声带阻，如一读 it，十读 tsap，沃读 ok。

然而，我的那位老朋友虽然平日在文字学和音韵学方而有特殊的修养，在厦门已经住上三四年了，他还是不大会说厦门话。

同时，厦门人学普通话，也仿佛和我们学厦门话一样的困难。虽然小学校里就教国语，到了高中甚至大学的学生还不大会说普通话。他们写起文章来常常会把"渐"写作"暂"，把"暂"写作"渐"，而"有"字尤其容易弄错。

但是有一天我却看到了一种特别的异象。我看见许多男女老幼从一家教堂出来，各人都挟了一二本书。这自然是"圣经"之类的书了。

"他们都受过很好的教育，都认得字吗？"我实在不相信；他们中间明明是有许多太年轻的人或工人似的模样的。

一次，我在一家商店里买东西，瞥见了柜台上一张明信片。那上面全是横行的罗马字，看过去不是英文、法文、德文、俄文。

"怎么，你懂得罗马字拼音吗？"

"是的。我们这里不会写中国字的，就学这个。"

"谁教你们的呢？"

"在教会里学的。"

"不是北平几个弄注音字母的那几个人发明的吗？"

"我们不知道。我们这里已经行了很久了。教会里的书全是用罗马字拼本地音的。"

我明白了。我记起了鼓浪屿有一家专门卖"圣经"的书店，便到那里去翻看，果然发现了全用罗马字拼厦门音的《新旧约全书》以及各种书籍，而且还有字典。据说是教会里的外国人所发明的。

八　永久的春天

我爱厦门，因为在这里的春天是永久的。

没有到厦门以前，我以为厦门的夏天一定热得厉害。但到了夏天，却觉得比上海的夏天还凉爽。

"上海的冬天冷得厉害吧？我们这里的人都怕到上海去哩！"

这话正和我到厦门去以前的心理是成为对比的。

没有离开过厦门的人，从来不曾见过雪。厦门的冬天最冷的时候也有四十五度（华氏温度，约等于七摄氏度）。草木是常青的。花的季节都提早了。离开繁盛的街道，随地可以看见高大奇特的榕树，连毛厕旁都种满了繁密的龙眼树的。农人们一年播两次秧，还可以很从容地种植菜蔬。在我们江浙人种的不到一尺的大蒜，在厦门却长得和芦苇差不多。岛上的山石大多是花岗岩。山峦重叠地起伏着。海涌着，睡着，呼号着，低吟着。晴朗的黄昏，坐着一只小舟，任它顺流荡去，默默地凝神在美丽的晚霞上，忘却了人间苦。狂风怒鸣的时候，张着帆，倾侧着小舟，让波浪泊泊地敲击着船边，让浪花飞溅在身上，引出内心的生的力来。黑暗的夜里，默数着对岸的星火，静静地前进着，仿佛驶向天空似的。

这一切，都告诉了我，春天在这里是永久的。

一九三〇年夏初

厦门港的风浪

杨 朔

　　正熟荔枝。这个季节，并不是东南沿海的风季，动不动你还是可以听见远远扬起一片类似呐喊的声音，于是本来碧绿的大海忽然会变黄了脸，卷起千万堆雪似的浪头，紧跟着，那荔枝树、龙眼树，还有别的叶子发亮的树木，就会百般做弄出一片战争的声音。

　　说真的，我原先猜想厦门处在海防的最前线，隔着条海峡就是台湾，大小金门岛更在眼睫毛底下，说不定该有多么紧张。其实不然，这儿是前线，又不像前线。这儿也像祖国的任何角落一样，正在建设着自己图画一般的生活。

　　应该纠正地图上的一个错误。从地图上看，厦门四面环

厦门港

海，是个岛屿。实际上早不是个岛屿，而更像个半岛了。造成这个奇迹的是一道新修的海堤。我去看了看这道海堤，我在这道海堤前站着不能动了。多么惊人的创造啊！一条两公里多长的大堤，一色是雪白的花岗石垒的，从北到南把一座波浪滔滔的海港一下子从中切断。海港切断，厦门岛却和北边的大陆连成一片了。

海堤南头有座亭子，围着亭子栽满桉树、合欢树、相思树……每棵树都铺展着清凉的影子。来来往往过堤的人都爱在亭子里歇脚乘凉。我登上亭子，放眼望着海堤，想象着修堤的人怎样经过千辛万苦创造出眼前这个奇迹，我不觉自言自语说："真不容易啊！"

有人轻轻笑了笑。我一回头，看见亭子旁一棵相思树的荫凉里立着个青年人，有二十几岁，模样像个农民。他的眼神很怪，好像不会正面看人，总是歪着头，从眼角扫你几眼，显得又机警，又调皮。

我故意指着海堤问道："你觉得这是容易的么？"

那青年摘下头上戴的竹叶做的斗笠，一面扇风一面说："容易？我看天底下除了吃饭，没有一件容易事。你要能看见当时的情形就有意思啦。那么多人，炸山采石头，又拿石头填海。海是容易填的么？大风大浪的，有时好几吨重的大石头，说冲走就冲走了。何况头顶上还有蒋介石的飞机！总来炸。白天来，黑夜也来。你来了，我躲一躲，你一走，我又出来修。足足修了两年多，到底修起来了。"

我又不禁赞叹说："这真是移山填海，造福万代，真是些了不起的人呐！"

那青年戴上斗笠，整理着一担我叫不上名的海菜说："我看也没什么了不起。"说着挑起那担海菜，又从眼角扫了我一眼，怪调皮地问："你觉得我有什么了不起么？"一面走上海堤，扁担在他肩膀上一颤一颤的，飞似的走了。

我望着那青年的身影。他的身影又瘦又小，他的举动却是又准确，又自信。这种人总是懂得他从哪儿来，要到哪儿去；总是懂得他自己在做什么。

我从亭子上朝南望望，我望见许许多多类似这个青年的身影，都是那么精干，那么自信，正在紧连着海堤的地方来来往往挑着土篮，垒着路基。这是当地人民正在进行的另一个大建设——鹰厦铁路的厦门段。每个厦门人民都明白这条铁路会给他们的命运带来什么，自然要用全力来建设自己的命运。我时常听见炸山，这是在为鹰厦线采石头。我的住处紧临着海滩上一个大石场，天一亮就听见叮叮当当钻石头。钻好的石头装上船，为了赶潮，三更半夜扬帆而去，送到海港的另一角，那里正在干着另一件移山填海的大事情，替鹰厦线修着跨海的大堤。有一回，在垂着长胡子的老榕树浓阴里，我看见好些老年人聚精会神地用竹子编着什么大东西。我觉得奇怪，一个老人眼皮也不抬，一面编一面说："竹笼啊。"编这些大竹笼又为什么，老人家不大懂北方话，说不清楚。我却立时清楚了他的意思。我做了个搬石头的手势，朝编了一半的竹笼里一装，又举起双手，往远处一投，老人就笑着连连点头。不用说，你也明白：大竹笼是要装石头填海，又是为的鹰厦线。

厦门人懂得劳动，也懂得生活。每当黄昏，港湾里的海水像喝醉了荔枝酒似的，匀上一层晚霞的红光，对面鼓浪屿只剩下模糊的山影，这时候，在海岸上盛开着的凤凰红下，我常常看见大群大群的劳动人民迎着晚风歇凉，或者三三两两围坐在一起，细心品着武夷山茶。不知什么地方响起福建的南乐，奏的是《梅花操》，音调那么恬静，那么幽美，我从心里感到一种和平的诗意的生活。这种生活，难到会是在前线上么？

但这里究竟还是前线，而且是面对着台湾的最前线。现在我是在我们海岸炮兵的阵地上，小金门横躺在我的眼前，中间只隔着六千来公尺的海面。夕阳斜照里，我从炮对镜里清清楚楚望得见岛子上的房子、树木，还有敌人在山头海岸上修的炮位和工事，却不见一个人影。夕阳散了，岛子上暮沉沉的。我忽然发现有个穿白衬衫的人影倚在树上，一动不动，分明在望着大海这边。他正在怅望什么呢？月亮从海底浮上来，海面上风平浪静，闪着一派金光。这工夫，我右首山头上的广播器里悠悠扬扬响起好听的音乐，一会儿就听见一个清亮的男音在向金门岛报告祖国的建设消息了。我又对着炮对镜望了一眼，金门岛黑漆漆的，连一星火光也看不见。

别以为敌人肯这样沉下去的。观察员告诉我说，近来岛子上空常常出现飞机，拖着条长口袋，风一灌，鼓的多大，下边的高射炮就练习射击。敌人深深感到一股强大的力量在压着他，不能不慌，一慌，只有乱打冷炮来替自己壮胆。可是只要我们的大炮山崩地裂似的一张嘴，敌人立刻悄没声的，连大气也不敢出了。

你能说这不是前线么？这是前线，可又不完全是前线。就在这种最前沿地带，我们的人民也和祖国迈着一致的步子。一步深似一步地走进自己的理想里去。

我不想多写我们海岸炮兵的建设。他们的建设当然出色。如果你在一个屡建奇功的炮阵地后边忽然发现漂亮的花园，能说这不出色？花园里种着状元红、矢车菊、夹竹桃，以及各色的花木，还用闪亮的贝壳在地面镶出一只展翅飞舞的大和平鸽。杂花正开，时时有蝴蝶飞来飞去。一只粉蝴蝶不知怎么飞进炮阵地，落到炮口上，两只翅膀一张一合的，也许是闻到炮口上有什么花香了吧？

这些海岸炮兵更出色的建设是帮助农民走进社会主义去。有一天晚饭后，我跟着炮兵连长和一个叫林礼昌的测距员去看"前沿合作社"。合作社离炮阵地不远，到处红屋绿树，显得很富足。稻子长的又黑又壮，扬着米粒大小的白花，飘散着一股焖饭的香味。社员们正在村边浇菜、割豆子，看见林礼昌，争着招呼："老林！老林！"林礼昌每星期要到村里去三个晚上，帮着合作社做扫盲工作，人缘自然熟。

我们在村里转了转，随后来到合作社主任门前，坐到老榕树荫凉里。主任叫林安心，只有二十四岁，稳重的很。他娃儿林进财，十七岁，眉眼像画似的，很俊，也出来端茶送水，招待客人。

我对林安心笑着说："哎呀！你们是在敌人鼻子底下搞社会主义啊。"

林安心怪含蓄地一笑说："敌人也就是爱打炮，存心破坏。冷不防撂过一排子炮弹；炸毁庄稼，炸死牛，人倒没怎么的，不要紧。再坏，还能挡住咱的路啦？别说还有解放军掩护着呢。"说着望了望炮兵连长。

连长是个寡言寡语的人，没开口。林礼昌抢着说："社里有什么话，只管分配给我们做，可别客气。"

林安心沉吟着说："你们费的心也不少啦……"

炮兵们费的心，据我刚才看见的，有三口新挖的水塘，存满雨水，可以浇地，也可以沤肥料；有一个俱乐部，内里有书、有画、有乐器、有跳棋一类的玩具——是由全连战士捐款布置的；还有一所林礼昌等人帮着筹办的夜校。从林安心嘴里，我知道水兵们还替合作社拔麦子，送双轮双铧犁，送牛，送记工分的本子，这些本子，林安心说，用一辈子也用不完。

不过战士们支援合作社最贵重的礼物却是警卫着海防的大炮。林安心说："我们是在解放军的炮口下搞社会主义啊。"

林进财那孩子原先坐在旁边，眼望着天，听着旁人说话，光是眯着眼笑，忽然插嘴说："人家蒋介石也支援咱们合作化呢。"

我笑着问："也是用大炮支援吧？"

林进财说："可不是。炮弹打过来，有的是炮弹皮，你捡一捡卖给政府，多的能卖好几百元，都变做合作社的资金。"说的大家都笑了。

天早黑了，合作社还要开会，讨论分配工分的问题。我应该走了，可又有什么东西恋着我，总舍不得走。在生活当中，我处处遇见过这样一些好青年，都是那么蓬蓬勃勃的，给你一种感觉，好像你是站在黎明的海岸上，露水未干，海风吹来，使你从里到外都充满一种清新的气息。

我们沿着海滩往回走时，月亮已经升起多高，遍野都是草虫叫。不知哪儿响起几声爆炸。有人说是敌人打炮，也有人说是我们自己在崩山。在厦门总是这样，有时是炮音，有时又是建设的声音。我们就是在炮声里进行建设，在建设的声音里增强着解放台湾的力量。海上又起了风浪，夜静当中，听得见海潮拍岸的声响。远远望去，金门岛只是一片黑影，漂在海上，摇摇晃晃的，好像随时都会沉到波浪里去。我仰起头望望月亮，天很晴朗。我想，明儿战士们也许该帮着"前沿合作社"种蕃薯了。

一九五六年

选自《杨朔散文集》（上卷）山东人民出版社 1984 年 1 月版

移山填海话厦门

郑振铎

这是"旧"话了，但还值得重提。

几年前曾到过厦门。那时厦门还是一个海岛。从集美到厦门去，一定要乘帆船或小汽轮。我在小汽轮上，望着前面一重山、一重山的无穷尽的小山岛，耸峙于碧澄澄地海水之上，恰巧那天没有风，连小波浪也不曾在粼粼地跳跃着，太阳光照在绿水上，燠暖而作油光，是仙境似的为无数小岛所围绕的内海。小汽轮在海面上像滑冰似的走着。但有一件事使我们觉得很诧异，为什么有那么多的帆船停在这内海的当中呢？不像是渔船，也不像是远海的归帆，总有一二百只的数目。当然也不是为了避风，问问同行的本地人，他脸上闪耀着喜悦的光亮，微笑地说道：

"你们还不知道么？厦门将不再是一个岛屿了，她将和大陆连接了起来。我们将在集美和厦门之间建筑一道长堤，走火车，也走汽车。过个三两年，你们再来的时候，就可以乘火车或汽车来了。这些帆船都是运载石料，倾倒于那里的海中，作为这道长堤的基石的。"

"这有可能么？"我心里有些怀疑，这不像小说里写的樊梨花移山倒海的故事么？一面问他道："这个填海的大工程有把握么？什么时候可以完成？"

"当然有把握。我们准备削平三四座山，用山石来填平这一段预备筑堤的海水。现在已在积极进行着了，并且已经削平一座山。每天总有二百只以上的帆船，从那边把石块运载到这里来。"他一面说，一面指着道："你们看，那边船上的人不是在把石块倒在海里么？"

果然的，在那边密集着的帆船上，有无数的人在搬运着大大小小的石块，往海水里抛下。无数只手，无数块山石，在不停地倾抛着。"精卫填海"只是寓言，想不到如今是竟成为活生生的现实的事迹了。

到了厦门，觉得街道整洁，沿街的房子，以洋式的为多。公园是一座很幽深的园林。在那里，有一座很大的文化馆，外表是宫殿式的建筑。我所见到过的文化馆，恐怕要算这一座是最漂亮的了。可惜内部正在整理，没法进去参观。

厦门大学是一所著名的南方的大学，就建筑在海边。站在海边就可以隐隐约约地望得见尚为敌人所占领的大小金门岛。奇怪的是，一点战争的气氛也没有。我们看不出她是坐落在国防最前线。"弦歌之声"不绝，教职员们和学生们完全按时工作，按时上课，和内地的任何大学没有什么不同。更奇怪的是，这所大学那时正在大兴土木，建筑一座可以容纳五千多人的大礼堂；还在建筑一个大运动场，它的露天的四周的圆座，足足可以坐上观众近五万人。那气魄是够宏大的。

说起闽南人的宏伟的气魄来，从泉州的洛阳桥开始，就能够看得出。洛阳桥本名万安桥，落成于北宋仁宗时代，离今已九百年了。蔡襄的《万安桥记》说：这桥始建于皇祐五年（一〇五三年）四月，落成于嘉祐四年（一〇五九年）十二月。桥长凡三千六百尺，广丈有五尺。这九百年前所建筑的石桥，桥基还很稳固。被敌人炸毁的一段，已用木板补好，照样能够通车。我们走过这座著名的桥梁就想起九百年前的工程师们具有怎样的高度的设计能力，能够在昼夜为海潮所泛滥的水面上，架起这座长及三华里的石桥来。后来越向南走，就知道像这样长到四五华里的石桥，在闽南是不足为奇的。在一个地区，在海湾之上，我们的先人们就建造了一座大石桥，像在弧形的弓上安上一根直弦，使走路坐车的人少走了不少弯路。那座桥本来可以走吉普车，但为了安全起见，已经禁止通车。汽车都要沿着海边的公路走，不走那座长桥了。而那条海边公路足足有三十公里长。我们之中，有几个人奋勇地步行从桥上走过，而我们则坐了汽车沿海边公路走，几乎是同时到达目的地。由此可见那座石桥是如何的"便捷"了。

"厦大"还在建筑着物理楼之类的，他们有充分的信心，知道师生们虽身处于国防最前线，却是安如泰山。他们相信我们的国防力量和人民解放军的威力，丝毫也没有任何的担心受怕之感。不仅大学的师生们有这样的感觉，整个厦门市的人民也从来没有发生过任何恐慌。有一天傍晚，我们在中山路上闲步，防空的警报响了，市民们仍是安闲地走着，并不急急地想回家。街上的电灯照样地亮着，热闹的市容，一点也没有减色。我们有点不解了，就去问一家店铺里的伙计："警报响了，你们为什么还不关上电灯？"他徐缓地答道："这是常有的事。对面的飞机起飞了，我们就响起警报来。但根本上不用去理会他们，他们是不敢飞过来的。所以，我们也可以不关灯，还是照样地做买卖。"

是的，我们的强大无匹的国防力量是足以保卫着人民的安全的！在国防前线上，特别地看得出我们人民是怎样地爱戴和信赖我们的解放军。有一个故事，流传得很广。解放军在某山区挖壕沟，但在那里，老百姓已种下了不少白薯，军士们怕把那些白薯搞坏了，连忙代为掘起，移种到附近的山坡上去。第二天，老百姓上山一看，他们的白薯已经搬了家。这是有名的"白薯搬家"的故事。不，这不是"故事"，乃是实实在在发生过的实事。

南普陀寺观音殿

我们在厦门住了好几天。除了工作之外，还能有时间到几个名胜古迹的地方去游览，那里的名胜"南普陀寺"，就在厦门大学附近的五峰山上。

我们登上了五峰山顶，心旷神怡地恣意吸取着四周的风景。海水是那么无穷的广大、深远，它拥抱着大大小小的无数的岛屿，白色的浪沫在澎澎湃湃地有节奏而徐缓地扑向海边的褚苍色的古老的岩石上来，仿佛是摔碎在岩下，却又像是有节奏而徐缓地引退了。这时，有微风在吹拂着。白色的帆船在安稳地驶进或驶出港口。绿水和青山在这里最和谐地构成了不止一幅两幅的好图画，是那样地山环水抱的海湾；是那样地轻云微罩，白波细跳的水面；是那样地重重叠叠的山峰，一层又一层的显露地雄峙于海上；是那样地像南方所特有的润湿温暖的山水画。我们想，在晚霞斑斓的夕阳西下的时候，或在曙红色的黎明带着紫黑色的云片从东方升起的时候，或是银白色的月亮朦朦胧胧地映照在这平静的夜的海湾上的时候，或那样的濛濛细雨，像轻烟薄雾似的笼罩着这些海上的群峰的时候，那些景色的变幻，是更会十分迷人的。就在这晴天白日的时候，我们也为这四周的风光所沉醉而舍不得下山。

　　这里的物产丰富极了，特别是香蕉，整年地都有得卖。家家有一株或好几株墨绿色的荔枝树或龙眼树，就像北京那里家家有棵枣子树似的。不时的有暗暗的浓香，扑鼻而来，那不是月桂花——在那里，桂花是四季皆开放着的，故名月桂——就是香橼花在喷射出它的香气来。在那里，几乎没有冬天。许许多多的花卉，此开彼谢，从没有停止过"花潮"。元人张养浩有诗道"山无高下皆行水，树不秋冬尽放花"，正道着这里的特色。

　　是这样仙岛似的厦门岛，而如今却已经不再是一个岛屿，而是和大陆连接在一起了。从今年的元旦起，鹰潭铁路已经可以运载旅客了。移山填海的大工程，不再是幻想，不再是空想，而已是活生生的现实了！再要到厦门去的时候，我们可以乘坐着火车直达厦门港了。这样宏伟的建设，只有在社会主义社会里才会有可能实现。我们正在做着许许多多前人从未做过的大事业。这一番移山填海的足以使洛阳桥或其他的那些闽南的大石桥都黯然无色的大工程，就是空前的建设事业之一。洛阳桥的故事，已成为"神话"，已演为戏曲。这远远地超过洛阳桥的移山填海的海上长堤的故事，难道不会也变成现代的"传说"，而被写入诗歌、小说和戏曲里去？

原载《人民日报》1958年1月22日

南闽十年之梦影

——丁丑年二月十六日，南普陀寺佛教养正院讲稿

弘一法师

弘一法师在厦门

我一到南普陀寺，就想来养正院和诸位法师讲谈讲谈，原定的题目是"余之忏悔"，说来话长，非十几小时不能讲完；近来因为讲律，须得把讲稿写好，总抽不出一个时间来，心里又怕负了自己的初愿，只好抽出很短的时间，来和诸位谈谈，谈我在南闽十年中的几件事情。

我第一回到南闽，在民国十七年（一九二八年）的十一月，是从上海来的。起初还是在温州，我在温州住得很久，差不多有十年光景。

由温州到上海，是为着编辑《护生画集》的事，和朋友商量一切；到十一月底，才把《护生画集》编好。

那时我听人说，尤惜阴居士也在上海。他是我旧时很要好的朋友，我就想去看一看他。一天下午，我去看尤居士，居士说："要到暹罗国去，第二天一早就要动身的。"我听了觉得很

喜欢，于是也想和他一道去。

我就在十几小时中，急急地预备着。第二天早晨，天还没大亮，就赶到轮船码头，和尤居士一起动身到暹罗国去了。从上海到暹罗，是要经过厦门的，料不到这就成了我来厦门的因缘。十二月初，到了厦门，承陈敬贤居士的招待，也在他们的楼上吃过午饭，后来陈居士就介绍我到南普陀寺来。那时的南普陀和现在不同，马路还没有建筑，我是坐着轿子到寺里来的。

到了南普陀寺，就在方丈楼上住了几天。时常来谈天的，有性愿老法师、芝峰法师等。芝峰法师和我同在温州，虽不曾见过面，却是很相契的，现在突然在南普陀寺晤见了，真是说不出的高兴。

我本来是要到暹罗去的，因着诸位法师的挽留，就留滞在厦门，不想到暹罗国去了。

在厦门住了几天，又到小雪峰那边去过年，一直到正月半以后才回到厦门，住在闽南佛学院的小楼上，约摸住了三个月工夫。看到院里面的学僧虽然只有二十几位，他们的态度都很文雅，而且很有礼貌，和教职员的感情也很不差，我当时很赞美他们。

这时芝峰法师就谈起佛学院里的课程来。他说："门类分得很多，时间的分配却很少，这样下去，怕没有什么成绩吧！"

因此，我表示了一点意见，大约是说："把英文和算术等删掉，佛学却不可减少，而且还得增加，就把腾出来的时间教佛学吧！"

他们都很赞成。听说从此以后，学生们的成绩确比以前好得多了！

我在佛学院的小楼上，一直住到四月间，怕将来的天气更会热起来，于是又回到温州去。

第二回到南闽，是在民国十八年（一九二九年）十月。起初在南普陀寺住了几天，以后因为寺里要做水陆，又搬到太平岩去住。等到水陆圆满，又回到寺里，在前面的老功德楼住着。

当时闽南佛学院的学生，忽然增加了两倍多，约有六十多位，管理方面不免感到困难。虽然竭力地整顿，终不能恢复以前的样子。

不久，我又到小雪峰去过年，正月半才到承天寺来。

那时性愿老法师也在承天寺，在起草章程，说是想办什么研究社。

不久，研究社成立了，景象很好，真所谓"人才济济"，很有一种难以形容的盛况。现在妙释寺的善契师、南山寺的传证师，以及已故南普陀寺的广究师……都是那时候的学僧哩！

研究社初办的几个月间，常住的经忏很少，每天有工夫上课，所以成绩卓著，为别处所少有。

当时我也在那边教了两回写字的方法，遇有闲空，又拿寺里那些古版的藏经来整理整理，后来还编成目录，至今留在那边。这样在寺里约摸住了三个月，到四月，怕天气要热起来，又回到温州去。

民国二十年（一九三一年）九月，广洽法师写信来，说很盼望我到厦门去。当时我就从温州动身到上海，预备再到厦门，但许多朋友都说时局不大安定，远行颇不相宜，于是我只好仍回温州。直到转年十月，到了厦门，计算起来，已是第三回了。

到厦门之后，由性愿老法师介绍，到山边岩去住，但其间妙释寺也去住了几天。那时我虽然没有到南普陀来住，但佛学院的学僧和教职员，却是常常来妙释寺谈天的。

民国二十二年（一九三三年）正月廿一日，我开始在妙释寺讲律。

这年五月，又移到开元寺去。

当时许多学律的僧众，都能勇猛精进，一天到晚地用功，从没有空过的工夫，就是秩序方面也很好，大家都啧啧地称赞着。

有一天，已是黄昏时候了，我在学僧们宿舍前面的大树下立着，各房灯火发出很亮的光，诵经之声，又复朗朗入耳，一时心中觉得有无限的欢慰！可是这种良好的景象，不能长久地继续下去，恍如昙花一现，不久就消失了。但是当时的景象，却很深地印在我的脑中，现在回想起来，还如在大树底下目睹一般。这是永远不会消灭，永远不会忘记的啊！

十一月，我搬到草庵来过年。

民国二十三年（一九三四年）二月，又回到南普陀。

当时旧友大半散了，佛学院中的教职员和学僧，也没有一位认识的！

我这一回到南普陀寺来，是准了常惺法师的约，来整顿学僧教育的。后来我观察情形，觉得因缘还没有成熟，要想整顿，一时也无从着手，所以就作罢了。此后并没有到闽南佛学院去。

讲到这里，我顺便将我个人对于学僧教育的意见，说明一下：

我平时对于佛教是不愿意去分别哪一宗、哪一派的，因为我觉得各宗各派，都各有各的长处。但是有一点，我以为无论哪一宗、哪一派的学僧，却非深信不可，那就是佛教的基本原则，就是深信善恶因果报应的道理——善有善报，恶有恶报。同时，还须深信佛菩萨的灵感！这不仅初级的学僧应该这样，就是升到佛教大学也要这样！

善恶因果报应和佛菩萨的灵感道理，虽然很容易懂，可是能彻底相信的却不多。这所谓信，不是口头说说的信，是要内心切切实实去信的呀！

咳！这很容易明白的道理，若要切切实实地去信，却不容易啊！

我以为无论如何，必须深信善恶因果报应和诸佛菩萨灵感的道理，才有做佛教徒的资格！

须知善有善报，恶有恶报，这种因果报应，是丝毫不爽的！又须知我们一个人所有的行为，一举一动，以至起心动念，诸佛菩萨都看得清清楚楚！

一个人若能这样十分决定地信着，他的品行道德，自然会一天比一天地高起来！

要晓得我们出家人，就所谓"僧宝"，在俗家人之上，地位是很高的，所以品行道德，也要在俗家人之上才行！

倘品行道德仅能和俗家人相等，那已经难为情了！何况不如？又何况十分的不如呢？……咳！……这样他们看出家人就要十分地轻慢，十分地鄙视，种种讥笑的话，也接连地来了……

记得我将要出家的时候，有一位在北京的老朋友写信来劝告我，你知道他劝告的是什么？他说："听到你要不做人，要做僧去……"

咳！……我们听到了这话，该是怎样的痛心啊！他以为做僧的，都不是人，简直把僧不当人看了。你想，这句话多么厉害呀！

出家人何以不是人？为什么被人轻慢到这地步？我们都得自己反省一下，我想这原因都由于我们出家人做人太随便的缘故。种种太随便了，就闹出这样的话柄来了。

至于为什么会随便呢？那就是由于不能深信善恶因果报应

和诸佛菩萨灵感的道理的缘故。倘若我们能够真正深信，十分决定地信，我想就是把你的脑袋砍掉，也不肯随便的了！

以上所说，并不是单单养正院的学僧应该牢记，就是佛教大学的学僧也应该牢记，相信善恶因果报应和诸佛菩萨灵感不爽的道理！

就我个人而论，已经是将近六十的人了，出家已有二十年，但我依旧喜欢看这类的书——记载善恶因果报应和佛菩萨灵感的书。

我近来省察自己，觉得自己越弄越不像了！所以我要常常研究这一类的书，希望我的品行道德，一天高尚一天；希望能够改过迁善，做一个好人。又因为我想做一个好人，同时我也希望诸位都做好人。

这一段话，虽然是我勉励我自己的，但我很希望诸位也能照样去实行！

关于善恶因果报应和佛菩萨灵感的书，印光老法师在苏州所办的弘化社那边印得很多，定价也很低廉，诸位若要看的话，可托广洽法师写信去购请，或者他们会赠送也未可知。

以上是我个人对于学僧教育的一点意见。下面我再来说几样事情：

我于民国二十四年（一九三五年）到惠安净峰寺去住，到十一月，忽然生了一场大病，所以我就搬到草庵来养病。

这一回的大病，可以说是我一生的大纪念！

我于民国二十五年（一九三六年）的正月，扶病到南普陀寺来。在病床上有一只钟，比其他的钟总要慢两刻，别人看到了，总是说这个钟不准。我说："这是草庵钟。"

别人听了"草庵钟"三字还是不懂，难道天下的钟也有许多不同的么？现在就让我详详细细来说个明白：

我那一回大病，在草庵住了一个多月。摆在病床上的钟，是以草庵的钟为标准的。而草庵的钟，总比一般的钟要慢半点。

我以后虽然移到南普陀，但我的钟还是那个样子，比平常的钟慢两刻，所以"草庵钟"就成了一个名词了。这件事由别人看来，也许以为是很好笑的吧！但我觉得很有意思，因为我看到这个钟，就想到我在草庵生大病的情形了，往往使我发大惭愧，惭愧我德薄业重。

我要自己时时发大惭愧，我总是故意地把钟改慢两刻，照草庵那钟的样子，不只当时如此，到现在还是如此，而且愿尽形寿，常常如此。

以后在南普陀住了几个月，于五月间，才到鼓浪屿日光岩去，十二月仍回南普陀。

到今年民国二十六年（一九三七年），我在闽南居住，算起来，首尾已是十年了。

回想我在这十年之中，在闽南所做的事情，成功的却是很少很少，残缺破碎的居其大半，所以我常常自己反省，觉得自己的德行，实在十分欠缺！

因此近来我自己起了一个名字，叫"二一老人"。什么叫"二一老人"呢？这有我自己的根据。

记得古人有句诗："一事无成人渐老。"

清初吴梅村（伟业）临终的绝命词有："一钱不值何消说。"

这两句诗的开头都是"一"字，所以我用来做自己的名字，叫作"二一老人"。

因此，我十年来在闽南所做的事，虽然不完满，而我也不怎样地去求他完满了！

诸位要晓得：我的性情是很特别的，我只希望我的事情失败，因为事情失败、不完满，这才使我常常发大惭愧！能够晓得自己的德行欠缺，自己的修善不足，那我才可努力用功，努力改过迁善！

一个人如果事情做完满了，那么这个人就会心满意足，洋洋得意，反而增长他贡高我慢的念头，生出种种的过失来。所以还是不去希望完满的好。

不论什么事，总希望它失败，失败才会发大惭愧！倘若因成功而得意，那就不得了啦！

我近来，每每想到"二一老人"这个名字，觉得很有意味！

这"二一老人"的名字，也可以算是我在闽南居住了十年的一个最好的纪念。

聪明人不能做事　世界是属于傻子

——一九二六年十一月二十七日在厦门集美学校的讲演

鲁　迅

　　今天我有机会，到你们这美丽的学校，在这大礼堂里，跟你们谈谈，是非常高兴的。我的话题是"聪明人不能做事，世界是属于傻子"。你们初听这话，或将觉得奇怪，但却是事实，过去这样，将来也必定是这样的。你们放眼看看，现今世上，聪明人不是很多吗？可是他们不能做事。为什么呢？因为他们想来想去，终于什么也做不成。他们过于思虑个人的利害，过于计较个人的得失。他们想着，想着，有利于自己者才肯做，有利于社会别人者，即使肯做，也常不彻底，不真诚，不负责，以至于败事而无所成就。你们看看，当今的聪明人，是不是这样？他们是专门为自己打算盘的所谓"聪明人"，这种"聪明人"是绝对做不出有利于人民的事业的。

　　你们看看，当今所谓"聪明人"，如段祺瑞、贾德耀等北洋军阀，只知勾结帝国主义者，屠杀无辜的爱国工人和学生，他们是双手沾满血腥的刽子手；又如陈西滢、唐有壬等"现代评论"派，只会开驶"新文化运动"的倒车，镇压反帝爱国请愿的群众，他们是反动军阀的乏走狗。他们会用"聪明"作钢刀，见血去杀人；他们也会用"聪明"作软刀，杀人不见血。他们想来想去，终于不能做出有利于人民的好事，却能做出有害于国家的坏事。

在这世界上，还有一种人，他们甘愿为群众利益而放弃自己的利益；他们甘愿为国家的独立自由而献出自己的生命。这一种人是爱国者，是革命者，是人类幸福的创造者。这一种人在所谓"聪明人"的眼里看来，却是傻子。但是，我们要知道，世界是傻子的世界，由傻子去支持，由傻子去推动，由傻子去创造，最后是属于傻子的。这些傻子，就是工农群众，就是孙中山先生"三大政策"中所要扶助的农民和工人。这些工人和农民，在人类社会中，居最大多数。他们有坚强的魄力，有勤劳的德性，世界的一切，都是从他们的劳动中创造出来的。革命青年学生，在群众中最有热血，最能奋斗，最肯牺牲。黑暗的消灭，光明的出现，这种革命青年学生，常起最大作用。但从过去封建社会的统治者剥削者的眼里看来，这些劳动的工农群众，这些热血的革命青年，都是愚民，都是傻子，唯有他们自己，才算是"聪明人"。

可是这些旧社会的所谓"聪明人"，是懒惰自私的，是荒淫无耻的，是注定要被消灭的；而那些所谓"傻子"的革命青年和劳动工农，乃正是社会的改造者，是世界的创造者，他们是世界的主人，世界是属于他们所有的。

选自薛绥之主编《鲁迅生平史料汇编》第4辑，
天津人民出版社1983年版

厦门和广州

许广平

当北京"三一八"事件之后，政治还是那么黑暗。我们料想：中国的局面，一时还会不死不活地拖下去，但清醒了的人是难于忍受的。恰好这时厦门大学邀请鲁迅去教书，换一个地方也好吧，鲁迅就答应去了。其时我刚在暑假毕了业，经过一位熟人的推荐，到广东女子师范学校去教书。

临去之前，鲁迅曾经考虑过：教书的事，绝不可以作为终生事业来看待，因为社会上的不合理遭遇，政治上的黑暗压力，作短期的喘息一下的打算则可，永远长此下去，自己也忍受不住。因此决定：一面教书，一面静静地工作，准备下一步的行动，为另一个战役作更好的准备，也许较为得计吧。因此，我们就相约，做两年工作再作见面的设想，还是为着以后的第二个战役的效果打算。这是《两地书》里没有解释清楚的。

抱着换一个地方的想法到了厦门，遇到"双十节"，当时使得鲁迅"欢喜非常"。因为北京受北洋军阀统治了多年，"北京的人，仿佛厌恶双十节似的，沉沉如死。"大凡人对某一件事的看法有了不同，则感情上也自然产生爱恶两种极相反的态度。鲁迅在北京，对过年的鞭炮声也听厌了，对鞭炮有了恶感，这恶感是因为北京的鞭炮声，代表了陈旧腐朽的一面，所以厌恶。而厦门的鞭炮声带来了新鲜希望，所以就"这回才觉得却也好听""欢喜非常"了。再看他的比较："听说厦门市上今天也很热闹，商民都自动地挂旗结彩庆贺，不像北京那样，听警察吩咐之后，才挂出一张污秽的五色旗来。"（以上均见《两地书》）从挂旗上，鲁迅判别出自动与被动，觉悟与不觉悟的精神来，说明了北京人民之所以如此，是因为这一面旗代表的是封建军阀的黑暗统治，人民听警察的吩咐才挂旗，是反抗军阀压制的一种无言表示。而在厦门，当时，大革命的浪潮，正从南方兴起，人民对民主革命抱有一点希望，那是在孙中山联俄联共扶助工农三大政策影响下来庆祝节日的，所以鲁迅差强人意地认为："此地的人民的思想，我看其实是'国民党'的，并不怎样老旧。"（引文同上）

同样的"双十节"，在广东，"一面庆贺革命军在武汉又推倒恶势力，一面提出口号，说这是革命事业的开始而非成功"，这原来蕴藏着国共分裂、排斥共产党人的阴谋。看来违反孙中山路线的企图，这时已在萌动了。所以表现在一般人的态度上，并不因打下武汉而特别高兴，自然在庆祝大会的会场上只看到"雨声、风声、人声，将演讲的声音压住"（见《两地书》：第五十五），闹嚷嚷乱哄哄地混作一团。这天我是和学生一同游行，亲眼看到这种情况的。正好上海的《新女性》杂志索稿，就写了一篇《新广东的新女性》投出，说明我在广州看到新女性，还是娇滴滴的小姐式，应付了事的态度多，认真庆祝的少，与"三一八"时北京的女学生奋斗争取达到游行目的的情形迥异，和厦门鲁迅所喜欢的景象也不同。作为窥测气候的一面镜子来说，是令人失望的。

一到广州，听女子师范学校廖冰筠（廖仲恺的妹妹）校长说，是要我担任"训育"的事，这当然就应交出从北京带去的"国民党"关系证件了。在北京我曾加入国民党左派,回广东路过南京时,鲁迅曾担心有文件怕被发现而不安,就是这个证件。但廖校长叫我慢点交出。时因初到,不便多问,这事就此搁起。后来听说邓颖超大姐在省党部工作,想去看看久别了的、景仰的邓大姐,向廖校长打听地址,她又叫我最好不要去,意恩是避免新回去的我,不要因为色彩过于鲜明而被国民党反动派注意。对于这些,因是初到,都觉得诧异,以为必是校长过于谨慎。既然这样,就听取了一半,不交证件出去,也就是从此和国民党断了关系。后来才晓得,国民党内部是如此复杂,大别之有左右二派,派中又有无数小派,无怪廖校长叫暂不要去报到了。若一旦错与右派联系,便不得了。所以不交出去还是妥当的。但要不去见邓大姐,却万万做不到,就暗地里找到省党部,不在;又设法找到她的寓所,见到了渴望已久的亲大姐。叙了阔别之情……谈了许久的话,现时不能一一写出了,但记得还在她那里吃了一顿饭才走的。

后来又见到一位同志,是李春涛。他本来在北京当教授,和杜老(守素)同住在一起。那时许多人都想丢开教书去干革命,彭湃同志首先南下了,接着李春涛、杜老也计划离去。他们两人同住在北京地安门内南月牙胡同,经过同乡介绍,我到过他们住的"赭庐"。门也油着红色,表示赤色的思想,但没有遇见一个人。后来在一九二五年四月五日,在东安市场的森隆见面了,当时还有些什么人一起同席,现在已经记不起来了,只记得他给了我很多鼓励,并约我毕业后回到广东去做事,临别时又送了一本书,说那本书他看过了,还不错。翻开里页,看到写着:"广平先生惠存、春涛敬赠",另一页又盖着"李春涛读书章",并有他订正补充的文字,具见革命者读书的认真不苟的严肃态度。这次在广州见面，是他以代表身分到广州开会来的，是第二回见面了。他很高兴我真的回到了广州，并且邀请到汕头去，无论教书，做妇女工作，做报纸宣传工作都可以想办法。总之，那面缺人得很。那大约是一九二六年的冬天。后来广东女子师范风潮闹起来了（实际上是国民党右派在攻击廖冰筠校长），一时离不开。到了国民党右派极端猖獗的时候，学校里反动分子非常器张，写信恫吓校长，在学校内滋事，校外又和由右派把持的学生会以及相互呼应的青年部有联系，可见事情并不简单，当时已处于暴风雨的前夕。但我以为不管怎样，负责到告一段落的时候，交代得过去才可对得起学校。后来知道各个负责的都另有工作了，就想也卸却仔肩，去汕头应李春涛同志为革命事业多找些人工作的约请，哪晓得这个为革命事业不惜费尽一切苦心的人，在大革命时期被国民党反动派暗害了，在汕头连尸首也找不着。从此中国失掉了一个为革命尽忠的英勇战士，现在手头只留着烈士赠送的一本书，永远纪念他为革命献身的精神，成为鞭策我们工作前进的力量。当时，想去汕头，是为了走向革命，学习到更多的东西，同时，也为了离厦门近一些，与鲁迅呼应较便。但对在厦门的鲁迅解释得不够详细，倒引起他的牢骚来了："我想 H. M. 不如不管我怎样，而到自已觉得相宜的地方去，否则，也许因此去做很牵就，非意所愿的事务，比现在的事情还无聊。"在写完这封信的深夜，又添了几句："我想 H. M. 正要为社会做事，为了我的牢骚而不安，实在不好，想到这里，忽然静下来了，没有什么牢骚了。"（见《两地书》：第八十一）这里越是说没有什么，正表明有什么，因此我考虑：同是工作，要自己去闯，可能也多少干一些事，但是社会这样的复杂，而我又过于单纯，单纯到有时使鲁迅很不放心，事情摆在面前，恐怕独自干工作是困难的了。既然如此，就在鲁迅跟前做事也是一样的。这样的想法一决定，就不去汕头了。以后也没有改变这决定。

···········

选自许广平著《鲁迅回忆录》，作家出版社1961年版

陈嘉庚毁家兴学记

黄炎培

陈嘉庚先生

民国六年夏，余游新加坡林氏山庄，众中见一人，态严正而静默。主人林君义顺，进而为之介曰："此陈君嘉庚也。"相与握手作礼，时诸宾方杂遝为林母寿，未获与谈。既归，陈君因贾君丰臻斥万金助中华职业教育社，由是书简往还，殆无虚月。时陈君已于其故里福建同安县集美乡创建集美学校，有小学，有师范，有中学。别于新加坡集侨商公建一华侨中学，陈君总其成，而以众意诿余物色校长。八年春，偕校长徐君开舆往，倾谈累日，新加坡已宣传陈君有毁家兴学之举。乃者陈君复以物色集美校长事诿余，以七月偕陆君规亮赴闽，获亲观其所建之学校，识其生平，并确悉其毁家兴学之实况，则不敢不呕呕焉介绍其人与事于吾全国焉。

集美乡与厦门隔海湾，相去可二十里。厦门为岛，集美恰当大陆尽处，土人实呼"尽尾"，后乃文之曰"集美"，一曰浔尾。西临浔江，东瞰金门岛，其南隔海云山万叠，厦门隐约可辨。三面皆水，唯北枕天马山，地故为山水绝胜处。全乡五百家，皆陈姓。可耕之地不丰，则往海外贸易，留者多业捕蚝。邻有内头村者，全村往南洋，存者仅两户耳。陈君父经商新加坡，晚岁失利。君年既长，尽以先人所遗月入数百元之厦门产业让给异母弟，而自往南洋，独立营商，为新加坡种橡之先觉。十余年前，稍稍有获，悉返先人逋负，信用大著。清之末，国政不纲，家被官吏欺，君乃剪发不欲返故里。共和改建，始欣然归谋所以自效。

民国一年，君议于本乡创一集美小学，乡人百计悉之，仅得一低洼地，乃高筑以建校舍。既开办，感小学教师之缺乏，不唯本乡然也，则续办师范及小学。今者簧舍嵯峨，高矗海际，跨石为桥，建塔蓄水，有自设之电灯，照耀通野，寝食庖湢习礼之堂，晴雨练身之场咸备，其制浑坚而宏敞。初不屑计经济，耗金二十万元，视全部计划未及半也。濒海有高岗，郑成功故垒在焉。残垣数丈，累石为门，有井曰国姓井，成功凿以饮军士者。井不深，离海数十丈，而水味淡，以成功赐国姓，故名。其旁榕荫纷披，君议于其地立校舍移小学焉。村之北议就高阜建舍以移女学。今已立者，师范及中学有学生二百余，新生百余，小学校学生二百，女学校学生九十余，蒙养园儿童百，又有夜学校、通俗图书馆，岁费数万金。更以数千金资助同安县属男女小学。陈君则就校设办事处，析为师范部、中学部、小学部、女学部、蒙养园部、通俗教育部、同安女学部、教育补助部，部各聘校长或主任主之。君以今夏归，将长住故乡，尽义务，而以君同母弟敬贤往南洋，兄弟故共产。君居南时，校事则敬贤商承君命为之也。

君之捐充集美基金，究有几何？依七月十三日，在厦门浮屿，集众宣布，分两项如次：

甲　新加坡店屋货栈基地，面积二十万方尺，月收租金万元。又价值同等之地三十万方尺，甫在建筑，按三年完工。尚余百万方尺，价值稍次，俟数年后再作计算。

乙　橡胶园七千英亩，至本年春全栽毕。栽最久者八年，余为七年以下及近月着手者。不欲急于取利，拟待足八年方采液。现已采者可五百亩，月收百余担，实利六七千元。

以上不动产，陈君在南洋时，决定充集美学校永远基业，其预立遗嘱，变更簿记各手续，均料理完毕。遗嘱之要件，为异日托新加坡中华总商会及公立道南学校董事代理收款。盖英政府条例，私人遗产，无永远继承权，唯公益慈善举有之，此皆陈君演词中语也。

就上两项计，甫建筑之属产，以已建筑者为例；已栽未采液之橡园，以已采者为例，将来全部经营告竣，苟依现时市况，无有增减，岁入在百万元以上，盖君之不动产尽此矣。

君则以现办师范中学为未足也，更集众宣言筹办厦门大学附设高等师范学校。其亲笔所撰这通告如下：

专制之积弊之未除，共和之建设未备，国民之教育未遍，地方之实业未兴，此四者，欲望其名臻完善，非有高等教育专门常识，不足以躐等而达。吾闽僻处海隅，地瘠民贫，莘莘学子，难造高深者，良以远方留学，则费重维艰；省内兴办，而政府难期。长此以往，吾民岂有自由幸福之日耶？且门户洞开，强邻环伺，存亡绝续，迫于眉睫。吾人若复袖手旁观，放弃责任，后患奚堪设想？鄙人久客南洋，志怀祖国，希图报效，已非一日。不揣冒昧，拟倡办大学校，并附设高等师范于厦门。行装甫卸，躬亲遍勘各处地点，以演武为最适宜。唯该地为政府公产，敬征求众意，具请本省行政长官，准给该地为校址，以便实行。谨订七月十三日下午三点钟假座浮屿陈氏宗祠，开特别大会，报告筹办详情。

其所宣布之大学计划，以厦门演武亭一带，空气新鲜，交通利便，地广数千亩，足备后日扩张。另就相当地点，购民田为实习工厂、农场之用。自民国九年起，五年内认捐开办费一百万元，开校后认捐常年费二十五万，每年十二万元，合开办费共四百万元。唯是高等教育机关，须筹有数十万或百万元之岁费，与千万元之基金，收容生徒数千名，方达此目的。而个人之力有限，唯望海内外同志，共负责任。将来大学生不分省界，高等师范规定闽省若干名，他省若干名，此其大略也。最慷慨激切语则云："财由我辛苦得来，亦当由我慷慨捐去，公益义务，苟用吾财，令子贤孙，何须凭借。我汉族优秀性质，不让东西洋，故到处营业，辄能立志竞争。唯但知竞争权利，而不知竞争义务，群德不进，奴隶由人，故国弱而民贫。古语有之：栋折榱崩，侨将压焉。未敢视同秦越而不早为之所。"末更有极沉痛语："嗟嗟！我国不竞，强邻生心，而最创巨痛深，莫吾闽若。试观吾闽左臂，二十年前，已断送矣！野心家得陇望蜀，俟隙而动，若不早自猛省，后悔何及！诚能抱定宗旨进行，彼野心家能剜吾之肉，而不能伤吾之生；能断吾之臂，而不能得我之心。民心未死，国脉尚存，以四万万民族，决无甘居人下之理。今日不达，尚有来日，及身不达，尚有子孙。"壮哉！余语闽商某："诸君聆此言谓何？"答曰："苟不唯陈君是助者，非人也！"

余一至厦，君亟亟导观演武亭地，语余曰："吾之归自南洋，晨七时至，八时即来观。今君晨七时到，亦亟亟以八时导君观，知君必急吾之急，亦乐吾之乐也。"演武亭地背山面海，南太武峰隔海为屏，其东波涛浩淼，一白无际，估舶之南北往来，必取此道。三年而后，过闽海者，遥瞩山坡上下，栋宇巍峨，弦歌之声，与海潮相答。其南则有菲律宾大学，各以共和之新精神，互吐纳其文化，鼓荡其自由，合力以矫变东方一部分惨酷凶暴之空气，其君之微志也欤？

记者曰：曩岁戊申，尝为文以记杨斯盛毁家兴学矣！二君者，家之丰啬不同，其毁于学一也，而陈君年方壮，异时所效且无限。若夫二君之性行，盖有绝相类者，心力强毅而锐敏，不苟言笑，利害烛于几先，计划定于俄顷，临事不惊，功成不居，核于处物，而宽于处人。三五年来，所见海内外成功家，大率类是。意者吾华民族之特性在是欤？然化于异族，而不自爱其国，狃于私利，而专以肥其身，亦间有之。吾游集美乡，观陈君之所居，入门而圭窦其形，循墙而伛偻其容，盖犹是先人之敝庐，未尝加一椽，覆一瓦，其不私也如此。新加坡美人欲立大学，谋于君，君慨捐十万金，而要以设华文科，凡华人入学者，至少读华文两年，约既定，更为募集数十万。君之散财，非为名高，非为情感，盖卓然有主旨如此。今君方为大学故，嘤鸣以求友声，吾信国人闻君之风者，必且与闽商某君有同感也，故乐为文以介。宁敢拂君志而襮君之行以为名哉！

民国八年七月三十日厦门至上海舟次　黄炎培

陈嘉庚轶事

黄寄萍[*]

南洋华侨陈嘉庚氏，为当代最热心教积挚财，亦不忍祖国教育事业之衰颓而文化益落后。遂倡"教育救国"之说，愿斥私产，为祖国文化努力焉。余居厦数载，关于陈氏之言行，耳闻目击，知之甚稔，摭述一二，以实自由谈。

陈氏既抱"教育救国"之决心，二十年来，未尝稍懈。今日名闻全国之集美学校、厦门大学即其理想中成功史之一页也。集美为幼稚院、小学、幼稚师范、男女中学、农、商、水产等八校集合体之总称。崇楼大厦，黉舍栉比，已成优先之学府。厦门大学内分文、理、教、法、商五学院，名流硕彦，荟集于此；设备建筑，俱臻上乘。综计该两校所费，已近千万。内只侨胞慨助三十余万耳。夫闽南华侨之拥巨资如陈嘉庚者，何止数十。其能慨解义囊，树百年大计者，陈氏一人而已。

或有询陈以办学之本旨者，则曰："平生素愿，别无希求，盖钱由我来，亦当由我去。"语重心长，深足玩味。年来树胶跌价，其所营事业，不如往昔之盛。目前每月盈余只十万，而提半数为两校常费，吁！可谓豪矣！忆当年厦大发生学潮，迁

---

[*] 黄寄萍（1905—1955），男，江苏海门人，1929 年于厦门大学教育系毕业，后进入申报工作，新中国成立后在上海新闻图书刊号馆工作。

延不决。陈氏郑重表示曰："合则留，不合则去，焉用强求，厦大虽留一生一徒，亦当照常进行，决不因此而阻余办学之心志。"卒至一部分教授与师生自动离校，学潮平静，生徒锐减，而该校进行如故。

陈氏秉性慈祥，前年其星洲总厂之一部被毁于火，失业工人千余，衣食不济。陈氏特准照常支薪，历四月始恢复，未尝有吝啬。其总厂各部工员逾五千，陈身任总理，而终年辛勤，无异工人，且自命为工头。八时进厂，巡视各部，举凡机械之原理与运用，率皆谙熟。晚至六时始返寓，人谓其先工人入，后工人出。其不惮劳、不畏难之精神，殊堪敬佩也！

星洲一埠，陈氏所营实业至多，橡皮、糖果、药材、鞋帽，其尤著者，陈嘉庚公司遍设全球，计共四十八处云。

原载1930年3月31日《申报》

陈嘉庚先生印象记

范长江

南洋侨胞领袖和国民参政会参政员陈嘉庚先生，此次返国出席参政会第五届大会，并偕南洋华侨慰劳团分赴各地慰劳前后方抗战军民同胞。当参政会开会时，陈先生即与林伯渠、董必武等同志谈及拟来延安参观，林、董同志均即表示欢迎。同时，毛泽东、王明、吴玉章同志闻讯亦曾去电欢迎，陈先生比曾覆电致谢。现闻陈先生于日内即将由西安启程来延，特将范长江先生近寄本报关于陈先生印象记一篇刊登，以飨读者。

——编者附志

陈嘉庚先生于四月三日到重庆，五月五日飞成都，转往全国各地视察，关于他的消息，多略而不详，记者此次曾与他长谈，深觉其非泛泛者流，故谨就所知，简要介绍于读者诸君。

——作者

提起"陈嘉庚先生"，大家都可以立刻联想到他和"胡文虎先生"一样是南洋华侨两大资本家。一提起"华侨"，大家就立刻想到，他们对于祖国的"捐款"与"投资"，同时，他们对于祖国情形，一定相当隔膜。然而看了陈嘉庚先生后，我得了一个完全不同的印象。

"我不是资本家。我是诸位的同志！"在四月中旬重庆一个平民领袖们的聚会上，陈嘉庚先生发表这样出人意外的演说。更出人意外的是，他说："热心赞助祖国抗战，愿意对抗战中的祖国投资的，不是南洋资本家，而是广大的华侨劳苦大众。"尤其奇怪的，国内许多人正在忧虑团结问题，恐怕这个问题将会影响抗战，而他却坚定地相信："进步的一定胜利，退步的一定失败。倒退现象一定不能长久！"

他今年已经六十七的人了，但是从他的生活与行动上看去，他至多不过五十岁。老人们总是比较需要物质上的舒服的，而且一般的情形说来，五十岁以上的中国人往往是不愿意过太紧张的生活，不愿意做交通不便地方的长途旅行。然而他是古怪地整日忙碌，开会演说会客拜访谈话等，工作不休。每一桩事情，他都聚精会神地应付。我和他做过两次谈话，合计总有五个小时，我没有见他对于任何所谈的问题采取"随便"的神气。很小的事情，他也认真地辩论不已。南洋华侨慰劳团回到行都重庆后，政府决定优厚招待，单以住所而论，政府预备的是一等旅馆，而陈嘉庚氏坚谓，此种招待太过浪费，必欲迁至公共机关，团员皆睡自己所带之帆布床。他们住在嘉陵新村从前工业合作协会的房子，一切设备都很简单，出门上坡下坡，就够一个老人麻烦，而他却对其团员们解说"这样可以为国家节省了不少物力"。更使我奇怪的，他自五月五日起将赴全国各战场视察，凡是有名的地方，有名的人物，他都想去拜望一趟。通航空的地方，他坐飞机，没有航空的地方，他就坐汽车，成都、兰州、西安、延安、洛阳、襄樊、宜沙、峨眉山、桂林、长沙、曲江和他自己的故乡福建，他这次都想走到。他谈起这些想去的祖国的地方，不顾现实环境上的千山万水，更忘却了自身是老迈之年，对于横贯祖国南北战场的万里长征，反益增其兴奋。

陈先生在南洋已奋斗五十年，十七岁时——即民国纪元前即由福建南去新加坡习商，三十一岁始自己经营，曾创办黄梨罐头厂、树胶业、渔业、牛皮厂、雪文厂、造纸厂。在二十世纪二十年代中，陈氏事业兴隆遂成为南洋华侨之第二等富翁。民国十八年（一九二九年）世界经济不景气袭击南洋，陈氏事业始受顿。然陈氏因曾为南洋之第一等大资本家，至今亦领袖于侨胞之间。但陈对侨胞之认识，实使人惊异不已。

世人多谓华侨有钱故欢迎华侨资本家向国内投资，陈氏认此为完全"误解"。真正华侨资本家很少可能向国内投资，而能向国内投资者，只有广大之南洋劳苦群众。因为所谓华侨资本家，可以分为两种。第一，是在海外出生的"侨生"资本家。在前一种言之，他们很少祖国观念，习于当地殖民地生活，在其所在的统治国家范围寻求发展，他们根本很难起投资祖国的观念。第二种资本家，他们幼年飘流海外，到老年始赚得相当资本，于是趋于保守，难有远适祖国，巨额投资的可能。真正能汇款回国的，还是那些劳苦群众和家庭妇女。他们在南洋身在异邦，家悬祖国，亲受政治与经济之压迫，呕思在国内能建立事业，寻求光明，所以他们的劳力所得，稍有赢余，即设法存入中国银行，汇返故乡。在过去平常年代，南洋劳动群众由新加坡中国银行汇返祖国者，每月约二三千万元（新加坡"叻币"），这构成我们过去外汇来源的一个巨大部分。抗战以来，踊跃输浆的，也是侨胞中的广大的平民。

他对于抗战政治，比经济上的事业经营似乎还更感兴趣。

我们曾经谈到抗战前途，他以坚决之口吻，认为抗战军事已经没有问题，军事上之稳定已经有了把握。因为他在重庆看过蒋委员长、白主任、冯副委员长和政治部陈部长，这些华侨们所崇拜的军事领袖，从他们的谈话报告中，使他得到一个印象，就是军事上胜利的信念，大家都有了，这一点给他很大的安慰和鼓励。因为华侨对于抗战的心理，是有如下的几个阶段的："七七"抗战开始，华侨对于祖国已经发动了保卫民族的神圣战争，当然发生极大的兴奋。但是有些知识的侨胞当时对于祖国的抗战，担心两点。第一，恐怕武器不行，打不过日本。第二，恐怕人心不固，内部不能团结，全国不能一致。自"八一三"淞沪战争开始之后，侨胞系念祖国之情，每日皆为祖国传去之新闻所激荡。经过了淞沪三个月的英勇血战，侨胞对于第一点武器的顾虑，可以说没有了。他们认为我们虽然是劣势装备，但是我们抗战军民的英勇，可以抵抗敌人物质的优势。其后又经过广州的大轰炸，乃至广州武汉的撤退，全国人心仍紧随着蒋委员长的号召，坚持团结，坚持长期抗战。因此对于人心不固的忧虑，至此也完全释念了。经过了此次南洋华侨回国慰劳团的实地考察，中国抗战已经能够在军事上和敌人"相持"，敌人已经不能单纯用军事来灭亡中国，是百分之百的确实了。

陈氏之所以可佩，在他不仅认识了上述的事实，而且更进一步地把握住了抗战胜利的关键。

第一，他很坚定地把握着抗战胜利的因素，主要地要靠自己，他因此反对依赖西方"民主"列强的某些主张。因为显然有些人认为中国抗战之胜利，必须依赖西方"民主"列强，在欧洲战争之后，然后才有力量在东方逼迫日本，只有经过了西方"民主"列强的有力帮助，中国在相持局面之后，才能有胜利的转机。因此这些人曾经断定过，欧洲绝不会扩大，就是扩大，西方"民主"列强一定会胜利。陈嘉庚先生对此大不谓然。

第二，他对"待胜论"表示反对。因为有些人认为抗战胜利有三种时机，第一是敌人久战无功，不得不自行退却。第二是敌人内部革命。

第三是国际加于敌人决定的压迫。这里面显然没有估计到我们自己的伟大力量，似乎敌人只有自动撤退，不会有我们自己强大起来后打走敌人的可能，那所谓"最后胜利"只有坐待敌人和国际的变化，中国自己不能起决定的作用。这种在相持局面下不求进步，不求生长战胜敌人的力量，不认识胜利主要地要自己艰苦奋斗的理论，他认为是最危险的看法，结果将使国家陷于偏安。使他引为愉快的，是祖国某些方面的确在不断进步。他坚信进步的力量一定胜利，退步的力量一定不能生存。汪精卫从抗战中退步下去了，所以汪精卫出走后，万人唾骂成为"独夫"。

实践是理论的泉源，陈氏对于政治问题了解之如此深刻，这与其过去经历极有关系。他过去一生除经营事业外，其最大的精力，都用之于教育与救国事业上。民国纪元前一年，他三十七岁即任新加坡闽侨首创之道南学校总理并加入孙总理所领导之同盟会。是年秋清政府被推翻，他筹办保安捐，筹款资助闽省光复。民元回国创集美学校，以后逐次扩充。民七在新加坡创南洋华侨中学。民九创水产学校。民十办厦门大学。民十五办集美农林学校并在新加坡办南洋商报。民十八济南惨案发生，倡办山东惨祸筹赈祖国水灾会。廿五年主持新加坡及马来亚购寿蒋会。廿六年抗战发生领导全部侨胞组织新加坡华侨筹赈祖国难民会，同年被选为马来亚各区华侨筹赈会通讯处主任及新加坡自由公债劝募委员会主席。廿七年主持筹赈黄河水灾。廿八年向国民参政会提案，谓"敌军未退出中国前，不得言和"，全国舆论皆为之赞扬不已。同年英日举行谈话，有不利中国抗战消息，陈乃以侨民大会一致之意见，致电伦敦代表反对，同年冬为祖国募寒衣五十万件。今年为祖国做医药募捐，其更大之行动则为此次领导南侨慰劳团回国慰劳。所以说，近十年来他的大部分精力，都用在救国工作了。

我们抗战之应当采取更坚决的独立立场，他从最近英政府对新加坡华侨存款汇款的限制，得到了一个明证。从前华侨汇款回国是完全自由的。每月由新加坡中国银行汇回祖国的款项在二三千万元。自去年欧战爆发以后，英政府对于华侨对祖国之汇款有了严格之限制，最初限制每人每次汇款不得超过五百元，以为不得超过二百五十元，携带出境者不得过一百元。所以去年九月以后，新加坡中国银行每月只有几百万元汇出了，这就说明各国都愿意各国的殖民地资力为各本国战争而使用，华侨应以其资力为其祖国神圣解放战争而服务这事件，不是当地殖民政府所考虑的事了。

华侨之解放，要以祖国抗战胜利为前提，而祖国抗战之胜利，也只有广大的华侨支持下，才近于成功。今后如何把华侨与祖国的关系亲密地联紧起来，这是今后的课题。

在他看来，经过这次南侨慰劳团回国视察之后，华侨与祖国的关系一定要好得多。因为慰劳团包括南洋各属的华侨，范围广大，他们回去宣传之后，一定能发生极大的影响，今后一定还有更多的华侨同胞，不断回国考察，这当然会加强彼此的关系。

其次他所想到的成熟的意见，对于海外侨胞小资本家与国内抗战经济建设联系的事情，已经有些具体的计划。英国殖民政府已经限制华侨自由向祖国汇款，故在我政府向英交涉恢复自由汇款未成功以前，华侨大批汇款回国已不可能。故将来最可能的方法为国内创立大规模的企业公司，在南洋向华侨发行股票，乃可以致力于祖国的抗战经济建设。

他最认为遗憾的，是国内新闻纸上对于华侨救国努力之反映不够，重庆战时首都，华侨消息绝少。因此国内同胞对于华侨之了解，自无由而深刻。文化交流，是政治经济联系的纽带。这一点都做不到，其他工作的进行至少不甚便利。对于重庆报纸几乎家家都是同一样的新闻，这一点，他觉得是个缺陷。

这位南洋老人为事业为国家继续奋斗了五十年，而仍然没有丝毫倦意。老而益壮，久而弥坚。祖国抗战正到一个非常困难艰危的阶段，有陈先生这样精诚动人的长者，到各战场视察一周，对于作战军民的鼓舞，将不比于平常。

让敌人和汉奸做分化中国的梦吧！看看南洋老人亲赴全国前线劳军，有什么方法不在中国不可动摇的团结趋势之前，不断地发抖呢？

五月三日重庆

原载1940年5月31日延安《新中华报》

旅厦杂记

杨万里

余自民国初元入京，忽忽居十余年，其间一度作西北之长途旅行，顾仅数月即返；十五年八月三日始别京华，南下就事。十八日自沪赴厦，海行二日有半，因同行者有沈兼士、顾颉刚、黄振江、潘介泉四先生，时聚甲板谈笑，颇不寂寞。而余所不能去怀者，为十九日开始之个人作品展览会也。先是，余以历年所摄者，益以西北诸片，陈列于苏州青年会三日；既到沪，江小鹣君怂恿余在上海开一次展览会，乃由小鹣假得慕尔堂为陈列会场，日期定十九日，而新宁启行，适在十九日早晨，遂以陈列展览事完全托之小鹣。犹忆十八日晚，与小鹣、介泉自大马路北冰洋回到新宁船时，仓促间以所有应行陈列各片，检付小鹣，尚历历在目前也。后在厦校，得小鹣来书告我展览会盛况，上海各报均欲刊载揄扬，为之愧悚。国庆日，伟英、娴儿、孟甥来厦，即以此陈列于慕尔堂者，复陈列于大国学研究院之陈列室，一时参观者纷至沓来，自此遂有厦大摄影学会之发起。而厦门人士，竟有约余在鼓浪屿开一次展览会者，终以仅居数月，即离厦北来，未能一践宿诺，至今耿耿！

厦大背山面海，风景绝佳。中央群贤楼，礼堂在焉。学生宿舍曰映雪，曰囊萤，教职员之无家眷者，其宿舍曰博学楼，与眷属同居者曰兼爱楼，女生宿舍曰笃行楼，此外依山住宅已落成者，约有二十余所。生物院三层为国学研究院，其偏南者为化学院，计划建筑中者有图书馆等等，规模颇阔大，唯终嫌散漫无系统耳。

校址为清朝时之南校场，僻处海滨，离繁盛市场七八里。船行，一遇风浪，颇不便，步去，则厦门港腥秽遍地，令人欲呕，是以终日在校，转觉处处晏然，不愿涉足尘市。逢星期，与同来诸友一游鼓浪，购置零件，有时在白室（为一夫一妇所开之广东餐室）用膳，然后回校。常日则五时以后，必至海滨拾贝。此事发动于余及振玉，不数日，兼士先生亦加入竞争，时步海边，以手杖拨检，不当意，则大踏步奋勇直前，冀有所获；余常尾其后，随检随拾。振玉选择极精密，佳品不易错失，往往株守一隅，反复搜剔，及至暮色苍茫，始各满载而归。匆匆晚饭后，即检理所得，洗水也，剔垢也，纷扰约一小时。于是罗列盘中，争相夸耀，如是习以为常课。振玉有时清晨即去，余亦不甘落后，尽力搜罗；及至兼士、振玉北归，搜寻者仅余一人，因此所获独多，而精品亦日有所集。娴儿孟甥来，拾贝兴趣益浓；此时南开转学诸君，亦时往来于南炮台附近，盖振玉有以发之也。嗣后莘田、士偶亦好之，顾佳者极少。振玉携眷来厦，海滨拾贝团体中复添入君之爱女北华、燕华二小友，拾贝精神，愈见发皇。自此陈廷谟夫人携其公子仆役，顾颉刚，容元胎并其夫人，均不惮跋涉，努力搜检，有沿海滨走数十里者，其间以元胎之搜索为最勇，廷谟之所得为最精，异军突起，我其退避三舍矣。闻入春后，贝类愈多，佳者亦复易得，惜已回苏，不参与比赛，同首昔游，曷胜怅惘！

余于授课及自己研究之余，除拾贝遣兴外，常与莘田唱皮黄为乐，操弦者为南开转学之某君。嗣后郑君嘱余授昆曲，早因恋人蔡女士则习《长生殿》之《定情赐盒》，未得曲笛，即以常笛奏之，其高亢激越，竟若梆子班中所习闻者，以海滨素不闻昆曲，遂亦假用之，不嫌憔杀焉。娴儿肄业附小，蔡女士授之舞，居然上台歌《月明之夜》，饰快乐神。振玉女公子北华、燕华，向在北京孔德，娴于歌舞，至此寂寞海滨，益增声色。尤可爱者，振玉三女公子常效其姊，作种种舞蹈姿势；振玉夫人则于其哄睡五女公子时，亦复高唱其"好朋友，我的好朋友……"之句。博学楼上歌舞承平空气，其浓郁也有如是者！

摄影机会，凡在旅行时，余决不让其放过，唯作画颇少；此数月中堪以入目者，只有雨后等数幅。其时余居博学楼三层，北窗外有走廊，廊有石灰制栏杆，雨后栏影，屈曲现于走廊之铺砖上，余即以此为画幅之中心，廊外南普陀山，蜿蜒向东，云气郁蒸，似尚有雨意者，作为画幅之背景，摄成后，以粗面 Bromide 纸放大，画意较从前作品，略见浑厚。泉州任神父肖像，由120号软片上放出，亦较从前所摄人像为有进步。此外十之八九，均系记载片，于两次游泉州时所得最多。

同事艾克君，好摄影，所常用者，为大学置备之 5×7 箱，镜头 Zeiss4.5，外有 Telephoo-tens。一余于复写院中所藏古物时，每借用之。艾克君对于泉州开元寺东塔之石刻，拟尽数摄之，编一专集，期于十六年春间进行，不悉曾否实现也。振玉原为北京光社中同志，但在厦门，摄影兴趣较淡，殆为拾贝所分心欤？学友中亦有数人好此。而成绩尚少，此无人提倡之故也。

在厦数月，除旅行泉漳二州外，曾一赴集美参观，一游圭屿。参观集美之日，为九月十四日，同去者，有兼士、颉刚、介泉、伏园、丁山五人。先是叶采真校长来信相约，及期叶君复来大学同去。船行约一小时半，到集美社（集美社一名浔尾，厦门岛北对岸，地属同安县辖）。上岸，即在校长会议室午餐。得晤蒋孝丰、王世宜二君，皆出身北大者也。饭后参观科学馆，底层为化学物理博物标本室，与之毗连者为教室及实验室，二楼为商业部借用教室，三楼即校长办公室并会议室。出科学馆后，经植物园，参观最先成立之集美两等小学校旧屋。

集美乡初有私塾七处，各不相谋，陈嘉庚民元回国，倡办小学，乡民均不愿废私塾而就陈意；陈遂填平池塘，为建木屋十余间，四围复疏浚成小溪以养鱼焉。所入以四之一归学校，四之三归乡民，乡民始诺，是为集美学校开始之两等小学校，旧有木屋，现拟改建校舍，余力劝保存，以为纪念，未识当局对之曾否表同情也。随往图书馆参观，馆屋落成于民国九年，建筑费四万元。屋顶盖以绿色玻璃瓦，栋楹走廊，均加雕刻，饰以金箔，备极轮奂。二楼书库，三楼阅书室，现有图书约近四万册。继至男师范部，有立德、立言、立功、约礼、居仁、尚勇、渝智诸楼，东部校舍为水产部所借用。女师范部校舍曰尚忠楼，曰诵诗楼，曰文学楼，曰敦书楼，前有旷地为运动场，幼稚园方在建筑中。遂至小学部，近海处有郑成功旧时营堡，今存一角，特为留影焉。折至陈嘉庚花园及嘉庚回国后办事之小楼，然后回校长室略坐，经中学商业各部而至校长住宅休息，五时乘集美渔轮回校。

总计集美全校面积有一百六十五万余方尺，未经建筑之校舍及空地尚不在内。在校学生截至十五年暑假前止，师范部五百七十二人，中学部五百一十九人，水产部八十八人，商业部一百七十九人，女师范部二百七十二人，女小学部一百七十人，农林部九十五人，小学部三百四十五人，幼稚园一百四十五人，合计二千三百八十五人。广东籍者约占十之一，其他客籍约占二十分之一，余均本省学生也。十五年度经常费二十八万余，建筑费二十六万余。全校经费，陈嘉庚自民国八年起以在新加坡之不动产橡园七千英亩，并屋业地皮面积百余万方尺，向英政府立案，定为集美学校基本金生产地。

此次往游，仅得大概。若消费会社，储蓄银行，医院及农林部均以时间关系，未能参观。

游圭屿之日为十月二十四日。清晨先访许雨阶、李公瑞二君，同赴鼓浪屿，晤艾克及其友人某君，遂雇一帆船往游。屿在海中，系一荒岛，山尖有砖塔一，艾克即以塔岛（Pagoda Island）称之。近午泊岛岸，余等全由蔓草丛中上山，约行三里许，始达其巅。塔为八角形，已倾其半。底部有石造像，同时复于附近丛草中得二石刻，其一已折为四矣。按志书仅列圭屿之名，砖塔既无考，遑云石刻。以余度之，当与南太式之塔有关系也。当时即拟将石刻迁存国学研究院中，后以未得校中同意，暂缓搬运，此时是否尚在圭屿，我不敢知。

此外以南普陀寺离校近，常为课余憩息游览之所。方丈常惺，江苏如皋人，与莘田尤熟识。太虚法师自星洲归来，即在该寺居留十余日。寺有僧学校一，常惺实主持之。十一月中建水陆道场，演剧半月，香市称极盛，据知其内幕者云，靡费至五六万元，东南丛林，无此大功德也。

鼓浪屿为富商别墅所在，山巅有郑成功阅水师台，曾为黄氏园林所占有，因此而发生讼案者。间尝登之，鼓浪及厦门景物，尽在眼底，临风长啸，间足一洗尘襟。林氏菽庄，建筑未就，主人商业失败，遂致停工；然其所占形势，在别墅中，可谓最擅胜地。就海滨岩石，支架石桥，委婉曲折，极尽布置之能事；中途复有石亭二，可以凭栏远眺。惜为九月十日飓风所毁，今已不能通行矣。余于此桥，曾摄多幅，均以石亭入画，各有经营，质诸振玉，亦颇以不落窠臼为然。振玉就一圆洞中摄成一幅，取景极停匀，佳片也。

鼓浪有工部局，街道随山坡建筑，颇洁净。对岸厦门市繁盛区域，尚能差强人意，近城部分污秽不堪涉足，公娼所居小巷尤肮脏。余以往南轩（著名菜馆）应酬故，曾至其地，实一变相地狱耳！局口（地名）因有古董铺，数往游观，然为台民土娼所在，余只得掩鼻疾趋过之，不敢稍停留也（十五年春间，局口实为腺鼠疫流行之处）。厦门港情形亦然，数年前友人告我厦门街市，人与豕相争道，今也目睹其景，不禁为之哑然。

余到厦门，适值虎疫流行甚剧，死亡颇多，因此同人往游厦门市街，心颇惴惴。但龙眼正上市，岂能轻轻错过。购归后，即浸入过锰钾液中消毒，然后剥而食之，幸均无恙。秋间苦于蚊，每晚必服奎宁数丸，会语堂及熟友中患 Dengue 者不少，颇以被染为虑，竟获平安。按厦门已多热带所习见之病，Dengue 于一八七〇年来自新加坡东航而至安南中国，一八七二年厦门大流行，被传染者约占全岛人口百分之七十五以上，Sir Patrick Manson（Tropical Diseases 著者）时在厦门，亲见之。Manson 氏居厦门十余年，为近代有名热带病学者。

厦门市并无市立医院，厦大医科，方在规划，医院设置，更在其后。此时厦门市应有一卫生局，海港船舶之检疫，不当操诸外人。传染病医院，为必不可少之建设事业。厦大医院，应分设于厦门市及厦门港，别立一研究所以研究厦门一带之地方病，并设寄生虫学热带病学特别讲座及学侣，以期有所发明，与世界学者相见，我意以陈嘉庚之财力，当能任此远大事业也。

厦门市无旧书肆，古董铺则在局口，珍品罕见，唯日人龟冢氏所设者，常有佳件耳。何朝宗制观音像，高仅五六寸，确系牛乳白——德化瓷之精者，称牛乳白（Milk White），或称（Dream White，古法兰西之著作家称之为中国白（Blanc de China）（见R. L. Hobson and A. L. Hetherington 著 The Art of the

Chinese Potter）。——以千三百金脱售，惜未留影。私家收藏最富者，太古邱君闻名已久，余曾谋面一次，得见所藏蓝白瓷十余件，原约改日至其寓所，一饱眼福，终以北来缘悭，不胜遗憾！刘交涉员亦好收藏，匆匆仅见数幅，至今亦追念不置也。

　　国学研究院之成立，语堂先生实主持之。语堂热心任事，不辞劳怨，且胸无城府，坦白率直，因此不容于现代潮流，愤而去厦，余甚惜之！亮丞潜心于中西交通史者数十年，颉刚治学，事事求实际，其用功之刻苦，只有令人拜服而已，研究院得此二公，岂仅闽南文化之幸，不意竟连带去职。事之痛心，孰有甚于斯者！余以末学，参加其间，五阅月中往游泉州三次，极想继续努力，搜集材料，著《宋代石刻录》，并为何朝宗成一专集；何意北来后，消息日趋险恶，同人咸退出厦大，空负此愿，复有何说！唯旅厦数月中，拾贝而外，读书时间颇多。曾就云冈影片拓本，稍加整理，拟即付刊，草《云冈石窟小纪》一文，以为弁言；倭寇事迹，就图书集成，通志、明史、四夷馆考以及其他载籍中搜集材料，亦颇不少，而《中国历代医政考》一书，适于年前编就，亦一可喜事也。

闽游滴沥之一

郁达夫

今年是一个闰年——闰三月——我老早就晓得在阳历二月尽头，要大冷几天；年纪大了一点，怕寒怕暑，比年轻时厉害得多了，所以当旧历的年底，就在打算上什么地方去过一个冬尾和春头。

从前在一篇关于住所的话里，也曾提起过住家的适地。我以为北平住家，是最好也没有的地方，其次便想到了国民政府没有定鼎以前的南京，与偏处海滨，同时得享受海洋、大陆两种调谐气候的福州。自从这一篇不关大体、猥杂无聊的浅短文字，在《文学》的散文栏里发表以来，竟出乎我的意料之外，接连着就来了两个反响，致使我直到现在也还不能够逃出它们的圈子。

反响的第一个，是一位有志者的愿意借给我以造屋的金钱；结果，于杭州住房之旁，一间避风雨的茅庐，就在去年年底，修盖起来了；到了现在，还是油漆未干，画龙之后，终于未曾点睛。反响的第二个，是这一回应了朋友之招，于阴历正月的初头，匆匆出走，附船南下的这一次的七闽之行。

上车的头一天晚上，杭州还是北风雨雪，寒冷得像在河北的旧都里一样。并且因为要决定出行与否的缘故，和内人还起了一场无谓的争执，闹闹吵吵，一直坐到了天亮，等太阳出来了的时候为止。上小面馆去吃了一碗鳝鱼面后，头脑虽说清醒了一点，但将头深缩着在大氅的领里，看看天色，终于还不想马上就去上飘泊的长途。因此捱迟了一刻，又捱迟了一点。终于捱到了八点三十几分，离杭宁特快通车开车前只有二十分钟的时候。霞拼命的催我，早就把一包被包，和一只手提箱送上等在门口的黄包车去了，我临时还忘记了一串锁钥。

在阳光眩目的城站月台上立定，侧目西看看凤凰山上的朝霞，一阵西风，忽而又吹上我的头发，于是就想起了那顶新买的黑呢软帽还没有带来。霞着了急，马上去打电话；我倒还是随随便便的，今天趁这晴和的天气，再上孤山灵峰去走它一天，也不很好么？只教有钱，路总不会得卖完，到得明天，车总也自然会再开的。但是不多一忽，车子也从南星桥开来了，同时帽子也由佣人赶送到了站上；这么一来，迟疑的口实，都已经没有，不得已只好慢沌沌走上了车座。到上海是下午一点半的样子，在靖安轮船的舱里把身体横放倒的时候，看见太阳已经有点西斜，大约总在未末申初的几刻钟里了吧？不多一忽，船就开行了。

吴淞的进口出口，以及南行的海上风光，在这二十多年里，是不知道已经经过了多少次数的，所以也懒得上甲板上去吃西北风。和同舱的那位张涤如先生，一通问了姓名乡贯，知道彼此还是杭州许多亲戚朋友的Mutual Friend，所以我们喝着酒，谈着闲天，计算着船进马尾港口，横靠南台的时日与钟点，倒也忘记了离乡背井的悲哀。只是静默下来，心里头总觉得有点儿隐痛难熬，先还浑浑然不晓得究竟是了为什么，随后方想起了昨天晚上和霞的一场争吵，与今天开车时她那张立在铁栅外的苍白的脸，就是这一点心痛的病源。

"有办法，有办法，让我来打一个无线电回去安慰她罢！"

可是叫了船舱侍役来一问，却又说，船上原也有无线电机的设备，但是船客是不可以借此打电报的；因此我这一点心痛，终于苦受了两天两夜，直等船到了福州，在南台青年会住下，一个电报送出之后，方才稍稍淡薄了下去。

船进马尾港之先的一段渔村小岛的清景，以及大小五虎山、金刚腿、南北龟、瞿心庙、缺嘴将军等名胜故垒的眺望，想是到过福州的人，都看见过，听到过的事迹，我一时辨也辨不清，此地只能暂且不表——记得在八九年前初到福州的时候，也曾经稍稍写过一点了——只有一点，见了青山绿水的南国的海港，以及海港外山上孤立着的灯塔与洋楼，我心里倒想起了波兰显克微支的那一篇写守灯塔者的小说，与挪威伊孛生的那出有名剧本《海洋夫人》里的人物与剧情。同时并且也想起了少年时候，一样的在这一种海港里进出时的心境，血潮一涨，老态也因而渐除，居然自己也跑上前跑落后地上甲板去，和那些年少的同轮船者夹混了好半天。

三北公司闽行线的轮船靖安的唯一迷人处，是在直驶南台靠岸的六个大字；因为她的船身宽，船底平，乘着潮头，可以开进马尾，倒溯闽江而直上南台的新筑码头边上去靠岸。但是这一次，不晓得是我的运气呢还是晦气，终于受了她的一次骗。上海出口的时候，大家都说后天早晨船可以到马尾，第三天的中午，就可以到南台市上去买醉听歌了，所以船上的人，都非常之快活，仿佛是踏上了靖安的舱板，就等于已经踏上了南台的沙岸似的。并且天气也晴和，晚上还有了元宵节前的大半规上弦的月亮；风平浪静，在过最险恶的温州洋时，也同在长江里行船一样，船身一摇晃也不曾摇晃。可是到了该进马尾港的第三天的早晨，船只同蚂蚁爬地球似的在口外的丛岛中徘徊，似乎对口外的白水青山，有点恋恋不舍的样子。船后面

"水波不兴，清风徐来"——用这两句古人的妙句来形容那一日船后面的情景，或者有人会感到诗意，但实际则推动机失去了作用，连船后面所必拖的一条水纹也激不起来，不消说当高速度前进时所振动起的那一股对面风，也终于没有——比到苏东坡在赤壁放舟时的那种舒徐态度，我想只会得超过几分。因而等潮落之后，过了中午，我们才入了马尾，在江中间抛下了锚。幸亏赖张涤如君及几位在建设厅车务处任职的同船者的尽力，我才能于下午三点多钟，在光天化日之下的惊涛骇浪里爬上了小火轮，驶到了马尾的江边；否则，我想就是做了水鬼，也将问不到到阎王那里去的路程，因为苦竹钩辀，那些苦力船家搬运男女在那里讲的，并不是中国话，也不是外国话，却是实实在在的马尾土话的缘故。

福州的情形大不同了，从前是只能从马尾坐小火轮去南台的一段路程，现在竟沿闽江东岸筑起了一条坦坦的汽车大道，大道上还有前面装置着一辆脚踏车，五六年前在上海的法界以及郊外也还看得见的三轮人力车在飞跑；汽车驶过鼓山的西麓，正当协和学院直下的里把路上，更有好几群穿着得极摩登的少年男女，在那里唱歌、散步，手挽着手的享乐浓春；汽车过后，那几位少女并且还擎摇着白雪似的手帕，微露着细磁似的牙齿，在向我招呼，欢笑，像在哀怜我的孤独，慰抚我的衰老似的。

到了南台，样子更不同了，从前的那些坍败的木头房屋，都变成了钢骨水泥的高楼；马路纵横，白牌子、黑牌子的汽车也穿梭似的在鸣警笛；那一条驾在闽江江上的长桥——万寿桥——拆去了环洞，改成了平面，仓前山上住着的中外豪绅，都可以从门口直登汽车，直上城里去了。十年的岁月，在这里总算也留下了成绩，和我自身的十年之前初到这里时的那一种勇气勃勃的壮年期来一比，只觉得福州是打了一针返老还童的强壮针，而我却生了一场死里逃生的大病，两个面目，完全相背而驰了十年，各不能认识各的固有形容了；到了这里，我才深深地、深深地加倍感到了"树犹如此，我老何堪"的古人的叹息。

南台本来是从前的福州的商业中枢，因而乐户连云，烟花遍地，晚上是闹得离人不能够安枕的，但现在似乎也受了世界经济衰落的影响，那一批游荡的商人，数目却减少了。大桥

福州的市街

的南面是中洲，中洲的南面是仓前山，这两处地方，原系福州附廓的佳丽住宅区，若接亦离，若离也接，等于鼓浪屿之于厦门一样，虽则典丽华贵，依旧是不减当年，但远看过去，似乎红墙上的夕照，也少了一层光辉，这大约是我自己的心理作用吧？否则，想总是十年来的尘土，飞上了那些山上的洋楼，把它们的鲜艳味暗淡化了的缘故。

在南台的高楼上住下的第一晚，推窗一看，就看见了那一轮将次圆满的元宵前的皓月，流照在碎银子似的闽江细浪的高头。天气暖极，在夜空气里着实感到了一种春意，在这一个南国里的春宵，想该是"虫声新透绿窗纱"的时候了。看不多时，果然铜铜盘铜铜盘地来了几班踏高跷、跳龙灯的庆祝元宵者的行列，从大桥上经过，在走向仓前山去；于是每逢佳节思亲的感触，自然也就从这几列灯火的光芒上，传染到了我的心里，又想起闺中的小儿女来了；没有办法，我只好撇下了窗前的美景，灭去了灯，关上了门，睡下去寻还乡的美梦，虽然有没有梦做，原也是说不定的。

一九三六年二月廿八日写

原载1936年3月16日《宇宙风》半月刊第13期

闽游滴沥之二

郁达夫

　　曾经到过福州的一位朋友写信来，说福建留在他脑子里的印象，依次序来排列，当为第一山水，第二少女，第三饮食，第四气候。福建的山水，实在也真美丽；北峙仙霞，西耸武夷，蜿蜒东南直下，便分成无数的山区。地气温暖，微雨时行，以致山间草木，一年中无枯萎的时候。最奇怪的，是梅花开日，桃李也同时怒放；相思树、荔枝树、榕树、杜松之属，到处青葱欲滴，即在寒冬，亦像是首夏的样子。

　　闽江发源浦城县北渔梁山下，亦称建溪，又叫剑江，更有一个西江的别号；大抵随地易名，到处收纳清溪小水，曲折而达福州，更从南台折而向东向南，以入于海。水色的清，水流的急，以及湾处江面的宽，总之江上的景色，一切都可以做一种江水的秀逸的代表；扬子江没有她的绿，富春江不及她的曲，珠江比不上她的静。人家在把她譬作中国的莱茵，我想这譬喻总只有过之，决不会得不及。

　　你试想想，福建既有了那么些个山，又有了这么大的一条水，盘旋环绕，终岁绿成一片，自然的风景，那里还会得比别处更差一点儿？然而"逢人都问武夷山"，仿佛是福建的景致，只限在闽西崇安的一角，除了九曲的清溪，三十六峰的崇山峻岭而外，别的就不足道似的，这又是什么缘故？想来想去，我想最大的原因，总还是在古代交通的不便。因为交通不便之故，所以外省的人士，很少有得到福建来的；一二个驰骋中原的闽中骚客，懒得把乌龟山、蛇山、老虎山、狮子山等小山浅水，一一地列举出来，就只言其大者著者的武夷山来包括一切；于是外面的人，只晓得福建仅有武夷的三三六六，而返射过来，福建人也只知道唯有武夷山是值得向人夸说的了。其实呢，在闽江的两岸，以及从闽东直下，一直至诏安和广东接壤的海滨一带，都是无山不秀、无水不奇的地方；要取景致，非但是十景八景，可以随手而得，就是千景万景，也不难给取出很风雅很好听的名字来，如我们故乡西湖上的平湖秋月、苏堤春晓之类。

　　说虽则如此的说，但因尘事的劳人，闽南闽北，直到今日，我终还没有去过，所以详细的记叙，只好等诸异日；现在只能先从实地见过到过的地方说起，还是来记一点福州以及附廓的山川大略罢。

　　周亮工的《闽小纪》，我到此刻为止，也还不曾读过，但正在托人搜访，不知他所记的究竟是些什么。以我所见到的闽

闽　江

中册籍，以及近人的诗文集子看来，则福州附廓的最大名山，似乎是去东门外一二十里地远的鼓山。闽都地势，三面环山，中流一水，形状绝像是一把后有靠背左右有扶手的太师椅子。若把前面的照山，也取在内，则这一把椅子，又像是面前有一横档，给一二岁的小孩坐着玩的高椅了。两条扶手的脊岭，西面一条，是从延平东下，直到闽侯结脉的旗山；这山隔着江水，当夕阳照得通明，你站上省城高处，障手向西望去，原也看得浓紫缊；可是究竟路隔得远了一点，可望而不可即，去游的人，自然不多。东面的一条扶手，本由闽侯北面的莲花山分脉而来，一支直驱省城，落北而为屏山，就成了上面有一座镇海楼镇着的省城座峰；一支分而东下，高至二千七八百尺，直达海滨，离城最远处，也不过五六十里，就是到过福州的人，无不去登，没有到过福州的人，也无不闻名的鼓山了。鼓山自北而东而南，绵亘数十里，襟闽江而带东海，且又去城尺五，城里的人，朝夕偶一抬头，在无论什么地方，都看得见这座头上老有云封，腰间白墙点点的瑰奇屏障。所以到福州不久，就有友人，陪我上山去玩；玩之不足，第二次并且还去宿了一宵。

鼓山的成分，当然也和别的海边高山一样，不外乎是些岩石泥沙树木泉水之属；可是它的特异处，却又奇怪得很，似乎有一位同神话里走出来的艺术巨人，把这些大石块、大泥沙，以及树木泉流，都按照了多样合致的原理，细心堆叠起来的样子。

坐汽车而出东城，三十分钟就可以到鼓山脚下的白云廨门口；过闽山第一亭，涉利见桥，拾级盘旋而上，穿过几个亭子，就到半山亭了；说是半山，实在只是到山腰涌泉寺的道路的一半，到最高峰的㞳崎——俗称卓顶——大约总还有四分之三的路程。走过半山亭后，路也渐平，地也渐高，回眸四望，已经看得见闽江的一线横流，城里的人家春树，与夫马尾口

福州港口，左侧为鼓山

外，海面上的浩荡的烟岚。路旁山下，有一座伟大的新坟，深藏在小山的怀里，是前主席杨树庄的永眠之地；过更衣亭、放生池后，涌泉寺的头山门牌坊，就远远在望了，这就是五代时闽王所创建的闽中第一名刹，有时候也叫作鼓山白云峰涌泉院的选佛大道场。

涌泉寺的建筑布置，原也同其他的佛地丛林一样，有头山门、二山门、钟鼓楼、天王殿、大雄宝殿、后大殿、藏经楼、方丈室、僧寮、客舍、戒堂、香积厨等等，但与别的大寺院不同的，却有三个地方。第一，是大殿右手厢房上的那一株龙爪松，据说未有寺之先，就有了这一株树，那么这棵老树精，应该是五代以前的遗物了，这当然是只好姑妄听之的一种神话；可是松枝盘曲，苍翠盖十余丈周围，月白风清之夜，有没有白鹤飞来，我可不能保，总之以躯干来论它的年纪，大约总许有二三百岁的样子。第二，里面的一尊韦驮菩萨，系跷起了一只脚，坐在那里的。关于这镇坐韦驮的传说，也是一个很有趣味的故事，现在只能含混的重述一下，作未曾到过鼓山的人的笑谈，因为和尚讲给我听的话，实际上我也听不到十分之二三，究竟对与不对，还须去问老住鼓山的人才行。

　　——从前，一直在从前，记不清是哪一朝的哪一年了，福建省闹了水荒呢也不知旱荒，有一位素有根器的小法师，在这涌泉寺里出了家，年龄当然还只有十一二岁的光景。在这一个食指众多的大寺院里，小和尚当然是要给人家虐待、奚落，受欺侮的。荒年之后，寺院里的斋米完了，本来就待这小和尚不好的各年长师兄，因为心里着了急，自然更要虐待虐待这小师弟，以出出他们的气。有一天风雨雷鸣的晚上，小和尚于吞声饮泣之余，双目合上，已经朦胧睡着了，忽而一道红光，照射斗室，在他的面前，却出现了那位金身执杵的韦驮神。他微笑着对小和尚说，"被虐待者是有福的，你明天起来，告诉那些虐待你的僧侣吧，叫他们下山去接收谷米去；明天几时几刻，是有一个人会送上几千几百担的米来的。"第二天天明，小和尚醒了，将这一个梦告诉了大家；大家只加添了些对他的揶揄，哪里能够相信？但到了时候，小和尚真的绝叫着下山去了，年纪大一点的众僧侣也当作玩耍似的嘲弄着他而跟下了山。但是，看呀！前面起的灰尘，不是运米来的车子么？到得山下，果然是那位城里的最大米商人送米来施舍了。一见小和尚合掌在候，他就下车来拜，嘴里还喃喃地说："活菩萨，活菩萨，南无阿弥陀佛，救了我的命，还救了我的财。"原来这一位大米商，因鉴于饥馑的袭来，特去海外贩了数万斛的米，由海船运回到福建来的。但昨天晚上，将要进口的时候，忽而狂风大雨，几几乎把海船要全部地掀翻，他在舱里跪下去热心祈祷，只希望老天爷救救他的老命。过了一会儿，霹雳一声，桅杆上出现了两盏红灯，红灯下更出现了那一位金身执杵的韦驮大天

鼓 山

鼓山寺

君。怒目而视，高声而叱，他对米商人说："你这一个剥削穷民、私贩外米的奸商，今天本应该绝命的；但念你祈祷的诚心，姑且饶你。明朝某时某刻，你要把这几船米的全部，送到鼓山寺去。山下有一位小法师合掌在等的，是某某菩萨的化身，你把米全交给他吧！"说完不见了韦驮，也不见了风云雷雨，青天一抹，西边还出现一规残夜明时的月亮。

众僧侣欢天喜地，各把米搬上了山，放入了仓；而小和尚走回殿来，正想向韦驮神顶礼的时候，却看见菩萨的额上，流满了辛苦的汗，袍甲上也洒满了雨滴与浪花。于是小和尚就跪下去说："菩萨，你太辛苦了，你且坐下去歇息吧！"本来是立着的韦驮神，就突然地跷起了脚，坐下去休息了……

涌泉寺的第三个特异之处，真的值得一说的，却是寺里宝藏着的一部经典。这一部经文，前两年日本曾有一位专门研究佛经的学者，来住寺影印，据说在寺里寄住工作了两整年，方才完工，现在正在东京整理。若这影印本整理完后，发表出来，佛学史上，将要因此而起一个惊天动地的波浪，因为这一部经，是天上天下，独一无二的宝藏，就是在梵文国的印度，也早已绝迹了的缘故。此外还有一部血写的《金刚经》，和几叶菩提叶画成的藏佛，以及一瓶舍利子，也算是这涌泉寺的寺宝，但比起那一部绝无仅有的佛典来，却谈不上了。我本是一个无缘的众生，对佛学全没有研究，所以到了寺里，只喜欢看那些由和尚尼姑合拜的万佛胜会，寺门内新在建筑的回龙阁，以及大雄宝殿外面广庭里的那两枝由海军制造厂奉献的铁铸灯台之类，经典终于不曾去拜观。可是庙貌的庄严伟大，山中空气的幽静神奇，真是别一个境界，别一所天地；凡在深山大寺，如广东的鼎湖山，浙江的天目山、天台山等处所感得到的一种绝尘超世、缥缈凌云之感，在这里都感得到，名刹的成名，当然也不是一件偶然的事情。

一九三六年三月在福州

原载1936年4月1日《宇宙风》半月刊第14期

闽游滴沥之三

郁达夫

《福建通志》的山经里，说鼓山延袤有数十里长，所以鼓山的山景，决不至只有几处；而游览的人，也决不是一个人在山上住几天就逛得了。不过涌泉寺是全山的一个中心，若以涌泉寺为出发点而谈鼓山，则东面离寺只有里把路远的灵源洞、喝水岩，以及更上一层的朱子读书台，却像是女子脸上的脂粉花饰，当能说是一山的精华荟萃的地方。

到灵源洞的山路，是要从回龙阁的后面经过，延山腰的一条石砌小道，曲折而向东去的。路的一面，就是靠小顶峰的一面，是铁壁似的石岩；在这一排石岩里，当然还有些花草树木，丛生在那里，倒覆下来，成了一条甬道。另一面，是一落千丈的山下绝壑了；但因为在这绝壑里，也有千年老的树木生长在那里，这些树顶有时候高得和路一样平，有时候还要高出路面一二丈长，所以人在这一条路上走路，倒还不觉得会发什么寒栗，仿佛即使掉了下去，也有树顶树枝，会把你接受了去，支住你的身体似的。不过一种清幽、静闷的感觉，却自然而然地在这些大树、绝壁、深壑里蒸发出来，在威胁着你，使你不敢高声地说一句话。

山径尽处，是一扇小小的门；穿门东望出去，只是一片渺渺茫茫的天与海，几点树梢，或一角山岩，随你看的人所立的角度方位的变移，或者会显现一下，随即隐去，到了这狭狭的门外，山路就没有了。没有路，便怎么办呢？你且莫急，小门外的百丈谷中，就是灵源洞底了；平路虽则没有，绝高绝狭的下坡石级，自然是有的。下了这一条深深的石级，回头来一看高处，又是何等耐人寻味的一幅风景！石级的狭路，看过去像是一条蛇的肚皮，回环曲屈，夹盘在绿的树、赭黑色的岩石的中间。在这层层阴暗的石树高头，把眼睛再抬高几分，就是光明浩荡的一线长天了，你说这景致，还不够人寻味么？

下了石级，我们已经到了灵源洞底了，虽说是洞，但实际却不过是一间天然的石屋。平坦的底，周围有五六丈方广，当然是一块整块的岩石。而在这底的周围、中部，以及莫名其妙的角落里，都有很深很深的绝涧，包围在那里。下石级处，就是一条数丈深的石涧，不过在这石涧上面，却又架着有一块自然的石桥。站在这石桥上，朝西面的桥下石壁一看，就看得见朱夫子写而刻石的那一个绝大的"寿"字，起码总要比我们人高两倍、宽一倍的那一个"寿"字。

洞的最宽广处，上面并没有盖，所以只是一区三面有绝壁、前面是深坑的深窝。岩石，岩石，再是岩石；方的，圆的，大的，小的，像一个人的，像一块屏风的，像不知什么的，重重叠叠，整整斜斜；最新式的立体建筑师，叠不到这样的适如其所，《挑滑车》的舞台布景画，也画不到这样的伟大；总而言之，这一区的天地，只好说是神工鬼斧来造成的，此外就没有什么话讲了。可是刻在这许许多多石头上的古代人的字和诗，那当然是人的斧凿；自宋以后，直到现代，千把年的工夫，也还没有把所有的石壁刻遍；不过挤却也挤得很，挤到了我不愿意一块一块地去细看它们的地步。

洞的北面靠山处，有一间三开的小楼造在那里；扶梯楼板，有点坏了，所以没有走上去。小楼外的右边，有一块高大的岩石立着，上面刻的是"喝水岩"的三个大字。故事又来了，我得再来重述一遍古人脑里所想出来的小说。

《三山志》里说："建中四年，龙见于山之灵源洞。从事裴胄曰：'神物所蟠，宜建寺以镇之。'后有僧灵峤，诛茅为台，诵《华严经》，龙不为害，因号曰华严台，亦以名其寺。"照这记事看来，寺原还是古洞，而洞却以龙灵，所谓华严台、华严寺，也就在这洞的东边。不过"喝水岩"的三字，究竟是不是因这里出了龙，把水喝干了，于是就有此名的？抑或同一般人之所说，喝水的喝字，是棒喝之喝，盖因五代时圣僧国师晏，诵经于此，恶水声喧轰，叱之，西涧乃涸，迸流于东涧，后人尊敬国师，因有此名？我想这名目的由来，很有可以商量的余地。现在大家都只晓得坚持后一说，说是经国师晏一喝，这儿的涧里的水就没有了，并流到了东涧。但我想既要造一个故事出来，何不造得更离奇一点，使像安徒生的童话？一喝而水涸，也未免太简单了吧？

经过这灵源洞后，再爬将上去，果然是一个台，和一个寺；而这寺的大殿里，果然有一条水，日夜在流。寺僧并且还利用了这水，造了一个小小的水车，以绳的一端，钓上水车，一端钓上钟杵，制成了一个终年不息的自然冲钟的机械。而这一条水的水质，又带灰白色而极浓厚，像虎跑、惠山诸泉，一碗水里，有百来个铜子好摆，水只会得涨高，决不会溢出。

在这寺门前的华严台——也不知是不是——上，向西南瞭望开去，已经可以看得见群峰的俯伏，与江流的缭绕了；但走过石门，再升上一段，到了山头突出的朱子读书台去一看，眼界更要宽大，视野更要辽阔。我以为在鼓山上的眺望之处，当以此为第一；原因是在它的并不像屴崱峰的那么高峻，去去很容易，而所欲望见的田野河流山峰城市，却都可以在这里看得明明白白。

我的第二次上鼓山，是于黄昏前去，翌日早晨下来的；下山之先，也攀上了这一处朱夫子读书的地方。同游的人，催我下山，催了好几次，我还有点儿依依难舍，不忍马上离去此二丈见方的一块高台。坐上了山轿，也还回头转望了好几次，望得望不见了，才嗡嗡念着，念出了这么的几句山歌：

> 夜宿涌泉云雾窟，朝登朱子读书台。
> 怪他活泼源头水，一喝千年竟不回。

实在也真奇怪，灵源洞"喝水岩"前后左右的那些高深的绝洞里，竟一点儿流水也没有，我去的两次，并且还都是在大雨之后，经过不久的时候哩。

鼓山的最高峰名为崦峰，或名大顶峰、卓顶峰，状如覆釜，时有云遮，是看日出、看琉球海岛的胜地，我不曾去。大顶峰北下，是浴凤池，据说樵者常见五色雀群，饮浴于此。池之南，有石门砑立，应真台、祖师岩、涌泉窦、甘露松、白猿峡、香炉峰都在石门之右。浴凤池右下，走过数峰，达海音洞，洞口宽大，有好几张席子好铺；其中深不可测，时闻海音，所以有此名称。白云洞，在海音洞下，由黄坑而登，只有一里多的山路，险巇峻峭，巨石如棋散置路上。听老游的人说来，鼓山洞窟，当以白云洞为第一。但这些地方，我都还不曾亲到，所以夸大的话，也不敢说；迟早，总再想去一趟的，现在暂且搁起在一旁罢。此外的一天门、二天门、三天门、狮子峰、钵盂峰……峰……岩之类，名目虽则众多，但由老于游山者看来，大约总是大同小异的东西，写也写不得许多。记鼓山的文字，想在此终结了，此外只抄一点古人游鼓山的诗在下面，以润泽润泽我这一篇干燥的记事。

灵源洞

五代　释神晏　国师

何事最堪依，岩中独坐时。

路险人难到，峦高鸟不飞。

白云常满洞，论劫未曾亏。

不话曹溪旨，焉干道者机。

鼓　山

宋　蔡　襄　仙游人知福州

郡楼瞻东方，岚光莹人目。

乘舟逐早潮，十里登南麓。

云深翳前路，树暗迷幽谷。

朝鸡乱木鱼，晏日明金屋。

灵泉注石窦，清吹出篁竹。

飞毫划峭壁，势力勿惊触。

扪萝跻上峰，太空延眺瞩。

孤青浮海山，长白挂天瀑。

况逢肥遁人，性尚自幽独。

西景复向城，淹留未云足。

重游鼓山　山有元公亭

宋　元　绛　钱塘人知福州

谁书吾姓揭亭颜，栋宇飞腾气势完。

谷口秋风吹鬓发，海东朝日上阑干。
地高顿觉群山小，天近须知六合宽。
三到岩扉殊不厌，异时长向画图看。

游鼓山　淳祐辛酉立秋后一日

宋　释痴绝

野径斜连石涧旁，草根呢呢语寒螀。
郊原经雨多秋意，庭院无人自夕阳。
风卷暮云归碧嶂，叶随野水入寒塘。
数家篱落枫林外，枳壳垂青菊绽黄。

——刻大顶峰

登屴崱峰

元　黄镇成　邵武人

屴崱峰高万丈梯，上方高与白云齐。
青山尽处海门阔，红日上来天宇低。
喝水无人空晏坐，摩崖有客漫留题。
飘然欲御长风去，一笑何烦过虎溪。

寒食与傅子登鼓山

明　郑善夫

绝顶天风云乱飞，海门高浪拍春衣。
霸图王气东南尽，尧韭秦花天汉稀。
此地赏心唯汝共，万方愁目欲何依。
要知寒食山中意，萍梗江湖几是非。

大顶峰

明　陈学麟

绝巘发高歌，天空见海多。

不知登泰岱，俯视更如何？

宿鼓山　庆历丙戌秋

宋　邵去华

玉磬声流夜阒寥，天风吹送海门涛。

鹤来松顶云归后，人倚栏杆月正高。

——刻灵源洞

（以上自黄任辑《鼓山志》中抄出）

一九三六年三月末日

原载1936年4月16日《宇宙风》半月刊第15期

闽游滴沥之四

郁达夫

　　在上一回的杂记里，曾说记鼓山的话已经说完了，这一次本应该记些别的闽中山水的；可是当前七八天的那一天清明节日，又和朋友们去攀登了鼓山后卫的一支鼓岭；翻山涉谷，更从鼓岭经浴凤池西而下了白云洞的奇岩，觉得这一段路景，也不可以不记，所以想再来写一次鼓山的煞尾余波。文字若有灵，则二三十年后，自鼓岭至鼓山的一簇乱峰叠嶂，或者将因这一篇小记而被开发作华南的避暑中心区域，也说不定。

　　鼓岭在鼓山之北，省城的正东；出东门，向东直去，经过康山、马鞍山等小岭，再在平原里走十来里地，就可以到鼓岭的脚下。走走需一个半钟头，汽车则有二十分钟就能到了；鼓岭的避暑之佳，是我一到福州之后，就听说的，这一回却亲自去踏查了一下，原因也就想租它一间小屋来住住，可以过去一个很舒适的炎夏。岭高大约有二千余尺，因东南面海、西北凌空之故，一天到晚，风吹不会停歇；所以到了伏天，城里自中午十二时起，到下午四点中间，也许会热到百度，但在岭上，却长夏没有上九十度的时候。二三十年前，有一位住省城内的美国医生，在盛夏的正中，被请去连江县诊视急病；自闽侯去连江的便道，以翻这一条岭去为最近。那一个病人，被诊治之后，究竟痊愈了没有，倒已无从稽考；但这一条鼓岭，却就被那一位医生诊断得可以避暑，先来造屋，现在竟发达到了有三四百号洋楼小筑的特殊区域了。

鼓岭的外观，同一般的山中避暑地的情形，也并无多大的不同。你若是曾经到过莫干山、鸡公山一带去过过夏的人，那见了鼓岭，也不会惊异，不会赞美，只会得到一种避暑地中间的小家碧玉的感想；可是这小家碧玉的无暴发户气，却正是鼓岭唯一迷人之处。

山上的房子，因为风多地峻的关系，绝少那些高楼大厦的笨重式样；壁以石砌，廊用沙铺，一区住宅，顶多也不过有五六间房间；小小的厨房，小小的院落，小小的花木篱笆，却是没有一间房子不备的。此外的公众球场、游泳池、公会堂、礼拜堂之类，本就是避暑地的必具之物，当然是可以不必说了。而像这一种房子的租金的便宜——每年租金顶多不过三百元，最廉者自百元起——日用的省约，却是别的避暑地方所找不出的特点。

我们同去者六人，刘爱其氏父子、刘运使、王医生，以及新自北方南下的何熙曾前辈，在东西南的三处住宅区里，看了半天，觉得任何一间房子都好得很，任何一个地方都想租了它来。对于山水的贪爱，似乎并不妨碍廉洁，但一到了小家碧玉的丛中，看到了眼花缭乱的关头，这一点贪心，却也阻滞了决定的选择；佛家的三戒，以贪字冠诸嗔痴，实在是最有经验的哲理，我这一次去鼓岭，就受了这贪字之累，终于还没有决下想租定那里的一间。

还有这一次在鼓岭的一个附带的节目，是我们这一群外来的异乡异客，居然杂入到了岭上居民的老百姓中间，去过了一个很愉快很满足的清明佳节的那一幕。

在光天化日之下，岭上的大道广地里，摆上了十几桌的鱼肉海味的菜；将近中午，忽而从寂静的高山空气里，又传来了几声锣响；我们正在惊疑，问"有什么事情发生了么"的中间，一位须发斑白的老者，却前来拱手相迎，说要我们去参加吃他们的清明酒去。酒是放在洋铁的大煤油箱里，搁在四块乱石高头，底下就用了松枝树叶，大规模地在煮的。跑上前去一看，酒的颜色，红得来像桃花水汁；浮在面上的糟滓，一勃一块，更像是美人面上着在那里的胭脂美点。刘运使出口成章，一看就说这是牛饮的春醪；我起初看了，也觉得这酒的颜色不佳，不要是一醉千日的山中秘药。但经几位长者的殷勤劝酹，尝了几口之后，却觉得这种以红糟酿成的甜酒，真是世上无双的鲜甘美酒，有香槟之味而无绍酒之烈；乡下人的创造能力，毕竟要比城市的居民，高强数倍，到了这里，我倒真感得我们这些讲卫生、读洋书的人的无用了。

酒宴完后，是敬神的社戏的开场；男女老幼，都穿得齐齐整整，排列着坐在一个临时盖搭起来的戏台的前头；有几位吃得醉饱的老者，却于笑乐之余，感到了疲倦，歪倒了头，在阳光里竟一时呼呼瞌睡了过去，这又是一幅如何可爱的太平村景哩！"出门杨柳碧依依，木笔花开客未归。市远无饧供熟食，村深有纻试新衣。寒沙犬逐游鞍吠，落日鸦衔祭肉飞。闻说旧时春赛罢，家家鼓笛醉成围。"这虽是戴表元咏浙江内地的寒食的诗，但在此时此地，岂不也一样地可以引用的么？

我们这一批搅乱和平的外客，自然没有福气和他们长在一道享受尽这一天完美的永日；两点钟敲后，就绕过东头，在苍翠里拾级下山，走上了去白云洞的大道。鼓岭南下，是一条弯曲的清溪，深埋在岩石与乱峰的怀里；峡长的一谷，也散点着几枝桃花，花瓣浮漾在水面，静静地向西流去，去报告山外的居民以春尽的消息了；到了谷底，回头来再向鼓岭一看，各人的脑里，才涌起了一种惜别的浓情。千秋万岁，魂若有灵，我总必再择一个清明的节日，化鹤重来一次，来祝福祝福这些鼓岭山里的居民；因为今天在鼓岭过去的半天，实在太有意思，太值得人留恋了。当我这一个念头，正还没有转完，而重从谷底向南攀援上岭还没有到几十级之先，不知是我这私念感动了天心呢，还是鼓岭的老百姓在托天留我，忽而一阵风来，从东面吹起了几朵乌云，雷声隐隐，从云层厚处，竟下起同眼泪似的雨滴来了，于是脚上只穿着毛布底鞋的我和刘运使两个，就着了急，仍想跑回鼓岭去躲雨去。究竟还是前进呢还是后退？大家将这问题在商量着还没有决定的一刹那，前面树荫底下却突然闪出了一位六七十岁的乡下老寿星，在对了我们微笑着走上前来了。刘运使说："这是来救我们的急难的山神老土地！"而刘家的小弟弟广京，跑上了前头，向这老者去请了一下示；他果然高声的笑着，对我们作满足的报告说；"这雨是下不大的，大约过五分钟就会晴了。"对于天候的经验，我不如老农，对于爬山的勇气，我又不如这位小弟弟，等雨滴住了以后，路也正绕到了浴凤池的西边，他们大家往前面去了，我却自怨自艾，对了山头的怪石，又作了半天的忏悔。

向西一转，走到了山头尽处，将到白云洞的里把来路中间，忽而地辟天开，风景大变，我们已走入了一条万丈绝壁的鸟道的高头；头上面只有一块天，眼底下只是黑黝黝的大石壁，石壁中间盘旋着一条只容一个人走得的勉强开凿出来的小曲径；上这里来一看周围，我才晓得从前所走过的山路，直等于平坦的大道，一般人所说的白云洞的奇岩险路，果然是名不虚传的绝景了。

原来鼓山西面的这一处山坳，是由两大块三千尺高的石壁，照人字形对立着排列起来的。所谓白云洞者，就是在人字的左面那块大石壁中间的一个洞，上面有一块百丈内外的方壁横盖在那里。这一块方壁就叫一片岩，而那个佛寺，就系以这一片岩为屋顶，以全洞做它的地基的。西北角里，接近人字上半部的一角一片岩下，还留起了一弓空地，造出了几条石椅石桌，可以供游人的栖息，可以看雨后的烟岚，更可以大叫一声，听对面那块大石壁里返传过来的不绝的回音。

白云洞的寺并不大，地方也并不觉得幽深曲折与灵奇，可是从寺门走出，往下向绝壁里下来，经过陡削直立的头天门、二三天门、云屏、挹翠岩，与夫最危险的那条龙脊路，而到凡圣寺的一段山路，包管你只叫去过一次，就会得毕生也忘记不了，妙处就在它的险峻。同去的何熙曾氏，是曾经登过西岳华山的绝顶的，到了龙脊路上，他也说，这一块地方倒确有点儿华山的风味。

凡圣寺，是曾居士在住修的一所新庵，庵左面有瀑布流泉，在大石缝里飞奔狂跳。瀑布下面，一块大方岩的顶上，有一处空亭，也安置了些石桌石椅，在款待游人。我们走过寺门，从寺门前一小块花园里走上这观瀑亭去的中间，在关闭着的寺门上，看到了一张字条，上面写着说："庵主往山后扫落叶、拾枯枝去了，来客们请上观瀑亭去息息！"这又是何等悠闲自在的一张启事书！

从凡圣寺下来，再走上三五里路，就是积翠庵了；陡绝的石壁，到此才平，千岩万壑的溪流，到此汇聚；庵前有一排大树，大树下尽是些白石清泉，前临大江，后靠峻岭，看起来四平八稳，与白云洞一路的奇岩怪石一比，又觉得这里是一篇堂而皇之的唐宋八大家的文章，而白云洞那面却是鬼气阴森的李长吉的歌曲。积翠庵下，是名叫作布头的一个村子，千年的榕树，斜覆在断桥流水的高头，牛眠犬吠，晚烟缭绕着云霞；等我们走过村上面的一泓清水的旁边，向烈妇亭一齐行过最敬礼后，田里的秧针，已经看不出来，耕倦了的农民，都在油灯下吃晚饭了；回到了南台，我和熙曾，更在江边的高楼上喝酒谈天，直到了半夜过后，方才上床去伸直了两只倦脚。一九三六年的清明节日，就这样的过去了。人虽则感到了极端的疲倦，但是回味津津，明年此日，还想再去同样地疲倦它一次，不晓得天时人事，可能容许？

　　　　　　　　　　　　　　　　　　　四月十三日

　　　　　　　原载1936年5月1日《宇宙风》半月刊第16期

闽游滴沥之五

郁达夫

　　福州城的雅号，叫作榕城，原因是为了在城内外的数千年老榕树之多得无以复加；福州的别号，又叫作三山，就因为在福州城里有许多许多大大小小的山。

　　凡到过福州，或翻开福州游记及指南之类的书来看过一道的人，都背诵得出山歌似的一句形容福州城内诸山的熟语，叫作"三山藏，三山现，三山看不见"。所谓三山藏者，有的说系指法海寺所在地的罗山，屏山东南麓的冶山，与在闽山巷光

眺望福州城

禄坊附近的闽山而言；有的更变换名称，说是罗山、泉山（即冶山）、玉尺山（即闽山）的三山。总之，这不大惹人注意的三山，是在三山现的三山之外的高地，或共脉而异名，或沿山而起屋，使一般身履其顶的人，不觉得是登在山上。此外则福州城内，尤其是在北城，还有许多以岭取名的地方，若说起藏而不露的山来，我想这些岭地，当然也可以包括在内。所谓三山看不见者，听说是指在钟山涧里的钟山，芝涧里的芝山，以及龙山巷一家私人园内的龙山（或谓系指东城的灵山）而言；这些大约本不是山，不过那些好奇爱僻的先生，手捧着水烟袋，眼看着梅雨天，闲空不过，才想出来难难人的说法。至于三山现的三山哩，却位置天然，风景互异，真是值得一说的福州佳丽。凡曾经身到过福建省会的人，钩辀的鸟语，海陆的奇珍，都会年久而或忘，唯有这三山的形势，却到死也不会忘记。福州的别号三山，实在也真是最简括不过的命名。

　　福州城全体的形状，像一只龙虾的赴壑，两只大箝，是东

福州城

镇海楼

面的于山，西面的乌山；上跷的尾巴，恰正是上面有一座镇海楼在的屏山（即越王山）；一道虾须，直拖出去，是到南台为止的那一条大道；虾须尽处，就是闽江的江面，众水汇聚而入海的地方了。

福州城的创建，当然要远溯到越王勾践的七世孙无疆，及秦二世时，无诸开国，都冶为城，就在现在的布政里，屏山东南麓名冶山的一块小地方。晋太康三年，始置郡；后太守严高，听了郭璞之言，方经始于越王山之南，又向南开辟了一下，于是就有了"左鼓右旗、玉带横腰"的赞语。唐宋而后，渐次扩充；到了明朝，因元之旧，更建橹楼敌台，覆以重屋，门列七城，于是便"隐然金汤之固，三峰峙于域中，二绝标于户外；甘果方几，莲花现瑞，襟江带湖，东南并海，二湖吞吐，百河灌溉"，居然成了现在那么的一大都会。宋谢泌的"湖田播种重收谷，山路逢人半是僧；城里三山千簇寺，夜间七塔万枝灯"及陈轩的"城里三山古越都，楼台相望跨蓬壶；

有时细雨微烟罩，便是天然水墨图"两诗，就是到了现代，也还用得着。诗里头每有人题起，而会城别号之所从出的三山，就是屏山、乌山与于山了。

屏山在现在省城的正北，下面拖落来就是冶山，实际上，却从何处起是屏山，到何处止是冶山的界限也分不明白。旧日的城墙，一半就绕在这山的北部；而山的绝顶，雄镇着一座巍巍乎大不可当的镇海楼。楼的原建筑，虽则已经摧毁，但旧址上的那座碉堡，也足以令人想起当年的豪举。每于夕阳欲下时，车过山脚，举头一望碉堡上金黄的残照，总莫名其妙的要起一种感慨，真也不知究竟是什么缘故。

屏山东南下的一区山地，南为冶山，再南为将军山，是古代闽中衙署府第的中枢。无诸建国，都即在此；晋守严高的刺史衙署，也就在这里。唐为都督府衙，又为观察使衙，又为威武军衙。闽王审知建牙开府，造文德殿、长春宫、紫薇宫、东华宫、跃龙宫、明威殿的地方，原全在这些低山浅阜的中间。其后王氏父子兄弟的荒淫流血，钱氏纳土归宋后之创置清和堂、垂拱殿，元之行中书省，明的布政使司，也都在这些地方，所以屏山古时又有越王山之称。再南下去，是山坡的尾闾了，现在的那座鼓楼所在的地方，就是唐观察使元锡建置之威武军门；宋元以后，屡毁屡建；明宣德年间，御史方端命僧了心募修之后，更名全闽第一楼。所谓造三狮以制五虎，或只开左门出入等传说，当自这时候起的无疑。

总之，屏山雄镇北城，大有南面垂拱的气象，所以历代衙署，咸集于此。现在则王都旧府，却只剩了衰草斜阳，陆军被服厂、科学馆、惠儿院、乾元寺，以及许多摧毁的空房，分占据了这一圈地面。上去在西北的半山中，建有许多新式的平楼房屋，系省府县政人员训练之处。再上去，革命纪念碑、先烈墓等，纵横的立着，桃花千树，更散点在断碑残碣的中间；当碉堡下半里的地方，且有石砌的七星缸一簇，埋在青草碎石里，想系北斗七星之遗意，或者是用以来镇压火患的也说不定。

屏山亦即越王山的妙处，是在它的能西眺闽江上游，如洪塘桥以上的风景；登碉楼而北望，莲花峰以下的乱山起伏，又像是万马千军，南驰赴海的样子。若在阴雨初霁、残阳欲落的时候，去登高一望，包管你立不上十五分钟，就会得怆然而泪下，因为前不见古人，后不见来者，天地悠悠之念，唯在这北门管钥的越王台上，感觉得最切。登其他二山之巅，则所见者，唯民房塔影，与日夜的江流船只而已，和煦繁华，仿佛是坐在春风怀里，一种温柔软感，与在屏山上所感得的哀思愁绪，截然的不同。

省城东南角的于山，别名九仙山，因传说中有何氏兄弟九人修炼于此（兄弟各养一鲤，后各成龙飞去，解化于九鲤湖中）之故。据说，高有一百五十步，周回三百一十步。《闽中记》上又说，越王无诸，九日宴集兹山，有大石樽尚存，所以又名九日山。山的最高峰，名鳌顶峰，在火神庙荧星祠南，是宋状元陈诚之读书处；后来在山的南麓开了一所书院，取名鳌峰，想来总就在影射着这件事情。山前山后，寺院道观，不计其数，而规模最大，香火也最旺盛的，当首推东面斜坡上的那一座九仙观。旧志上所说的磊老岩、跃马岩、喜雨台、仙人床、金锁园、杏坛、棋盘石、醉乡石、九日台、石门、龙舌泉，以及揽鳌亭、倚鳌轩等等故迹，都在九仙观之西南北的三面，因为山本不高不大，所以许多奇名怪石的名胜，大抵总在五十步百步之间。而正德间太监尚春，于宋丞相陈自强宅假山取来的三石，现在还直立在平远台的门外，旁边两石上所刻"景元春"三字，仍旧是鲜明得同前日刻出的一样。

于山山上，最值得登临怀念的，是山西面的一座戚公祠，祠里头的一所平远台。明参将戚继光，大败倭寇回来，曾宴士卒于此。至今戚公祠内，供奉着的一张彬彬儒雅的戚将军像，还有为福州全郡人士所崇拜景仰的唯一岘山碑。祠中的醉石一方，因为戚公醉后，曾经在此坐卧休息过的，游人过境，个个都脱帽致敬，浩叹着现代良将的不多。关于戚参将的轶闻故事，以及民间遗爱的证明，如思儿亭、惨恻桥、光饼、征东饼之类，流传在福州界限的很多很多，将来想做一篇详细一点的《戚将军传》来纪念这位民族大英雄，所以在这里只能简单的一提了事。

于山的好处，是在它的接近城市，遥揖闽江，而鼓山岚翠，又近逼在目前。你若于饭后省下三十分钟工夫，从东面九曲亭边慢慢地走上山去，在大榕树下立它片时半刻，看看城市的繁华，看看山川的苍翠，一定会感到积食俱消，双眸清醒；而正因为俯拾即是市场之故，所以又不至于有厌离人世，想一个人去羽化而登仙。我故而常对人说，快活的时候，可以去上上于山，拜拜戚将军的遗像，因为在于山上所感到的气氛，是积极的，入世的，并没有那一种遗世独立的佛徒们的悲观色彩。

城内和于山东西对峙的，是西南角上的一簇乌石。因为乌石山来得高大一点，所以照堪舆家说来，右强左弱，往往有关气运。唐咸通中侯官令薛逢，与神光僧灵观游此，创亭山侧，刻"薛老峰"三字于石上；五代开运元年，雷雨大作，"薛老峰"三字倒立，是年闽亡，就是一个应验。但是将这些风水地理之说丢开，照我们常人的意思来说，觉得乌石山的所以得胜过于山的地方，就在它的高大灵奇，可以扩充视野。这山在唐天宝时，曾奉敕改称过闽山；宋熙宁初，光禄卿程师孟知福州，谓此山登览之胜，敌得过道家的蓬莱方丈，所以又称作了道山。山顶最高处，是凌霄台的遗址，东下是香炉峰、金刚迹、浴鸦池、初阳顶、华严岩、般若台等名胜了；而旧时祀唐处士周朴的刚显庙，祀明督学宗子相的宗公祠等，现在却没有了踪影。

乌石山之秀，是在山头的那些怪石。如香炉峰的奇岩千丈，对辟两开，千年不动，永镇山巅，从远处瞭望过去，因日光云影的迁移，往往会幻变作种种的形象。到了身涉其巅，爬上这些大石块去向四边一望，又像是脚不着土，飘飘然如腾云驾雾，身子在飞翔的样子。像这样秀丽的一支大石山，从前自然有不少的寺院，现在也自然要都被人家侵占去建别墅了。山的南面，有省立的师范学校一所，盘据的地位最大最好；稍东是沈文肃公祠堂，再东是私人的别业之类；南面上山的大道顶边，却直到现在也还有几个坍败得不堪的庙宇存着，在那里点缀名山，标示没落。关于乌石山周围的古迹名区，寺观金石，以及名宦僧道的寄迹题诗，本有一部《乌石山志》在那里，我可以

福建水乡

不必再来抄录。我只想说一说我每次登乌石山的时候，所感到的，总是一种清空之气。这一种感觉的由来，大约是因眺望西门、南门外的平野，与洪塘乡的水势而得。记得元蓝智游乌石道山亭时曾写过一首诗，特为抄在这里，以表示我的同感：

江国凉风白燕初，道山秋色野亭虚。
天连野水蓬莱近，霜落汀洲橘柚疏。
北望每怀王粲赋，南游空上贾生书。
四郊但愿休戎马，独客何妨老钓鱼。

福州名胜，于三山之外，还有双塔二桥诸大寺等等，这一回是记不完了，所以只能暂时搁下了再说。

五月十五日

原载1936年6月1日《宇宙风》半月刊第18期

闽游滴沥之六

郁达夫

　　福州的名胜，三山之外，还有二塔。其实，从前中国的都市府县城池之类，大抵总有几个伽蓝塔院，以为妆饰；这在东洋建筑史上，一定有一段很久的历史——所受的当然是印度与佛教的影响——不过福建省城的两塔，在对称上独觉得特别一点而已。

　　两塔的位置，一在于山即九仙山的西麓，城的东南隅；一在乌石山的东首，城的西南角；其间相去，不过两百步的样

福州江边的宝塔

子，与南门——古称宁越门——两两斜对，却成一个正三角形。两塔的对称，于位置之外，还有一白一黑、一木一石的不同；因而关于两塔，民间也着实流传得有些荒唐的传说。

东面于山山麓的一塔，因为是木造而外面的砖壁上涂以白粉的，所以俗称白塔，与西面的那座颜色苍黑的石塔相对。其实呢，白塔本名定光多宝塔，为天祐元年琅琊王王审知所造，使与西面唐观察使柳冕所造之石塔无垢净光塔相齐。后来梁开平中，表为万岁塔，所以那一个藏塔的寺，亦称万岁寺或万寿塔寺。塔七级八角，里面以木作阶，像螺旋的样子，共有一百四十二级。这塔看看虽不坚牢，仿佛是马上就得塌倒下来了，可是直到现在，也还每日有人在那里攀登。塔下的寺，有千秋堂，有佛经流通处，更有前后山门，倒也还像个大寺；比到西面的黑塔，与塔下的荒基，要堂皇得多了。

到西边石塔去的一条路，叫作下殿口，弯弯曲曲，狭小不堪，不是发有宏愿，非登一次这黑阴阴的石塔不可的人，决不会寻到。据说唐贞元十五年，德宗诞辰，观察使柳冕为祝圣寿而建此塔，有庾承宣《贞元无垢净光塔碑记》为证。五代晋天福六年，王延曦重建，名崇妙保圣坚牢塔，林同颖曾有碑记。塔共七层，十六门，七十二角。每一层的每一面中间，都有一个石龛，嵌一石刻佛像，角上刻有一篇愿赞。例如有一块大字塔名碑的那一层上，西南面嵌有石刻南无多宝佛一尊，款书"福清公主王氏二十六娘，驸马守司徒同中书门下平章事陈文质，伏愿天宫降福，仙掖迎祥，舜华永茂于容仪，柳絮恒资于赋咏"的几行字刻在那里之类。凡为此塔出钱造像的善男信女，皇帝、王后、公主、驸马以及其他的皇亲国戚，本在一最高层上，有一块很详细的题名碑刻在那里的；不过不知于哪一朝的哪一年，被一位撝碑者的恶心肠所忌嫉，将塔上的碑刻，凡有年份与姓名处，都用锥凿来凿去了。这一个人，我想他总一定还在地狱里受罪，否则，那些塔上的菩萨，以及地下的王氏子孙，又哪里肯干休？

石塔的底下一层，南面已经坍了，没有了攀登的入口。胆子放大一点，从坍下来的石块上勉强学着飞檐走壁的妙技，也还可以从第二层起，直登到塔顶。现在塔下面并没有佛寺围住，只剩了一条狭小的弄，向北直引到塔的根头；周围的荒地，也不过数弓而已。但是塔的西南方，却还有一个住着比丘尼的庵，塔的东南面，也还有一个驻扎保安队的寺存在那里；这些寺与庵，想来总还是这塔下的寺观的前身。

从双塔下来，一出南门，纵横十余里，直到著名的大桥止，是南台的境界了；南台以钓龙台得名，台在南台西北的大庙山上，也是福州的一个胜境。相传闽越王曾钓龙于此，所以山上的一个大庙的匾额，是"闽中第一正神之祠"的几个大字。庙后西北面，当福商小学的操场墙外，现在还有一块"全闽第一江山"的石碑立着；大约南台盛日，这地方一定是一般富商名姬的游宴之区，现在可不行了，只剩了些学校和诗社的建筑物，在那里迎送江潮，斜睇落日。

往日南台最著名的地方，叫作洲边与湾里，是游冶郎的流连忘返、城开不夜的淫乐的中枢。邵武诗人张亨甫，在他那部假名华胥大夫所著的《南浦秋波录》里，曾有过"春秋月夜，灯火千家，远望桥外，旗鼓山光，马龙江色，尽在帘栊几席间。丝竹之声，与风潮相上下，壮士为之激昂，美人为之惆怅，游冶郎之杂沓无论已……"（说洲边）。"湾里地稍宽于洲边，诸姬纵横为楼阁，而街衢之曲折随之，巷宛转以生风，帘玲珑而共月，春人对倚，秋士忘悲，东笛西箫，千珠万玉，是为香海，抑作情天……"等美辞丽句，记述辛巳年火灾以前的这几处的繁华；现在虽则市面萧条，官娼失势，但是一二三等的妓馆，以及最下流的烟花野雏，还是集中在这一片地方。这地方的好处，是在门临江水，窗对远山，有秦淮之胜，而无吏役之烦；且为历来商业的中心，所以大腹贾与守财奴，都群集在脚下。陆上玩得不够，就可以游水里；西上洪山桥，是去竹崎关水口的要道，东下尚书庙，又是登鼓山的捷径，故而张亨甫有两首诗说：

狎客宵宵拥翠鬟，水楼烟榭不曾闲。

尚书庙外红船子，只自呼入去鼓山。

新道年来歌舞繁，洪山桥畔几家存。

金陵珠市今重见，若个人如寇白门。

总之，自南台的大桥至洪山桥，二桥之间，不问是水中还是陆上，从前都是冶叶倡条、张根作势的区域；福州二桥的著名，一半当然是为了它们桥身的长，与往来交通的重要与频繁，可是一半，也在这种行旅之人所缺少不得的白面女姣娘。

因为说到了二塔，所以更及于双桥；既说及了双桥，自然也不得不说一说福州的女子。可是关于福州少女的一般废话，已经在一篇名《饮食男女在福州》的杂文里说过了，这儿自然可以不必再来饶舌，现在只想补订一下前文所未及，或说错的地方，藉作这一篇短文的煞尾。

居住在水上，以操舟卖淫为业的女人，本来是闽粤一带都有的疍妇；福州的疍妇，名叫曲蹄婆，一说是元朝蒙古人的遗族。但据《南浦秋波录》之所载，则这些又似乎是真正的福州土人。

> 初，闽永和——闽王王鏻年号——间，王鏻与伪后陈
> 金凤，侍人李春燕，三月上巳，修禊于桑溪，五月端午，
> 斗彩于西湖，皆以大姓良家女为宫婢，进迭奏之音，
> 歌乐游之曲。及闽亡，宫婢年少者，沦落为妓，世遂
> 名之曰曲喜婆。（后音误为舸底，又曰诃黎，盖"曲"
> 字闽音读如舸、诃二音，"喜"字读如底、黎二音。）

张亨甫是闽人，而且又是乾嘉间杰出的才子，考据当然不会
错；我在那一篇文字里所说的曲蹄婆，就是这些曲喜婆的意思。

福州的女子，不但一般皮肤细白，瞳神黑大，鼻梁高整，
面部轮廓明晰，个个都够得上美人的资格，就从身体的健康、
精神的活泼两点来讲，也当然可以超过苏杭一带的林黛玉式的
肺病美女。我所以说，福州的健康少女，是雕塑式的，希腊式
的；你即使不以整个人的相貌丰度来讲，切去了她的头部，
只将胴体与手足等捏成一个模型，也足够与罗丹的 Torso 媲美
了。这原因，是在福州的女子，早就素足挺胸，并没有受过裹
脚布的遗毒的缘故。

周栎园的《闽小纪》里，有闽素足女多簪全兰，颇具唐宫妆
美人遗意的一条。张亨甫的《南浦秋波录》里，讲得更加详细：

> 诸姬皆不缠足——按缠足或以为始于六朝，始于
> 中唐，始于齐东昏，始于李后主，其说不一；然前明
> 被选入宫之女，尚解去足纨，别作宫样。可知不缠足，
> 原雅装也——所穿履，墙纵不过四寸，横不满二寸；

底高不过二寸，长不过三寸。前斜后削，行袅娜以自媚。

视燕齐吴越，缠而不纤，饰为假脚者，觉美观矣。

从此可知福州少女身体的健康，都从不缠足不束胸上来的；祖母是如此，母亲是如此，女儿孙女都是如此，几代相传，身体自然要比吴越的小姐们强了。

福建美人之在历史上著名的，当然要首推和杨贵妃争宠的梅妃；清朝初年，有一位风流的莆田县长至刻"梅妃里正"四字的印章，来作他的光荣的经历，与后来袁子才的刻"钱塘苏小是乡亲"的雅章，同是拜尸狂的色情的倒错。

闽王宫里，自陈金凤以后，代有父子兄弟因争宫婢而相残杀的事情；这些宫婢的相貌如何，暂可不问；但就事其父后，更事其子的一点来看，也能够推测到她们的虽老不衰的驻颜的妙术。这一种奇迹的复兴，现在也还没有过去，颇闻某巷某宅有一位太太，年纪早就出了三十以外了，但看起来却还只像二十几岁的人。美妇人的耐久耐老，真是人生难得的最大幸福，而福建女子独得其秘，想来总也是身体健康、饮食丰盛、气候和暖、温泉时浴的结果。

听说长乐县的梅花村，是产美人之乡；而两广的俗语里，又有一句"福州妹"的美人称号，足见福建的美人，到处都有，也不必一定局限于梅妃的故里或长乐的海滨。就我及身所见的来说，当民国十一二年，在北京的交际场里最出名的四大金刚，便都是福州府下的人。至今事隔十余年，偶尔与这四位之中的一二人相见于倥偬的驿路，虽则儿女都已成行，但丰度却还不减当年。回头来一看我们自家，牙齿掉了，眼睛花了，笑起来时，皱纹越加得多了，想起从前，真觉得是隔了一世。

俗语说，人到中年万事休，所谓万事者，是指那一种浪漫的倾向而言；我的所以要再三记述福州的美女，也不过是隔雨望红楼，聊以留取一点少年的梦迹而已。

一九三六年六月十五日

原载1936年8月1日《宇宙风》半月刊第22期

识见远大的厦门儒商

郁达夫

丙子冬初游厦门，盖自日本经台湾而西渡者，在轮船中，即闻厦门天仙旅社之名，及投宿，则庐舍之洁净，肴馔之精美，设备之齐全，竟有出人意料者，主人盖精于经营者也。居渐久，乃得识主人吕君天宝，与交谈，绝不似一般商贾中人，举凡时世之趋向，社会之变动，以及厦埠之掌故，无不历历晓，较诸缙绅先生，识见更远大有加。噫矣，吕君殆士而隐于商者耶？畅谈之余，吕君复出近编之特刊一种相示，珠玑满幅，应有尽有。自古指南导游名著中从未见有包涵如此之博且富者，是吕君又为一特具异才之著作人矣。达夫从事文笔廿余年，踪迹所至，交游亦几遍于全国，而博闻多识行径奇特如吕君者，尚未之见。喜其新作之成，且预料其事业之将更日进也，特为之序。丁丑元月郁达夫书。

一九三七年十一月

选自《厦门天仙旅社特刊序》

关于精简课程的几个问题

——一九五一年一月二十八日在厦大教学工作总结座谈会上的发言

王亚南

通过暑假座谈会，根据同志们在那次会上反映的意见，制订了全校的政治学习计划，并付诸实行，一学期来政治学习的情况，虽不能说尽善尽美，但却有许多具体的进步事实表现出来，例如：（一）无论政治课或业务课，教员们相互听讲的情形已相当普遍；（二）教学态度大体上是相当认真的，教材和教法也在努力改进；（三）师生关系趋于融洽；（四）各系以及各教员的教学计划虽然受了突击任务的影响（如抗美援朝、参加军干、土改学习等），然大体上仍能如期完成，而对于没有完成的计划，许多教员和同学正相互保证在寒假进行补课。

不过，我们在另一方面还存在着相当多而且相当严重的缺点，例如：（一）各自为政，各行其是。在院与院、系与系以及教授助教之间都存在着这个现象。这种现象在个别教员看来，因为接触面较狭，也许不觉得成为问题，但经校方全般考虑的结果，则感到相当严重；（二）也就因为各行其是的结果，致教学方面便发生重复和不衔接的毛病；（三）有些教员不是因"才"而教（没有考虑学生的接受程度），而是因"教材"而教（填鸭式的教法，重量不重质）；（四）精简课程时，明简暗不简；（五）个别教员的教材还改进不多。因为有上述种种缺点存在，也因学生程度太差与不齐，以致有的学生的学时每周有高达七八十小时者，超过了部定时数甚多。学生为了赶课，不是专注某一课程，便是索兴不管某一课程，造成"偏重""偏废"的现象。

上述缺点，我们都要认真地加以研究解决，下面只从正面来谈谈再度精简课程的用意：（一）当前的问题在求精，不在求简，去其重复，求其衔接；（二）不在减去谁担任的课，而在充实精化课程的内容；（三）不但不应妨碍团结，而且要在加强团结的原则下来进行，大家以求进步的精神，以协商的态度求团结；（四）不在降低学生程度，而在确保学生相当的程度并从而提高之；（五）不在应付教育部的命令，而在我们以认真负责的态度来为人民的教育事业服务。

最后，我们重复谈谈过去已经谈过的办学态度问题。首先，我们有"三不怕"：不怕困难，不怕麻烦，不怕骂。有些人埋怨教务处喜欢找麻烦，我们认为今天大学里教务处的职能不仅仅是单纯的注册组的工作，而是负有改进全般教学的责任，责任所在，我们必须面对困难，克服麻烦，忍受暂时不被谅解的埋怨。其次，我们有三种信心：（一）信赖教育部正确的领导。当前大学教育政策的重点是"维持"和"改造"。自从第一次全国高教会议通过这个原则并付诸实施以后，事实上已经证明这种政策是正确的；（二）我们厦大目前虽还存在着相当多的缺点，但并不落后于他校，有些学校因情形特殊，将二三四年级同时毕业，有些学校在某一阶段内专门学习政治课，我们现在还采用渐进的办法，而且已经步上轨道，相信今后必将更向正常的道路走去；（三）相信我们全校师生都有改进和向上的决心，也许大家在这方面步调不大一致，要求的程度不尽相同，可是这些情况是容易克服的。也就因为有这三种信心，我们上述的"三不怕"才不会落空。再次，我们还要提出两个体验：（一）从头学起。从旧社会到新社会，一切都在变化，我们不能停留于旧的看法；（二）从新做人。我们从旧时代过来的知识分子是有着沉重的思想包袱的，我们要学习共产党员的工作作风，他们那种不计较，不怕困难的精神，是值得我们向他们看齐的。

　　时间不等待人了，一个人停滞不前，这个人便可能落后幻灭；一个学校不求进步，这个学校就必遭淘汰。

原载1951年2月17日《新厦大》第10期

《厦门大学学报》（财经版）编辑后记

王亚南

《厦大学报》第一卷第一期稿件编定之后，我向自己提出了这样一个问题：包括着这样十几篇论文的出版物，值得称为"学报"么？但这要看我们怎样理解"学报"的涵义，如其他不一定要是有创见有发现的学术通报，同时也可以是确定大家新的研究方向的学习报告，那就不是怎么僭越了。

厦大在解放前，曾出过几期学报，基本上是刊载文法财经方面的文稿。解放以后，有几次酝酿出一种包括文、法、理、工及财经各方面的综合性的校刊。但自去年理工两院疏散到龙岩，今年又从龙岩复员回来，大家没有时间静下来写作，而生物系，又发刊了《厦门水产学报》，所以临时决定先出文法财经版。自去年下半年文法学院全体师生参加土改，集稿工作又受到了很大影响，而同时财经方面文稿，勉可集印专刊，于是再改变决定，先出厦大学报"财经版"，其他各单位集好稿件，即可陆续以"理工版""文法版"……刊行，这样就比较容易进行，不致受到某一方面延搁的影响。不过，第一期财经版文稿付印，恰碰到三反运动全面展开，学校印刷厂陷在停工状态。三反运动结束，又须赶印思想改造学习及其他文件，一直延到现在，距集稿期差不多拖了半年，说不定有些援引的材料和具体数字，已嫌过时了。

包括在这一期里面的文章的执笔者，有教授、有讲师、助教，其中还有两篇（《学习实践论与政治经济学的一点体会》及《苏联预算制度的研究》），是由经济研究所的研究生写的。大家差不多都是在不同程度上。由旧经济学的泥潭中翻滚过来的，但虽如此，大家都是一致的很有决心，面对着中国新经济的现实，面对着中国建设的需要，以马列主义和毛泽东思想，来加速改造我们的学习、研究和教学的方法和内容。如其说这一些文稿体现出了一个共同的特点，那就是全面向着新方向摸索前进的特点，那就是断然抛弃资产阶级的唯心观点和形而上学方法的特点。不论就经济理论方面讲，抑是就经济技术学科方面讲，我们均在以极高的热忱，应用革命导师们的经典理论基础并吸收国内外已有的先进经验，来改变我们的思想方法，来改造我们的教学内容。

我们不是说，我们在摸索前进中，已经获得了何等成果，从而把这成果向新经济学界贡献出来，才发刊这个学报的；而是说，我们在摸索前进中，需要得到我们学术界，就本期讲，需要得到新经济学界各方的教正和指导，才把它刊行的。

我们是这样热切地期待着各方的鞭策和教正。

一九五二年七月七日

厦大解放三年来的成就与展望

——写于中华人民共和国三周年国庆节

王亚南

厦门是一九四九年十月十七日才解放的，厦门大学被看作一份人民的文化事业，由人民政府来接管办理，迄今还不到三年。

中华人民共和国在它成立的三年中，以它的伟大成就来说，以它所给予我们生活上的变革创造的意义和丰富的内容来说，仿佛它不只成立三年，而是三十年三百年，虽然我们生活在这样加速度的变革创造的气氛中，每个人并不是变得更老，而是变得更年轻了。

在一个长期受着高度发达的封建文化束缚的国家，在一个长期受着帝国主义统治腐蚀的国家，变革原是一件难事，但使人习惯于变革，并积极奋勉地投进变革的高潮中，尤其是一件难事。我感到，在三周年国庆日来检视中华人民共和国的成就，与其着重它已有的变革成果，毋宁着重它基于那种成果或由那种成果显示出来的加速变革和创造的可能潜在力量。因为只有这种力量，才是我们由新民主主义迅速过渡到社会主义的最确实可靠的保障。

厦门大学是整个人民事业的一部分。我们今天来考察它三年来的成就，考察它的变革成果，那显然是不能同整个社会的变革分开的，那也显然是在整个社会变革的影响下获得的，而它的发展前途，虽然也要由整个国家建设前景中去理解，但个别地说来，却不能不重视它现有的改造基础。

解放前厦门大学，在国内是一个规模不大不小的中型大学。它的第一个特点，原来是由陈嘉庚先生私人创办的，直到抗战刚开始才改为公立。这个历史事实，使它对国民党反动派的腐蚀和把持，有了某种程度的"独立"。第二个特点是，它在抗战前招收的学生，多半是华侨子弟，而毕业离校的学生，有许多人是到南洋工作，因而成为祖国与海外侨胞间的一座文化桥梁。第三个特点是，由于它设立在祖国东南门户港口的海岛上，它在解放前所受国内政治风波的惊扰和激荡虽然少，所受帝国主义经济文化侵略毒害的影响却较深，宗教的买办的形象，从各方面刻划得非常明显。十四年抗战时期的内地生活，和解放前数年间由买办官僚罪恶统治造成的朝不保夕的状况，不但使它变得朴实了一些，并还使它表现了一些革命的战斗气氛，但虽如此，它归到人民管辖的当时，仍然是一座被买办资产阶级意识毒害得相当严重的旧大学。

对于这样一个旧大学，要讲它解放三年来的成就，从它的房屋建筑、图书仪器设备，乃至教职员工及学生人数的数量增大增多的情况上去看，显然是不妥当的。到此刻为止，由于陈嘉庚先生的帮助，它的校舍在三年中差不多比原有的增加了一倍；人民政府在图书仪器方面增投下了几十亿（按：当时人民币一万元等于现在一元）人民币的设备费，教员增加了一百几十名，学生人数快接近解放时的三倍。然而，图书、房屋、仪器是在怎样的情况下被使用着的呢？教职员工是在怎样的精神状态下，利用那些设备和房屋呢？归根到底地说，作为他们劳动结果的离校的乃至在学习中的学生，究竟在思想意识上发生了怎样的根本变化呢？假使一个工厂粗制滥造一些不合格的产品，它的设备人数的增加，都将成为更大的浪费。量的增加是要从质的改进上显出它的意义。所以，讲厦大三年来的成就，不能不特别留意于它原来的买办资产阶级的本质的改变。

学校教职员工及学生的思想意识的变化，约可分为三个阶段：第一阶段，由解放到抗美援朝运动的开始；第二个阶段，由抗美援朝、土地改革及镇压反革命三大运动全面展开到"三反"运动开始；第三个阶段则由"三反"运动以至现在。在第一阶段，因为厦门处在国防前线，而解放前的福建又一向是土匪特务很多的省份，所以在解放后将近一年中，学校大体只是做了一些维持安定的工作，机构调整、课程改革、大课及时事学习，虽然逐渐做了一些，并且确实收到了一定的效果，但显然是非常勉强和被动的。大家对新事物和新制度，是采取一种"一则以喜，一则以忧"的半信半疑的态度。教职员固不必说，就在学生方面，因为他们大多数是地主及工商资产者家庭出身，也随在发现他们在受着传统成见和老师们态度的影响。一句话，在这一阶段，买办资产阶级意识乃至封建意识，仍在学校绝大多数教师学生心目中占着支配地位。等到抗美援朝运动发生，美帝国主义的文化侵略面目和其在朝鲜战场上表现的狼狈状态，使许多人隐藏在内心深处的亲美、恐美、崇美的思想动摇了，而土地改革及镇压反革命运动在全国范围，特别在福建境内的顺利展开，革命秩序的稳固，再益以财经状况更加好转，已经使旧思想意识无论在理论上在事实上，都没有"钻空子"找口实的余地。但就在这一阶段，尽管在学生方面，一般在大踏步跟着时代前进，在支前、参干、土地改革、镇压反革命以及其他爱国主义运动中，在接受政府的统一号召中，都热烈而真挚地表现了他们对党、对人民政府的爱戴；而在旧包袱背得比较重的老师们，他们尽管已经动摇了对于旧制度乃至旧理论的信心，但因为他们从狭隘的个人主义利益出发，从资产阶级意识出发，总使他们不能好好体会人民政府的文教政策法令；在各种爱国运动中，虽然在被拖着前进，而对于学校制度、课程、教学方法，特别是对教学态度的改进，有许多人仍是采取敷衍应付态度。在这一阶段，一般教师的思想作风，已经显得不合时宜，不能适应国家建设的紧迫需要，也不能满足学生希望进步的迫切要求。"三反"运动就是在这种新的情势下被发动起来的。我得指出，当去年年底今年年初，北京各地开展思想改造运动的时候，全校师生员工的绝大部分，确也希望很快投进到那种运动高潮中去，那不能不说是他们在前两个阶段已经在思想意识上有了相当变化的结果。不过，在大家认真地投进"三反"运动高潮之前，在大家无可躲闪回避地面对着贪污浪费以及或明或暗严重地危害人民事业的各种各样事例之前，一直没有体会到，个人主义、官僚主义、本位主义以及种种自私自利腐化堕落思想，会造成那样的损害，尤其是没有体会到，所有那些思想行为，归根究底，都是直接间接根源于资产阶级的思想意识，虽然那种思想意识在落后社会，还必然揉杂着买办的封建的成份。透过资产阶级的思想意识，来观察我们劳动人民社会的新文教事业，根据资产阶级的思想方法，来处理来对待我们在新社会所担负的教学任务，那还行得通吗？

"察迷途之未远，觉今是而昨非"。大家清醒过来了。含有浓厚毒素的资产阶级思想意识的尘雾被廓清了，大家才真正认清了中国共产党、毛主席是怎样爱护我们，怎样苦心孤诣地把我们从陷溺的思想泥坑里拔救出来。在"三反"运动以后，学校的房屋、图书、仪器设备，虽然还是那样木然没有感觉，但使用它们的人的思想变化，却把它们发挥了更大的力量和收到了更大的效果。举例来说吧，以前大家差不多都反对仪器设备统一管理调配，并认为那样做，有不可克服的困难，但现在大家都一致赞成那样做，一致认为没有不可克服的困难；以前对于房屋的分配，对于图书的采购和借用，都更多从个人主义和本位主义来考虑，现在完全两样了；以前学校员工师生间，都因等级思想、宗派主义、地方观念，分别存在着不易接近的距离，现在大家都公认那都是落后意识作祟。有谁对于承担的任务（无论是教学上的还是其他方面的）不肯认真执行；有谁为了个人便利损及公共利益，有谁自高自大目无旁人，他不是很快受到指责，就是很快受到规劝。所有这些事实，说明大家的人生观，大家的工作作风和态度开始从根本上发生了变化。如其说在前一阶段，教职员同事们，比起同学来，一般是落后得很远了，但在这一阶段，他们经过思想改造，却把那距离缩短了。有不少教职员工，在工作中表现得非常积极努力，得到了广大同学的尊重和热爱。人的改变，人的本质的改变，是一切自然事象社会事象改变的前提条件。所以，我把这件事看为是我们厦大三年来最大的变化。

在人民当家作主的社会，一个大学的发展前途，就是取决于它能否为人民为工农大众服务。谈到这里，我不禁以充满喜悦的心情，提到以次的事实。党中央人民政府教育部决定厦大附设工农速成中学的时候，厦大人都由衷地感到兴奋和光荣，许多毕业生乃至青年教师，都表示愿在速成中学服务，当福建省人民政府教育厅委托厦大办数理化师资轮训班的时候，有关的教师及行政负责人，都十分高兴地愿把那个责任担当起来，即使在师资感到不够的条件下，仍由大家协商出最适合担当那个轮训班教学和行政的人选。本位主义不存在了，怕困难怕麻烦的个人打算也不考虑了，不论是速成中学的教师，还是轮训班的教师，都负责认真地把教学行政工作，作为人民付托他们的严肃任务来进行，那同这次厦大三百八十多个毕业生百分之百地服从统一分配所表现出的高度爱国主义精神和组织性纪律性，充分说明了我们厦门大学三年来在党和人民政府督促下的成就，也说明了我们厦门大学作为一个人民的大学，会有怎样光明的发展前途。

原载1952年10月1日《厦门日报》

悼念陈嘉庚先生

王亚南

（一九六一年）八月十二日，爱国华侨巨子陈嘉庚先生在首都病逝了。他虽然活到了八十八岁的高龄，虽然已为祖国为人民做了许多极有建设意义的事业，但他在弥留前一分钟一秒钟，仍念念不忘他打算努力的计划和工作。

凡属和嘉庚先生有过交往的人，谁都会对他留下深刻的印象。他是个热爱祖国的人，他是一个识大体，有定见，爱憎分明，言行一致的人；此外，大家还都知道，他是勤俭持身，律己甚严的人。

在抗日战争以前，我和国内外很多人一样，是由他创办集美学校、厦门大学，而知道他是一位爱国的华侨领袖的。此后，在抗战期中，我又听到他因为热爱祖国，从国内各方面的情况，看出什么是爱国救国的力量，什么是卖国祸国的力量，而把他的希望，完全寄托在中国共产党方面，他在言论和实践方面，做了不少有益于人民事业的工作。等到全国解放的新局面出现，他看到他所深恶痛绝的帝国主义势力和买办官僚资产阶级全被打倒了，人民政权确立了，他多年期待的民族独立、民主改革的愿望实现了，他以无比兴奋的心情，积极参加人民政府，积极团结海外华侨。从他的高度爱国主义精神出发，他衷心拥护人民政府对内对外的各项政策。他对于我们的社会主义建设，对于我们纯朴优良的社会风气，对于人民政府各级干部的廉洁勤勉精神，时常津津乐道，赞不绝口。他是一个重视实践的人，对人对事的态度，是做了再说，是观察好了，打算好了，才表示意见。他对于新社会的热爱，是由于他亲身体会到我们新社会从各方面表现了他殷切期待的东西。

全国解放后不久，政府派我到厦门大学工作。嘉庚先生就住在和厦门岛隔海相望的集美。为了协助扩建厦门大学的校舍，嘉庚先生经常来厦门大学，我也不时到他居住的集美学村，接触的机会多了，使我更了解他的为人和性格，更多认识他对新社会的热爱心情。当有人担心在逼近敌人前哨阵地修建高楼大厦是不适宜时，他的回答是："敌人一边炸，我们一边建，今天被炸毁了，明天再建造起来。"我从他的这种严肃谈话中，看到他的决心和气魄，同时也不难想到，他对他生活周围的环境的改变，该是多么兴奋啊！就在协助扩建厦门大学并修建、新建集美学校的前后，把厦门岛和大陆连接起来的十里长堤的伟大工程，也在敌人炮火下，用名符其实的移山填海的力量在兴建着。接下去，在短短的数年内，长达七百余公里的鹰厦铁路，穿越千山万壑，绕过集美，通过长堤，在厦门大学旁边有了它的终点站台。这变化是非同小可的。我有一天问他："你是否感到这些伟大工程做得太快了呢？"他发出从来少见的爆笑声。"人民政府很快实现了我几十年的愿望。"鹰厦铁路通车后不到几年工夫，厦门市的面貌迅速改变了。就在离集美仅及五里路程的杏林地方，一下由聚居几百户的农渔村落，变成了几万人的工业城镇；大型的纺织厂，新型的玻璃厂，糖厂，各种化学工厂相继建立起来。嘉庚先生站在他的寓所楼上，亲眼看到这个奇迹似的变化。然而，这变化不仅在厦门看到，在全国各处也可以看到。他每从全国各地视察回到厦门时，我总要听到他的生动描述，表示福建——厦门还要在哪些方面迎头赶上去。

如果说，对于祖国的热爱，对于祖国建设事业的无限关怀，是每个爱国华侨在当代具体历史条件下形成的优良特质，嘉庚先生就因为他亲自参加祖国建设，亲眼看到祖国建设事业的蓬勃发展，而把他的这种优良特质表现得更加突出了。他也许很惋惜他来不及看到祖国更富强的未来，但是他的言论和行动，会在千千万万的侨胞中，留下深刻的印象，树立起光辉的楷范。

一九六一年八月

陈嘉庚先生与厦门大学

王亚南

　　解放以来，厦门大学在党和政府的领导下获得了不断的进步和发展。这里有许多雄伟的建筑物、美丽的校园和充裕的教学设备，为教学和科学研究提供了良好的条件。我们全校师生员工能够在这样优越的环境中进行学习和工作，除了感谢党和国家的正确领导之外，不禁缅怀学校创办人陈嘉庚先生辛勤办学的精神和长期以来对厦门大学的支持与关怀。

　　厦门大学创办于一九二一年四月六日，迄今已有四十年的历史。一九一九年陈嘉庚先生从南洋归国，鉴于福建省有一千余万人口，而竟无一所大学，不但高等专门人才缺乏，即中学教师也无处可以培养，乃决心创办厦门大学。这是他在集美办小学，办中学后的又一壮举。创办厦门大学的经费完全由他独自负担，全部开办费共一百万元，而学校经常费三百万元，也由他分十二年支付，每年二十五万元。他认为办教育是百年树人的大计，因此，不仅出钱，而且还认真地考虑决定建校过程中的重大问题，如亲自选择校址，参加校舍设计，身临工地检查，多方奔波物色聘请校长及主要教师等。现在三面环山，一面临海，以郑成功演武场为中心的美丽而又有历史意义的校址，就是由他亲自选定的。在校舍的设计方面，现在的群贤、同安、囊萤、映雪五座大楼采取一字形排列，也是他考虑到学校日后的发展，而修改了上海美国技师设计的结果。一九二一年春，由于厦门校舍尚未建成，厦门大学先假集美正式开学，设有师范，商学两部，本科四年、预科二年，学生一百二十人。翌年二月，厦门"演武场"校含落成，才由集美迁回。以后系，科辄有变动，曾设有文、法、教育、理、工等院。招收的学生大部分是本省的，同时也注意了对归国华侨学生的培养。厦门大学是福建省的第一所大学，当时在培养中学师资和造就专门人才方面曾起了相当大的作用。一九三三年前后，由于世界经济危机的影响，陈嘉庚先生在南洋所经营的橡胶、凤梨等事业大受打击，对厦门大学的经济支持发生困难，虽经劝募办学经费，奈所得极微（仅二三十万元），而国民党政府则幸灾乐祸，袖手旁观，但他仍多方设法勉力维持。在他负责学校经费的十六年间从未拖欠校款，凡是学校所需费用总是及时筹措，教、职、工的工资也从未迟发或少发过。这与国民党统治下的其他一些学校时有欠薪，扣款的情况相比，也是难能可贵的。直至一九三七年，他确已无法负担办学所需的大量经费，而又不愿让学校停办，为了能使厦门大学继续办下去，才忍痛将学校交给国民党政府，改为"国立"。他追忆当时的情形，在《南侨回忆录》中写道："每念竭力兴学，期尽国民天职，不图经费竭蹶，为善不终。……"回忆陈嘉庚先生创办厦门大学的历史，他那种热心教育，苦心经营的精神使我们深受感动。

从一九三七年至一九四九年，厦门大学改为"国立"的十几年间，国民党政府对学校的发展毫不关心，反而只注意在学校中加强他们反动统治，建立训导处和军事训练处，发展国民党、三青团及特务组织，欺骗青年参加反动的青年军，镇压学生运动，迫害进步分子。对学校建设更是毫无建树，除了有一些零碎的质量很差的建筑外，所有教室、宿舍主要还是陈嘉庚先生创校时所建的那些。这个时期学校发展很少，师生动荡不定。

一九四九年全国解放后，厦门大学才回到人民的怀抱。十二年来在党和政府的领导下，经过了院系调整，教学改革，深入地进行思想政治战线上的社会主义革命，贯彻执行了教育为无产阶级政治服务，教育与生产劳动相结合的方针，党在学校的全面领导得到了巩固和加强，教育与科学研究的质量有了进一步的提高，现在厦门大学已经发展成为一所新型的，具有特色的综合大学了。

厦门大学的主要任务是培养人文科学和自然科学方面的专门人才，即高等和中等学校师资，科学研究人员及有关事业、企业、国家机关工作人员。并要求培养对象在德育、智育、体育几个方面都得到发展，成为有社会主义觉悟、有文化的劳动者。由于厦门大学的历史地理状况及其长期以来与海外侨胞的密切关系，使厦门大学具有与其他大学不同的特点，因此，一九五六年中央规定了厦门大学"面向东南亚华侨，面向海洋"的发展方向。创办了"南洋研究所"，专门从事南洋华侨历史和现状的研究工作，建立了"华侨函授部"，培养海外华侨函授生，现在"华侨函授部"所收的侨生已遍及东南亚各地，并已向东南亚国家以外发展，现计有函授生一千五百九十四名。现在厦门大学设有中文、外文、历史、经济、数学、物理、化学、生物等八个系，十七个专业。在文、财科各系都开设或准备开设有关东南亚方面的专业和专门化，如东南亚文学，东南亚经济，东南亚历史等。在理科各系已开设有关海洋的专业或专门化，如海洋物理，海洋化学，海洋生物等。历年来许多华侨学生在这里进行学习，有的已经毕业走上工作岗位，学校关注他们的生活习惯、学习基础和思想状况等特点，不断关怀他们进步成长。不少华侨学生学习成绩优良，生产劳动积极，思想进步很快。

而华侨学生的热情洋溢、坦率活泼和他们对音乐体育的爱好，也使学校生活更加活跃。华侨学生和国内学生共同学习，共同生活中，关系很好，能够做到互相帮助，团结无间。

解放后，由于党和国家的无限关怀，随着祖国建设事业的发展，厦门大学也有了很大的进步和发展。现有教师共七百五十二人，学生共三千四百六十（其中华侨学生共三百一十二人），除了各系、教研室等教学组织以外，还设有南洋研究所、中国经济问题研究所、中国经济史研究室、海洋研究所、催化电化研究室、亚热带作物生理研究室等研究机构和人类博物馆。现在有图书六十四万余册，仪器设备逐年增加。校舍的基建也有长足进步。现在全校占地面积达三千亩，建筑面积由解放初期二万四千九百八十一平方公尺增至目前的十四万九千八百二十平方公尺，其中有可容纳五千个座位的大礼堂和可容纳二千个座位的图书馆。各系均有主楼、实验室、资料室，还有附属工厂和农场、大型的游泳池和宽广的运动场。解放后厦门大学飞跃发展的十二年和在解放前在国民党政府统治下苟延残喘的十二年恰好成为显明的对照。陈嘉庚先生创办厦门大学的整个理想，只有在社会主义国家的关怀下才能实现，并得到了极大的发展。但是我们也必须指出，在解放后学校的进步和发展中陈嘉庚先生又献出了不少的力量。

陈嘉庚先生解放后回到祖国仍然十分关心厦门大学的建设和发展，在我和他的过往中，他表示了对厦门大学的期望。他认为厦门大学应该办成为东南亚地区的一所知名大学，还要多培养华侨学生。他拥护党的教育方针，对国家的教育措施和学校的校务都采取了信任的态度。他自己则专心考虑学校的建筑规划，请人绘制图样，并大量投资建筑校舍。从一九五一年到一九五四年由他经手筹措建筑的达五万九千〇九十五平方公尺。在这些新建筑物中有大礼堂、图书馆、生物馆、物理馆、化学馆、教工宿舍、学生宿舍、游泳池、大操场等等。在施工过程中，他还不辞劳苦，亲临工地察看，提出改进意见。

陈嘉庚先生创办厦门大学辛勤筹划，独资维持十六年，为厦门大学今日的发展打下了基础。解放以后仍不违初衷，又给学校以极大的支持和关怀，他这种真诚办学，以发展祖国教育事业，培养人才为己任，而且持之以恒的精神是我们永志不忘的。更值得提起的是：他对厦门大学的建设与发展虽然贡献了不少力量，但从无沽名钓誉之心，在厦门大学现有的大量建筑物中没有一个地方是用他的名字命名，他也不愿意人们在书刊上对他歌功颂德。抗战期中他曾回国，特地到长汀去看看厦大的情况，见各系的办公室命名为"嘉庚堂"，他很不以为然，责怪学校当局未经他同意就这样办，因为他绝不是为求名而办学的。

现在，陈嘉庚先生已经逝世，但是他的办学思想却永远活在我们心里。我们深信，在党和国家的领导下，厦门大学的教学质量必将进一步的提高，厦门大学的特色必将更为鲜明，陈嘉庚先生对厦门大学的期望必将更好地实现并得到更大的发展。让厦门大学在祖国的社会主义和共产主义建设事业中发挥更大的作用吧。

一九六一年十月十六日

南侨回忆录（节选）

陈嘉庚

创办集美小学校

民国光复后余热诚内向，思欲尽国民一分子之天职，愧无其他才能参加政务或公共事业，只有自量绵力，回到家乡集美社创办小学校，及经营海产罐头蚝厂。故就新加坡筹备全副机器，并向日本聘一海产技师，民国元年秋回梓经营罐头厂，数月无效。集美社始祖自河南光州固始县移来，已历二十余世，男女两千余人，无别姓杂居，分六七房。各房办一私塾，男生一二十人，女子不得入学。各房分为两派，二十年前屡次械斗，死伤数十人，意见甚深。兹欲创办小学校，必须合乡一致合作，将各房私塾停罢。幸各房长听余劝告，于民国二年春所有子弟概入集美小学校，校舍暂假大祠堂及附近房祠堂开幕。学生一百五六十名，分五级，应聘校长教员七人，而同安全县师资连简易科毕业者仅有四人，一人改从商业，尚余三人，乃聘来两人。查同安全县人口二十余万人，只有县立小学一校，学生百余名，私立四校，学生三百余名，连集美共六校，学生不上七百名。师资既缺，学生亦少，成绩更不足言矣。

闽垣师范学校

同安师资缺乏，闻他县亦多如是。而全省师范学校只福州一校，办十余年，在校学生三百余名，经费充裕，闽南学生甚难参加。漳州虽有一校，甫办未久，经费困乏，学生仅百多人，成绩鲜闻。余乃往福州查问师校成绩，及闽南学生如何难入。乃知自来腐败，迄今仍旧。该校自学制改革时，设立已十二年，学生常三百余名，学膳宿等费均免，奖励学生优厚，未毕业时声誉崇隆，似前清秀才风度，四年毕业后，约当举人资格。由是求学者争先恐后，每年招生二班八十名，多不公开招考，盖官僚教师及城内富人豪绅之子弟，早已登记占满，闽南人焉能参加。所收学生既无执教鞭之志愿，又非考选合格，程度难免参差，学业勤惰更所不计，只求毕业文凭到手，谁肯充任月薪二三十元之教师。故闽北虽有此校，而小学教师仍形缺乏。即使每年七八十人肯出任教师，亦是杯水车薪，况其中多属膏粱子弟，教职非其所愿。不知小学教师一职，唯有贫寒子弟考选后经过相当训练，方能收得效果。乃当局违背此旨，师资安得不缺乏。学制改革已十余年，以前之旧学先生日减，乡村私塾大半停歇，新学师校则腐败如此，吾闽教育前程奚堪设想！余常到诸乡村，见十余岁儿童成群游戏，多有裸体者，几将回复上古野蛮状态，触目心惊，弗能自已。默念待力能办到，当先办师范学校，收闽南贫寒子弟才志相当者，加以训练，以挽救本省教育之颓风。

填池为校址

余自省垣福州回梓里后，决意建筑集美小学校舍。然集美乡住宅稠密，乏地可建，且地形为半岛，三面环海，田园收获不足供二个月粮食，村外公私坟墓如鳞，加以风水迷信甚深，虽欲建于村外亦不可得。幸余住宅前村外之西有大鱼池一口，面积数十亩，系昔从海滩围堤而成。乃以二千元向各股主收买，做集美校业。从池之四围开深沟，将泥土移填池中，做校址及操场，高五六尺，俾池水涨时，免被侵及。即鸠工建筑校舍，可容学生七班，及其他应需各室。夏间完竣，全校移入。

创办集美师范及中学

民国二年秋余复南来。不久欧洲战事发生，余因租轮船及购置轮船，并因黄梨厂树胶厂颇有所获，故决意创办师范及中学等。民国六年春商遣舍弟敬贤回梓，负责建筑校舍，并函托上海江苏第二师范校长代聘全校校长教职员等。定期新春开课，师范生三班，中学生二班。至课室校址，则从鱼池地小学校舍后方及左右起盖，礼堂膳厅宿舍操场等，购鱼池后田地，填筑兴建。自此之后，所有以前风水迷信，及居奇阻挠各事概已消泯。凡学校所需地皮，比通常地价加倍给还，公私坟墓亦然，且酌贴迁移等费。故初时校舍多建在低田卑地，而后来则概在坡上。东与集美乡村毗连，西与岑头郭厝二村相近，北多田地尚可扩充，南虽有坡地，然临海，不宜建筑，恐碍观瞻。

师范生按县分配

集美师中学校初办时，收师范生三班，中学生二班，中学生只交膳费，学宿费均免，师范生膳费亦免，各生不拘师中，所需被席蚊帐，概由校中供备，以资一律。至新招师范生，因鉴于福州省立师校偏僻，故力思改革，以期普遍。又恐殷实子弟志愿有乖，毕业后不肯服务教职。乃函告闽南卅余县劝学所长，请于每一大县代招选贫寒学生五六人，小县三四人，共一百廿余人，并烦注意人选，详填履历，到校时加以复试，凡违背定章或不及格者决不收容。经如此严格取缔，故各县选来诸生大都相当不错。再后逐期招师范生仍依此例，数年后已无须防弊，始取消此规例。至南洋华侨小学毕业生，如有志回国升入中学者，则由新加坡本店予以介绍函，概行收纳，到校时如考试未及格者，则另设补习班以教之。此为优待华侨派遣子弟回国而设，此例永存不废。

集校第一次更动

余既鉴于闽南师资缺乏，而中等教师想更困难，且素居南洋，与闽省教育界绝不相识。兹欲办师范中学，需用校长教师多位，不得不托人由外省聘来。素闻江苏学校发达，教育称最，南洋小学教师多向该省觅聘，如本坡道南学校教员，亦由上海聘来。乃往询道南某教师，彼由何处何校出身，答上海江苏第二师范学校。余即修函托该校校长代聘校长及教职员，准民七春开幕，蒙复函接受，即派筹备员来集美筹备一切。开学后觉教师多不合格，办理上亦多失妥。缘与集美小校十数教师比较，优劣易知，幸立约仅试办半年耳。

集校第二次更动

民七年夏初舍弟不得已亲往上海别聘校长，其他教职员亦由该校长负责聘委，准秋间来校接办。秋季开学后，冬初接舍弟函云，"新校长及教师比前好些，但教师尚有缺点。校长自承认仓促托人聘来，故有此失，待年假伊回上海亲自选聘"云云。余则认为不妥，复函舍弟云："聘请教师非同市上购物，可以到时。选择校长若能用人必及早行函往聘相知，如脑中乏此相识者，则函托知友介绍，非充分时间不可。况年终时稍好教师设有更动，早被他人聘定，决无待价而沽之理，希告知之。"迨元月校长回来，云好教师难觅，并通知暑假辞职，嘱我及早别聘校长等情。

师范中学师资之困难

余接舍弟函告后，适黄炎培先生南来，不日将回上海。黄君为江苏教育会副会长，在教育界鼎鼎有名，曾办一职业学校，余认捐一万元，故颇相知。教育事业为彼最注意之任务，南来视察原非他事，余故将集美学校经过详情面告，且告以欲急进扩大规模，求其代聘校长教职员，承蒙许诺。余又告以再后两三月将回梓里。黄君约到厦门时可电知，彼或亲来集美参观。余又致函北京高等师范学校校长，查询"本学期贵校闽省籍有何科毕业生若干人，肯来集美服务否？"蒙复知有五人。五月间余回梓立电知黄君，黄君招同学友陆君来见，云校长未聘，教师聘定二人。而集美已定六月一日放假，相距只数天，全校教职员大都辞退，秋季又拟再招新生三班，统算全校教职员须四十余人。余不免情急，乃转商黄君，校长仍托彼代聘，其他教职员可就地尽量聘请。黄君赞成之，于是将旧教师选留二十余人，并电北平聘请五人，又托人就本省内再聘数人，尚缺六七人，即电上海黄君访聘，八月秒开课，黄君仅聘到一校长及教师五人耳。

集校第三次更动

新校长为浙江人，系北京高师毕业，曾留学日本，原籍泉州，故能说泉州话。到校后余告以"现尚缺教师数人，新春拟续招新生两三班，省内教师已乏，请于省外预早谋聘"。迨将近年终，余讶其无何表示，复提两次亦无确息。不得已乃托人代觅数人，由校长聘来者仅两人而已。余见彼才干庸常，办理校内事无何可取，对外聘请教师又短绌，此种人才若任一小规模学校或可维持，若集美学校日在进展，绝非彼所能办。余由是忧虑焦灼，不可言喻，盖未及两年已三易校长，外间难免讥评，而不知当局负责苦衷。但虽焦虑萦怀，亦未便轻向人言，再觅校长既无相知人才，屡屡更动又恐不合舆论，唯含忍静待而已。乃至春末，彼竟来函云至本学期终愿辞职，其原因为顷间与国文主任发生剧烈争诟，意见既深，难以共事，余复函婉劝而不挽留也。

集校安定

由上述经验，渐觉集美校长从外省聘来实属错误。盖校长既用外省人，教师亦当由外省聘来，本省虽有良教师，校长亦不能聘用，从外省觅聘许多教师，又甚觉困难。好教师多不肯离乡井，间有愿来者，多不待期终回去。原因多端，或思恋家乡，或被旧校或母校函电催返，此为两年来常有经验。故虽诚挚如黄炎培先生，亦爱莫能助。余既明白了解此弊，今后绝不复向外省求聘校长。拟待本省有相当人才，然后慎重聘请，否则虽暂时虚位，亦属无妨。故秋季仍添招新生积极筹备，并托人于省内外预聘教师，新校长虽未聘，余心颇宽舒无甚焦虑。迨暑假既近之日，适安溪叶采真先生来厦，因友人介绍初次识面，同余来校参观，余又送其回厦。在电船中往返言谈，已略识其才干，并认其有负责气魄，即聘为校长，校中一切信任办理，余绝不干预，集美学校从此安定矣。

添办水产航海学校

余以本省海岸线长，渔利航业关系非尠，故拟办水产及航海学校。乃致函上海吴淞水产学校，托代聘一二位教师，据复函云，水产教师国内无处可聘，伊校亦甚需用仍付阙如。现有两位高才生本届可毕业，如有意，可资以经费往日本留学，两年后便可回来任教师。余即回函应承。故民国九年集美水产航海学校得以开课。并向德国购全副机器，在厦门造渔船一艘，为全班学生出海实习之用。此种学校闽粤均未有开办，恐招生不易，故待遇同师范生，学膳宿均免。四年将毕业时，念该生等恐乏出路，特向法国购捞鱼轮船一艘，来厦捞鱼，成绩不劣，每次来回数天满载海产物三百余担，多系大鱼，素所罕见。第以厦岛销路短少，他处交通不便，不但售价廉宜，尚须约十日方能售完，冰块尤贵，每吨十五元，不唯乏利且须亏本、余原非为自家营业计，系出于提倡之意，原拟如有利，则招各鱼商组织股份公司，扩大渔业，不图竟无利可获，乃将该船驶往上海捞鱼。其后水产航海学生毕业后，均有出路，而尤以航海为易。然每年毕业仅一班二十余人，其原因为本地渔利未畅，故向学者少，或志愿不坚畏怕风浪，致未毕业便去也。

添办农林学校

我国素称以农立国，然因科学落后，水利未兴改良无法，故收获不丰，民生困苦。本省虽临海，农业实占一大部分，尚乏农林学校，以资研究改良。余对于农科尤为注意。民十二年函告叶校长，在天马山或美人山麓择地开办，土质虽欠佳，可以肥料补助。此事筹备建设等费去十余万元。开课后疾病频发，尤以疟疾为酷，历年如是。虽学生热诚向学，而阻碍非轻。且自开办以后数年间，闽南治安不良，盗匪纷乱，校内物畜屡遭抢劫，阻挠学业，亦一原因。否则农校毕业生更有出路，各县需用不少。兹拟待战事息后，极力设法消除毒蚊，冀可挽救而谋进展。

添办女师范幼稚师范及商科

集美学校自民国九年，添办女师范及幼稚师范，其待遇与男师范同，又办商科，待遇则与中学同。唯小学校规定不收客生，盖小学校应鼓励各乡村自办为最要，集校如收纳，不但不能容多人，如外乡有钱子弟多遣来学，便失在乡提倡之义，反有损无益，且能占去中学生寄宿位。若南洋侨胞有意遣回子弟就学，以及教职员家属，则尽量接受之。余曾往厦门参观日本人一间小学校，学生百余人，大半我华人，校长教师三人为日本人，余教师则华人。校中玻璃橱内陈列山海各种标本不少，余询从何处购买，校长答概系伊与两日人教师在本地采取制成，只玻璃橱为购得者。伊等三人各任一部从其所好，如海产诸物，陆上动物及矿产等，每星期日自动负责采取，校内栽花不少，亦系学生工作。余见此情形异于我国教师乏自动性，颇生感想。余在新加坡所识美教会那牙校长，连分校学生数千名，终日事务丛脞，而星期日倘招一班学生补习，彼则义务亲教之，其自动负责勤劳如此。我国教师任务既异外国人，而学生又风潮时起，全国汹汹效尤，尤以民国八九年至十四五年，此七八年间为甚。教师既如此，学生又如彼，社会报馆不辨是非，政府机关得过且过。私人负责办学既属少数，或认捐多少钱为己尽责。若余亦何独不然，虽明知其弊亦无法改善。转念质虽欠佳，而量则愈多愈妙，所谓聊胜于无。余既明白了解斯义，故一意热诚致力，毫无反顾，绝不因学生罢课，校事乖舛，财项有些差弊，便即缩手灰心。窃度民国初基，政局未定，质虽有差，量不可无，如水太清则无鱼，欲速反不达。

华侨一富商住居鼓浪屿，在故乡南安办中等学校一所，甫办未久，因钱财有何差错，曾对余叹息曰："吾侨前云赚钱难，今日方知用钱更难也。"后竟停办。盖立志不坚，且不了解过渡时期之应有困难，难免不因噎而废食也。

补助小学校

余为提倡及改善闽南教育计，派人调查县立小学办理不善者，助费改善之，或另设模范小校为领导。泉州有一私立中学，系诸学界人苦心创办，成绩颇好，后因经济困难，将停止，余念泉城为文化之区，不忍放弃，故捐资维持。同安本县华侨在南洋众多，富商及中等商人不少。余乃提倡全县十年普及教育，按每年创办小学二十校，每校平均至多助费一千元，十年二百校，从中富侨自己创办者按五十校，尚缺一百五十校，十年之后每年十余万元。以同侨财力一人可以负担，况富侨百数乎。乃将此计划函告新加坡同侨征求同意，捐资分特别捐及常月捐两种，待进行顺利后，推及马来亚及荷印安南缅甸菲岛等处。由民国十年至十一年两年创办四十余校。而新加坡同侨认特别捐三万余元，常月捐每月数百元。迨收款经年之久仅二万余元，余多互相观望或推诿，除极少数营业不佳外其他亦拒绝不交。为此当然不便推广续捐，而在乡增设学校亦即停止矣。

反对厦门开彩票

民国十年秋厦门市政会将开彩票，事前各日报未有登载，余亦绝未闻知。是早余往观厦大建筑校舍，忽见市街上贴一大张广告，标题曰"奖券"，详视乃知是月杪将开彩票，距离只二十余天。此系最初次开彩，售票四万元，再后每月定开一次，可增至若干万元，则视销路而定。其广告中极力宣传，如"大公无私""主持者概系厦中名人""费少利大，利权不致外溢"，极力鼓励推销。余乃往见各日报负责人云："此种彩票乃大赌博，将来贻害闽南非少，况厦门台人横行，更有所借口。市政局系欲利益民众，兹乃首启祸端，请贵报著论驳斥。"越日，各日报绝无一言。余不得已乃致函市政会（办事处设总商会内），劝其取消，并请答复，越日亦无消息。余复致函其主任，告以日期已迫，请速复，亦不理。余不得已乃作文将其广告中逐条驳斥，并详述将来利害，月月增加，可售至数十万元，吸收全省膏血，贻祸至大，而尤以贫民为甚。劝民众勿被欺诈，以消弭惨祸，该局如不从劝告取消，余当别筹对待之法云云。此文缮就后送各日报发表，另印多张分送市民及市政局董事。余意此文发表后，再看几天，如无相当表示，拟召集厦门民众大会，讨论彩票利害。如未达目的，则再召集学界，或鼓励学生示威反对，或待其开彩时破坏之，缘彼要开票必须在公众场地，任人参观，以昭公允，而扬声价也。不意该文发表后，不但无人续购彩票，而前日已购诸人且纷纷退回，两三日内退回者大半。盖彼系托厦市各钱店销售，十余日间已售出七八成，再数天立可售完。方自鸣得意，谓厦门一埠如此易售，将来普及全省定可增许多倍，视余之反对置之度外，不图各钱店纷纷将彩票退回，于是急召集市政董事开会，全体三十余人齐到，为该会破天荒之盛举。董事中多有住厦门之南洋富侨者，结果无法支持，唯开办费四千余元，由某富侨负责收场。可见我国政府社会豪绅虽坏劣，若遇事肯见义勇为，出而公开纠正，则民众定不盲从，少却许多苛政祸害矣。事后余因建厦大校舍用料，往厦门海关查询税饷。该关主事英人，见余甚表敬意，云伊前日阅报见余逐条驳斥彩票之害，深为感佩。余云实出于不得已，非故欲开罪于许多绅豪。渠云西哲有言："当为人模范，勿模范于人。"君实堪为贵国之模范人物云云。足见洋人之乐善，虽异国事亦能表同情也。

倡办厦门大学

民国八年夏余回梓，念邻省如广东江苏公私大学林立，医学校亦不少，闽省千余万人，公私立大学未有一所，不但专门人才短少，而中等教师亦无处可造就。乃决意倡办厦门大学，认捐开办费一百万元，做两年开销，复认捐经常费三百万元，做十二年支出，每年二十五万元。并拟于开办两年后，略具规模时，即向南洋富侨募捐巨款。窃度闽侨在南洋资财千万元，及数百万元者有许多人，至于数十万元者更屈指难数，欲募数百万元基金，或年募三几十万元经费，料无难事。而校址问题乃创办首要；校址当以厦门为最宜，而厦门地方尤以演武场附近山麓最佳，背山面海，坐北向南，风景秀美，地场广大。唯除演武场外，公私坟墓密如鱼鳞。厦门虽居闽省南方，然与南洋关系密切，而南洋侨胞子弟多住厦门附近，以此而言，则厦门乃居适中地位，将来学生众多，大学地址必须广大，备以后之扩充。然政府未必肯给全场地址，故拟向政府请求拨演武场四分之一为校址，乃在厦门开会发表此事。

演武场校址之经营

政府既许拨演武场四分一为大学校址，乃托上海美国技师绘校舍图。其图式每三座做品字形，谓必须如此方不失美观，极力如是主张。然余则不赞成品字形校舍，以其多占演武场地位，妨碍将来运动会或纪念日大会之用，故将图中品字形改为一字形，中座背倚五老山，南向南太武高峰。民十年五月九日国耻纪念日奠基。左右近处及后方坞墓石块不少，大者高十余尺，围数十尺，余乃命石工开取做校舍基址及筑墙之需，不但坚固且亦美观。而墓主多人来交涉，谓该石风水天成，各有名称云云，迷信之深难以言喻。余则婉言解释，至不得已则暂停工以顺其意，迨彼去后立再动工，因石众多，两三天大半都已破坏，虽再来交涉亦莫可如何，然回去。数月后拟再建其他校舍，不得不迁移坞墓，为屋址，乃将演武场后诸公私冢墓，立碑标明，限日迁移，并在厦门登各日报，如不自动迁移，本大学则为代迁，并规定津贴迁移费。且在数里外之山腰买一段空地，备作移葬地位。从此顺序进行，依限自迁或代迁，绝不致再发生交涉，或其他事故矣。演武场地界面积约二百亩，下系沙质，雨季不湿，平坦坚实，细草如毡。北负高山，南向洋海，西近厦港许家村，东系山坡及平地。昔为阅兵场，自厦门与洋人通商，兼作跑马场，后来阅兵与跑马均废，被洋人辟为"哥耳夫"球场，厦大建筑时概已收回。教育事业原无止境，以吾闽及南洋华侨人民之众，将来发展无量，百年树人基本伟大，更不待言，故校界之划定须费远虑。西既迫近乡村，南又临海，此两方面已无扩展可能。北虽高山若开辟车路，建师生住宅，可作许多层级由下而上，清爽美观，至于东向方面，虽多阜陵起伏，然地势不高，全面可以建筑，颇为适宜。计西自许家村东至湖里山炮台，北自五老山，南至海边，统计面积约二千亩，大都为不毛之公共山地，概当归入厦大校界。唯南普陀佛寺或仍留存，或兼作校园，至寺前田地，厦大需用时，则估值收买之。厦门港阔水深，数万吨巨船出入便利，为我国沿海各省之冠。将来闽省铁路通达，矿产农工各业兴盛，厦门必发展为更繁之商埠，为闽赣两省唯一出口。又如造船厂修船厂及大小船坞，亦当林立不亚于沿海他省。凡川走南洋欧美及本国东北洋轮船，出入厦门者概当由厦大门前经过，至于山海风景之秀美，更毋庸多赘。日后如或私人向任何方面购买上节所言校界范围山地，建私人住宅，则当禁止或没收之，以免互相效尤，因私误公也。

厦大假集美开幕

汪精卫在新加坡原与余相识，民国九年来漳州访陈炯明，余邀到集美参观。回去后来函告予愿任厦门大学校长，余复函应承，其夫人亦来住鼓浪屿。然不久因粤军回粤成功，彼便来函辞职，谓将回粤办政治无暇兼顾。由是厦大乃组筹备委员会，举蔡元培、郭秉文、余日章、胡敦复、汪精卫、黄炎培、叶采真、邓萃英、黄孟圭等为筹备员，在上海开会，举邓翠英为厦大校长。邓君即派郑贞文、何公敢两人来集美筹备一切。时厦门厦大校舍未建，拟假集美校舍开幕。民国十年四月六日，厦大在集美正式开幕。适美国杜威博士游历上海，故请来校参加，邓校长亦于近甫日到。学生一百二十名，闽生约占半数。闻邓校长开幕后即将北返，彼原为北京教育部参事，当筹备委员会公聘时，关约声明须辞去教育部职务，然彼未有辞印，故欲急回，而厦大校长居然由他挂名，校务交郑何二君。此种挂名校长虽他处常有，若厦大当然不可。郑何二君知余意志，力劝彼暂留勿回，迨至月杪邓君接学生无名函，骂他无才学且欲作挂名校长，若不自动辞退，不日诸生联名攻击，列首名者即是我，邓君于是来函辞职，余亦不留也。

厦大校长更动

邓君既去，余即电新加坡请林君文庆担任校长，林君于秋间开课前来到。开课后召诸生口试英语，问你从何方来，不能答，复问何姓名亦不能答，而尤以闽省诸生为多。当时中学为四年制，故大学新生须先读两年预科，厦大新生当然在预科两年，然后升入正科。依部章中学生四年毕业，英文已有基础，兹乃粗浅英语尚且不晓，其程度可知，虽读二年预科何能及格升入正科。细考缘由，闽省诸公私中学，对英文教授，多不认真，虽厦门省立十三中学亦然。其原因多为经济关系，盖英文教师每月薪俸八十元，月终便要支清，不似中文教师薪少且可拖欠也。厦大为即此函告闽省各公私中学，从速改善免致贻误青年，此为厦大甫办，影响闽省教育之初步也。

厦大第一次募捐无效

厦大开办时，南洋富侨回居厦门鼓浪屿者颇多，资产千万元以上者三人，百万以上者更多。有某教育家素与富侨交游，屡告余伊拟向某富侨募二三十万元，厦大当然不能专赖君一人负担。余答向富侨募捐，余于开会倡办时，已有明言，唯现下时间尚早，机会未到，君意虽佳，勿作无益要求。后复向余言伊经向某君提议，或有相当希望，然结果终成泡影。民十一年春厦门厦大校舍一部分完竣，厦大由集美移来。不久余复南行。约近年终有一位荷印富侨，原籍同安县灌口区，自前年移居新加坡，富冠全侨，资产称万万元以上，是年获糖利二三千万元，余与相识后认为此机不可失，乃写一长函送他，其中详述本省教育大概，及厦大之重要，并云西哲有言，"言凡人有诚意办公益事，当由近处作始"，君祖同安，厦岛前原属同安，请捐五百万元为厦大基金，否则多少随意，抑捐办医学一科，以为君纪念。彼接函后只嘱其商行经理用电话告余该函已收到而已。渠虽侨生，但曾略受过我国文化。其后余托友查询，回报绝无意思，不久竟谢世矣。时厦大开办已近两年，余始敢向该富侨劝募，不意此乃为第一次之无效也。

厦大第二次募捐无效

民十三年春，余因树胶制造厂扩设分行，往游荷属爪哇各埠，先到吧城次至万隆。在万隆商会内遇一富侨，原籍漳州，自少来洋，年近六旬，余早耳其名，闻其资产二三百万盾，唯系初与相识。越日邀余到其住家午饭，亦颇诚恳，并言平生经历及家运不好，无亲生男儿，在梓里伊兄弟送一侄为嗣，养至去年十九岁而夭，现存一女寡居，拟续觅一佳婿，伊年纪已老，将遗业付托了事云云。余回旅馆后复萌为厦大捐款之想，即托人向该富侨请捐建厦大图书馆一座，多者十万盾（其时国币与荷币略同），少者六七万盾，一年中陆续汇交。伊兄弟在厦门开钱庄，林文庆校长亦其知友，该款绝不至落空。图书馆可标伊姓名捐建，既可永作纪念，亦可作厦大募捐提倡之例。自开办已四年，余捐输开办等费百余万元，未有标余姓名一字。伊如有意认捐，余当面陈较详。越两日回报无效。又十余日余复到万隆，别托一人重向该侨提议，或降减额数亦可，盖为此机若失，余不复来，结果徒劳往返。此为余代厦大向富侨募款之第二次无效也。

厦大第三次募捐无效

余离万隆埠往东爪哇泗水，侨领多来相访，有一位富侨原籍同安城，年四十余岁，甫自梓里复来两三月，对于集美、厦大两校规模他当亲身历见，因其为出入必经之地也。彼原为泗水富侨，是季复大获咖啡净利数十万元，闻资产可三百多万元，亦无亲生儿子，唯螟蛉两人尚幼。余不因万隆募捐失望而灰心，而尽为厦大奔走之责任，冀可达目的。乃托一闻人向该侨劝募，所提之事，如在万隆，不意亦竟拒绝，不数年已身故。南洋富侨以爪哇为最多，而爪哇巨埠以吧城、三宝珑、泗水、万隆四商埠为最富庶。吧城余已经过，富侨除侨生外，乏相当可劝募者，三宝珑富侨已在厦门及新加坡试验矣，兹复经万隆泗水亦不济。不但希望向富侨募捐数十百万元为基金归于失败，而仅此十万八万元或四五万元建图书馆尚困难如此。所可怪者我国人传统习惯，生平艰难辛苦多为子孙计，若夫血脉已绝，尚复代人吝啬，一毛不拔。既不为社会计，亦不为自身名誉计，真其愚不可及。此为第三次向富侨募捐之无效也。

募捐理想之失败

余为厦大向荷印富侨募捐既如上述，至于马来亚闽人富侨远逊荷印，资产上千万元者未有，百数十万者却不少，若向其募捐巨款绝无效果。余不但筹之熟且知之稔，故不作无益请求。如粤籍富侨上千万元者有数人，然不免有省界畛域之见，况闽籍富侨袖手，彼必更可借口，故我更毋庸问津。余回忆前年倡办新加坡南洋华侨中学校，曾同粤侨数人向一富侨募捐，希望可惠数万元，结果空手而回。该富侨近年谢世，遗产新加坡币六千余万元，被当地政府新增遗产税，抽去四千万元。至他属如暹罗、安南、缅甸、菲律宾等闽人富侨亦属不少，以尤富者数人而言，余早略知其志趣，比较荷印富侨如五十步与百步。余自倡办时即宣布待两年后规模既具，余牺牲二百万元，即向富侨募捐。迨时机已至，实践前议，则到处碰壁，自恨以前之理想失败，夫复何言。余上所言系民国十五年以前之事。自十六年之后，世界景气日非，悲惨之象日深，富侨破家荡产难以数计，其他虽可维持，损失亦多，对于厦大募捐巨款事，更觉灰心无望矣。

集美、厦大之支持

余之营业自民十五年起，至二十二年终，此八年间如江河日下，不但无毫利可长，且逐年亏蚀及支出百余万元。计有四项损失，货物屋地降价，厦大及集美校费，银行利息，每项每年三四十万元，合计八年一千余万元。马来亚事业之荣枯，关系胶锡两物产，而尤以树胶为重要。民十四年树胶每担价二百元，逐年递降至民国十九年，每担价十余元，后再降至七八元。当市景繁盛时，马来亚政府发出流通纸币一万万七千万元，迨民二十年后降至五千余万元。居民比前加多而枯竭凄惨不可言喻。外国银行因余侵欠巨款告予停止校费，余不可，故民国二十年秋改作有限公司，银行亦参加，并举多人为董事，规定校费逐月坡币五千元。（申国币七千余元）然厦大逐月尚需二万五千元，集美一万余元，共三万余元。除国府补助五千元，其他收入二千元，有限公司七千元，共一万四千元，尚不敷二万二千元。至民国二十二年终，有限公司收盘，计二年余用去六十余万元，此系由马六甲曾江水亲家捐十五万元。叶玉堆先生捐五万元。（两条申国币三十万元）厦门厦大校业变卖十余万元，集通号（在厦专理两校财政）向人息借二十余万元，此乃余极力维持两校之实在情形也。

厦大献与政府

自有限公司收盘后，余即函请厦大校长林文庆来洋募捐，数月后结果，新加坡募国币十万元，马来亚十五万元，然催收经年，马来亚仅十余万元，余作罢论，共实收国币二十余万元。而厦大经费已缩至每月二万元，集美六千元，除国府补助及其他收入，逐月尚不敷二万元。集通债款又须陆续清还，幸灰余红利（前生胶厂租人订抽红利）上半年颇好，故聊可支持得过。民国廿五年买树胶园四百英亩，成本十六万余元，拟作厦大基金，每月入息约二千元，该款系向李光前陈六使各捐五万元，陈廷谦一万元，李俊承五千元，不敷由余凑足之。民国廿六年春，余念厦集二校虽可维持现状，然无进展希望，而诸项添置亦付缺如，未免误及青年。若政府肯接受厦大，余得专力维持集美，岂不两俱有益，此乃出于万不得已之下策，乃修书闽省主席及南京教育部长告以自愿无条件将厦门大学改为国立。过后未有消息，适孔祥熙院长将往欧洲贺英皇加冕，轮泊新加坡，余下船送行，彼对余云厦大事，行政院已通过。再后接教育部长来函，并委派萨本栋君为校长订暑假时接收，余即函知林校长预备交卸，交卸后而七七战事已发生矣。厦大自民十年开办，迄余公司收盘，适十二年足，及至交卸共十六年有奇，余支出款项，适与当时认捐四百万元数目相符，其凑巧如是。每念竭力兴学，期尽国民天职，不图经济竭蹶，为善不终，贻累政府，抱歉无似。回忆古语云，"善始者不必善终"，亦聊以自解耳。

十九年后回故乡

余到农林时，集美乡长数人来迎。在农林点余钟再起程。途中见集美校舍，欣喜莫可言喻，几似梦中遇见。盖离别近二十年未能回梓，梦寐思乡难以言尽，兹达素愿，喜慰无限。上午十一点到集美校舍，即视察全校及庐墓，到处树木荫翳，高出楼屋。在宗祠中告知多位乡亲，请传知合乡人众，下午三点钟到祠堂相见，余明早就要别往。视察至下午二点钟毕，往校舍午膳。集美全乡原有二千余人；厦门失后合乡星散。敌人虽占据厦岛未有到此登陆，然距集美仅一衣带水，炮火时常波及。数月之间乡里为墟。迨至本年来乡人稍稍回来，约可半数。到祠堂者数百人，余报告各事，并告不能多留几天，系因欲视察滇缅路，定约十一月尾在昆明会集，现日子已迫故也。乡人渔船前原有九十余只，每只渔夫三人，现仅存十只，余均漂失无踪。有多人来告渔网尚保存，但乏资购船难复业，每只一百二十元。余即交代集校管财人，如有乡长证明者，每只船价可以照给，大约至多可恢复卅余只而已。乡人又告现有儿童男女百余名，请开一小学校，余应承之。嘱陈君延庭准备新年开课。

海陆空炸击集美

余前在集美所建之住宅，费款八千余元。战事发生后敌人自厦门用飞机来投燃烧弹，烧至净尽方回去，现仅存墙壁而已。其他乡村诸住宅，虽有数家中弹，损失无多。至各校舍被空袭外，中炮弹者二百余次，幸建筑坚固，除弹孔外，其他无震裂之虞。破坏最重者为小学校舍，其次为礼堂，再次为图书馆、幼稚园，及寄宿舍等。余约略计之，损失占全校二成之额，然已年余未有空炸及炮击。闻余离集美后不久复用飞机来炸毁鱼池内一座校舍，该座当时建筑费四万余元。余在南洋自抗战后领导华侨募捐，故时常发表敌人野心罪恶，前后何止数十次。新加坡前为中立地，敌人侨居不少，知之最稔。故对余故乡虽无设防之住宅，及教育机关亦以其凶恶之海陆空强烈炮火加以破坏。我国为军备落后之国，民众受此蛮野兽性，灭天理绝人道之祸害难以数计，虽未能向其报复，而现下时势，料不久必定有代我到其国土，如法泡制者，其苦惨或加我数倍亦意中事，可拭目以俟之。

登高看故乡

余与舵工等辞别，入市一游，遇多位乡亲在市内营小贩。出市后复起程，至仑上社集美小学校休息片时，（此校系战后移来）中午到灌口市，由某团长招待午膳。侯西反、李秘书均自故乡来会。膳毕再行十数里，至某山坡下，轿夫休息吃点心。余招侯君登山岭，可望见集美乡苍茂树林及校舍屋顶红瓦。余告侯君云："余今登此望见集美校舍，是否此生之最后一次乎？"侯君答何如此悲观。余云"陈仪祸闽如不改善，或不去职，余当然攻击到底。既与他恶感余安能归梓？设陈仪能革去，战争胜利后，国民党握政权苛政虐民，上下征利，余亦不能缄口坐视，势必极力反对，如此党人亦不能容，而视为眼中钉，余何能回梓？唯有恶官倒台，余方有回梓希望也。"近晚至角尾市，寓于招待所。角尾又名角美，该区界在三县之间，即同安、龙溪、海澄是也。角尾至同安城，原有一道汽车路，名曰同车灌路，厦门失后即行破坏，现仅存十分之一二，如前阔二十余尺，目下仅留两三尺步行狭道而已。余到时复见工人许多，再事破坏，至步行亦不可。其破坏之工人，概征近处村民义务工作。如该地方换一官来，又随意征民工作，闻前后破坏已卅多次。厦门失陷已三年，敌人决无从此登陆之理，愚妄之官吏，真是无奇不有。余到本省五十余天，历廿余县，绝未闻见一善政，而祸害人民之事项，则指不胜屈。

厦大有进步

厦门大学自"七七"启衅后，已知厦门危险，准备他移，及"八一三"上海开战后，即将重要图书仪器，及理化各物装妥箱内，移存鼓浪屿。及全校移往长汀，则陆续运往，尚有一部分未运去。比之他省诸大学迁移，书物有丧失殆尽者则为幸多矣。虽各器物未能完备，且战后艰于添置，然比其他诸大学可无逊色。校舍系将旧有寺庙，草率添建权用，尚幸略可维持。近处空地颇广，拟再扩充学生，及增办他科。其时学生六百余名，来学期拟添办电工科。至各科毕业生，多有出路，未毕业之前，多省已来聘定。余到长汀计开会两次，一为各界欢迎会，一为厦大师生欢迎会。厦大新聘一教师，甫来自北平者。余问北平敌势如何，答敌人出城外如要上十里，须有相当军队保护，否则多被游击队攻杀。足见沦陷区敌人势力，不外城市及交通线而已。

谋没收厦门大学

十三日晚赴厦大、集美等学生欢宴会，会所假省银行办事处，距永安市数里远，地方为新开辟，建有平屋多座，及客厅运动场花园等。省银行总经理丘汉平，为仰光侨生，回国留学，曾在上海任律师。与徐学禹有交情，故委任要职，亦以他为闽南人，兼为南洋侨生，利用他可多吸收华侨并闽南存款。前与某派人谋没收厦门大学，改为福建大学，筹备处主任便是此人。是日未开会前，导余参观省行诸建设。余问省行已发出纸币若干，答五角以下二千三百万元，一元者一千二百万余元，共三千五百余万元。又问商民等存款若干？答三千余万元。合计七千余万元。少顷入席，到者百余人，均厦集二校校友。筵终主席丘汉平致辞毕，余答词报告："廿年前，创办集美、厦大两校，集美设在故乡，以村里为名，原不望他人捐助，按自己量力负责，至厦大则不然，自倡办时在厦门开会，首先认捐四百万元，待两三年后，略有规模，则向南洋富侨募捐巨款，扩大厦大校务。不意理想失败，虽屡向富侨劝募，卒无效果。创办十余年间，承认四百万元经费交完后，因遭世界商业不景气惨况，余之营业亦不能维持。不得已放弃厦大，求中央政府无条件接收。每痛不能尽国民职责，为义不终，抱歉无似。余前日到重庆，陈立夫及孔院长告余，厦大拟改为福建大学事。其后国民参政会开欢迎会，要余报告南侨概况，余最后因并述对于厦大改为福建大学事，有三项怀疑（已详前）。两日后陈立夫亲来余寓所，告余前议作罢，此后绝不再提云。"

畏惧失败才是可耻

陈嘉庚

《东方杂志》三十周年纪念要我作一篇自传。自维一介侨商，非政治家、教育家、文学家，贡献宗邦事业，愧不敢当。乃荷续函催寄，语重意诚，过却恐涉不恭，谨书稍关实业教育及侨情数者，聊以塞责。

一　追忆往事

我为福建同安县人，世居集美社，距离厦门水途数海里。九岁入私塾，十七岁第一次南来新加坡，随同先君从商，二十岁首次回梓完婚，二十二岁第二次南来。二十五岁第二次回梓。二十六岁第三次南来。二十八岁第三次回梓。三十岁第四次南来。三十一岁始自经营米谷，号曰谦益；同时并创设菠萝罐头厂。三十二岁买山地五百英亩，种植菠萝，逐年入息不过二万元。其时南洋橡皮业甫在萌芽，乃觅购种子二千元，插种于菠萝之边。三十三岁向印度人租一制造熟米厂，日出米数百担，专售印度，年余获利十余万元，乃承购该米厂二十万元。制熟米之法，系将谷用水先浸至透湿，然后炊热，落厂栈磨去壳，印人食米多用此法。南洋华侨前多脚气病，若食此米，则脚气可愈。三十五岁熟米厂遭回禄之灾，重新建造，损失数万元。

三十六岁剪去辫发，示与清廷断绝关系。时适橡皮价昂，将所种之橡皮园卖给英人三十五万元，复购置山地数千英亩，仍垦殖橡皮，每年垫去资本十余万元。三十七岁任新加坡闽侨首创之道南学校总理，加入同盟会。是年秋清政府推倒。在福建会馆开闽侨大会，倡办保安捐，筹款资助闽省光复，被举为会长。三十八岁秋第四次回梓，在集美大祠堂传集乡长，告以创办集美两等小学校，及建筑校舍之要义。议定即托友物色校长教员十余人，始知同安全县，仅有师范简易科毕业生四人，除一人转营商业外，尚有三人，即聘其二。查同安全县人口四十万人，仅有县立小学一校，私立四校，学生统计不满六百名，其文化如何可以想见矣！

我在南洋将归之前，曾购办制造罐头机器。运回集美设厂制造海蛎，并聘到日本人任技师，结果成绩不佳，将该厂移厦门，改作大同股份有限公司食品罐头厂。

三十九岁，春二月集美小学校开幕，夏集美小学新校舍告竣移居焉。我于夏秋之间，出游同安各处乡村，目击儿童成群嬉游赌博，衣不蔽体，且有赤裸全身者，询之乡长有无设教，咸云旧学久废，新学师资缺乏，经费奇重。无力创办云。我听其言，深感闽南数十县，同安如是，他处可知，若不亟图改善，恐将退处于太古洪荒之世，岂不可悲？顾以能力有限，时萦脑中而已。是年秋第五次南来，扩充菠萝厂，四十一岁适欧战发生，船运不便，货物积滞，大感困难。几乎有停业之虞。四十二岁租期限轮船四只，川走南洋及印度等处。四十三岁购置轮船两只七千吨，出价一百万元，航行欧亚，曾往浦口载运华工往法国。秋将一部分菠萝厂，改作生橡皮厂。并命舍弟敬贤回梓建筑集美师中校舍及创办女小学。四十四岁复将熟米厂改为生橡皮厂，规模扩大，并直接推售美国，较之就地售于洋商，获益不少。

四十五岁春，集美师中学校开幕，夏秋所置两只轮船，因欧战关系沉没于地中海。收回战险赔偿费一百五十万元，冬购置橡皮园一千英亩，出价四十万元。并购拓山地数千英亩，垦殖橡皮，复在霹雳邦之太平埠及槟榔屿埠，设生橡皮分厂。同时倡办新加坡南洋华侨中学校。

四十六岁，集美商科及幼稚园开办。是年本拟长住桑梓，致力办学，不复南来操心商业，故南洋商务稍事收束，计其时如除还债务外，剩有资产四百万元。按逐年入息，尽数提归办学之需。秋八月第五次回梓，九月假厦门陈氏大宗祠，传集各界倡办厦门大学。其目的系要求最优美适宜之演武场官民山地为大学校址。

四十七岁，集美女师及水产学校开办，夏聘定汪君精卫任厦门大学校长。迨秋间因陈总司令炯明，由漳州领粤军回粤。汪君乃来函告辞。十月我往上海邀同余日章、郭秉文、李登辉、黄炎培、胡敦复、邓华英、黄孟奎诸君。开厦大筹备员会议。

四十八岁，四月六日，厦门大学假集美校舍开幕成立。五月八日，厦门大学校舍奠基。秋驰函新加坡将第一生橡皮厂，改作橡皮熟品制造厂。

四十九岁，二月厦门大学移入新校舍。建造集美第一渔船，为水产学生实习，费款三万元。三月第六次南来，原拟稍住数月，重行回梓；迨抵埠后，鉴于生橡皮厂同业竞争之剧烈，不得已取消来意，即往马来亚橡皮出产地，创设分厂九处。大半系承购旧厂改革，同时并扩充橡皮熟品制造厂。

五十岁，集美女中并幼稚师范开办。是年新加坡寓有同邑人爪哇大富某侨，拥巨资数千万元者，因代厦门大学向他捐募，不纳。

五十一岁往游爪哇。创设分行数处，在万隆、泗水二埠，遇两位乡侨，各积有资产数百万元，年纪已大，皆无子嗣可继承其业，然我恐曲高和寡，不敢奢望，但请捐建厦大图书馆舍一座十万元，亦竟无效。

五十二岁，集美农林学校开办。向法国购集美第二渔船一只三百余吨，价七万元。是年英政府限制橡皮出产，价值大涨。乃卖去第二次橡皮园二千英亩，银一百四十万元。转购入数段七千余英亩，银一百五十万元。其年生橡皮厂获利四百万元。冬间函告厦大、集美二校长，新年可增加经费，扩充设备，并拟捐建厦门、福州、上海三处图书馆，计其时除债务外剩有资产可一千二百万元，拥有橡皮园一万五千英亩，每亩现年可入息一百元，姑如减至五十元，全年亦有七十五万元。其他营业入息亦属不少，自以每年担负教育义务一百多万元，不为过举也。

五十三岁，春复购橡皮园一千英亩，出价六十五万元，其地距离新加坡市区仅六英里，又创设牛皮厂、肥皂厂、造纸厂（纸厂不成，耗去定购机器银二十万元）。夏秋之间，橡皮市价大跌。上年各途营业又多失利，审度时势，绝无乐观之希望，不得已停止集美校舍工程，驰函取消图书馆之筹备，此为我一生最抱歉，最失意之事件。

五十四岁，卖去第三次橡皮园五千英亩，价银三百五十万元。虽获此巨款，然不敷两年来之支出，故难免处于困难之景地。

五十五岁济案发生。倡办山东惨祸筹赈会，被举为会长。其时全侨抵制日货至为剧烈，我所办之《南洋商报》，因登载某家某日到有大帮仇货，对方竟以此含恨，致橡皮制造厂重要部分，遭其回禄，损失六七十万元，更以抵制日货之故，日人大肆报复，有组织之同类物品，贱价竞售，受创尤大。

五十六岁，卖去第四次橡皮园六千英亩。价银二百六十万元。除还债外，所剩无几，从此之后橡皮价值日败，橡皮园乏人承手矣。

五十七岁至今四年间，各途营业更形惨败。土产败市，产业贬值，不景气之严重，自有新加坡以来所未有，亦世界所未有。损失之巨，毋待赘言。

二　实业及教育

自五十三岁迄兹八年，江河日下，入息毫无。盖诸营业中，唯生橡皮厂最为有利，而前服务诸伙友十多人，相继离去作同业之经营。各银行更供给款项，至七百多万元。故资本宏厚，竞争剧烈。致数年来优美之利权，完全丧失，至银行何以容易相信彼等而投资，因凡许售欧美橡皮，买客当由银行认来信用票，银行以票利厚，故争相放款耳。竞争诸旧伙，大半已于前年失败，银行损失亦甚巨，现存数家，亦曾经过困难，但因价值低廉，资本短少，难期发展，然在马来亚市场上最活动者，莫非旧伙友也。

我办学之动机。盖发自民国成立后，念欲尽国民一分子之天职，以一平凡侨商，自审除多少资财外，绝无何项才能可以牺牲。而捐资一道，窃谓莫善于教育，复以平昔服膺社会主义，欲为公众服务，亦以办学为宜。更鉴于吾闽文化之衰颓，师资之缺乏，海外侨生之异化。愈认为当前急务，而具决心焉。集美师中初办两年，四易校长，外人不知中间苦况，每多误解，且或讥为商人见异思迁，然敷衍潮流，较之实事求是，相去悬殊，故不得不彻底改革。我在厦门鼓浪屿，遇一富侨在其乡里办一小学，附设师范科两班，甫仅数月，纠纷枝节，告我曰："唉，吾侪当时以为赚钱难，今日方知费钱更难也。"

集美中等学校，开办时系注重师范，次及中学实业等科；因鉴于全闽师资之缺乏，及严求师范生毕后人人须能实践教职，故首期招生，不便造次，乃函商闽南各县劝学所长，请各保荐合格贫生，及志愿将来任教席者五名，其待遇则较政府所办者为优。如此设施，经数期后，师范生在学者数百名。

闽南地瘠民贫，海多田少，对于水产农林，故特加以注意。其初拟先办水产学校；民国六年，资送吴淞水校考取第一名学生，往日本留学，毕业后服务集美水产校。开办后又恐毕业生无出路，乃向欧洲购买集美第二渔船一只，使其出海捞渔，三四天后满载而归，成绩甚佳，所得之鱼多为帆渔所未见。迨开市发售，每次需七八天方能卖完，缘闽南交通不便，不能急运内地销售，而厦门一隅销路短少，供过于求，且冰块昂贵，利不及费；不得已，乃令该渔船驶往上海渔捞。厦门大学创办之起源，为鉴于闽省中等师资之缺乏。盖小学师资既有集美学校可负责，而中学师资，则尚付阙如，然大学要办理稍完备，需款浩大，非千万元以上不为功。窃以南侨之富，若有宏愿者出，则三数人之力已绰有余裕，且百尺高楼从地起，要彼先筹现款，而后创办，度今之势，无日可成，故我不计成败利钝，勇往进行，最初准备三年内，捐输开办费一百余万元，待规模稍具，引起侨界信仰，然后奔走南洋各埠筹募巨款，以闽侨之富，目的不患不达也。

向人募捐办学，势有不同，如办中小学，可以沿门劝募，半由情面，半出本意，多者千百元，少者数十元。结果筹有数万元，或多至一二十万元，便是最佳成绩，可以作基金，可以抵多年校费，至于大学募款，则似不然。凡殷富之家，须了解人群责任，及社会义务，才能自动慷慨，虽出于朋友之劝募，亦当由本身热诚乐输，如此则少者数万元，多者可至数十万以至百万者，则规模方能远大，倘其人不解国家社会为何物，人群天职为何事，拔一毛亦难，况巨大捐款乎？

厦大、集美两校，十余年间，我各捐去四百余万元，集美从未向人募捐。厦大前年曾由林校长文庆，向黄君奕住捐办图书册三万元，又曾君江水捐建图书馆一十万元，又叶君玉堆捐款五万元，又北平文化基金委员会，年补助理化科三万元，国府于民十八年秋，按月助款五千元，自东北事变以来所交不及半数。去年厦门之厦大协进会，并林校长来南洋捐募，合计约募得二万元。

南洋华侨素称爱国，然对祖宗庐墓所寄之桑梓，理宜更加注意。西哲有言："凡有诚意为公益者，必须先近后远。"查闽南富侨，在南洋未遭不景气之前，约可千家以上，若每人能在其故乡办一小学校，或数人合办一校，按年每校津贴费至多不过一千元，则闽南何患教育不普及；而事实上乃等于凤毛麟角！民九我在集美倡设同安教育会，其目的在图同安小学之普及，而向南洋同侨筹募年捐，按每年增办三十校，十余年间全县可以普遍，甫办两年，成立四十余校，每校年约补助费六百元，在新加坡募有年捐二三万元，他埠尚未进行。迨收款时，成绩则不及半数，或完全推诿，或交不及半，于是巧妇难做无米之炊，原定计划，终成泡影。

橡皮熟品制造厂之创办，我亦为一种理想之提倡。二十世纪称为橡皮之时代。欧美之盛，固不待言，岛国日本亦已设厂至数百家，独我国则尚未萌芽。新加坡为橡皮出产地，且距离我国不远，男女侨胞数十万人，若能设备大规模制造厂，不特可以利益侨众，尤可以为祖国未来工业之引导。如化学、工程、技术、机师人才等等，须经长时期之训练，如教育之造就师范生，应有发展林立之可能，故锐意进行，当时聘到东西洋技师多人，教练工作，凡各种车胎、靴鞋、雨衣，及其他用品，无不研究制造，前后垫去资本银八百万元，雇用男女工人六千名，分设发售处八十所，乃遭不景气之损失，及日货贱价倾销之竞争，致一切皆遭打击，陷入困难之境地。

我在此三十年间之经营，统计所入赢利，米业约五十万元，菠萝厂一百万元，轮船一百五十万元，橡皮园四百万元，生橡皮厂一千二百万元，共一千九百万元。至支出之数，厦大、集美两校八百万元，利息五百万元，橡皮制造厂亏损四百万元，牛皮、肥皂、造纸、枋木厂损失七八十万元，地皮产业亏折一百万元，共一千八九百万元。我之个人家费，年不过数千元，逐月薪水足以抵过。在集美建一住宅，值不上一万元，他无所有。今日资本实力丧失迨尽，而校费若极力缩减，现状尚可勉强维持，善后问题，则茫无把握矣，或谓我当时校费若早缩减，可免今日困难。语虽近情，然我则否认是说，盖自不景气来临，平素较我殷裕者尚多，既无如我之负担，乃现下之困难，固亦不减于我，且更有甚者，又何说焉。自古英雄豪杰，何尝不遭艰危落拓，况我乃一庸愚侨商，安敢妄事怨咎，美国汽车大王有言曰："正当之失败，无可耻辱；畏惧失败，才是耻辱。"其言足资警惕。除愿国人勿引我之困厄为口实，致阻公益事业之进展，陷我于罪人幸甚。

三　华侨与祖国

闽南华侨不下数百万人，不亚其他繁盛区域，何以闽南社会仍属衰落，民生仍属艰难，乡邦事业，实际似无裨补，推究其实，殆有三种原因，一则此间乐不思蜀，绝无祖国观念，及身如是，后辈可知。一则入只供出，或所入有限，无资可以寄归。一则固富有资财，不忘乡梓，虽挟资回里，不过建华屋，蓄婢仆，锦衣玉食，交结权贵，阔费大豪侈，导变风俗，或则放钱债，高利息；购良田，独善其身，无民生之观念，无社会之利益。且田地有限，原为农村生命线，一归大地主，则农民不能自存，至贫民借债入手，多作不正当之开销。结果财产俱亡，其流弊酷烈，转出富侨之所赐也。

过去华侨在祖国稍可获得荣誉者，缘华侨较之国内居民，资财比较丰裕，故对于义务捐输，亦比较容易，遂博得爱国荣名，几乎华侨不归，如吾闽何。自民国成立后，各界同望华侨运资回国，振兴实业，大利民生，而尤以吾闽人为甚。若究其实，虽在不景气未来之前，亦如画饼充饥，徒拥虚名而已！盖少数义捐，集腋成裘，乃普通人容易做到之事，对于精神上、营业上，绝无关系。较之倾家产，运巨资，归祖国，舍熟就疏，艰难辛苦与新事业奋斗者，殊有天渊之别。至华侨拥有资产之人，现下可分两种：一为侨生承先人遗积，富者尚在不少，此辈久已忘祖，安有祖国观念？一为年在四五十岁之老客，经久年辛苦奋斗，始成艰难缔造之事业，多属不动产，或商场货账，虽有现资，不过十之一二，使其热心祖国，亦仅衣锦回梓，省视庐墓，或稍息尘劳，或游历观光，目的不过如是而已。谁肯舍半生在南洋已成之事业而另图未必有利之新事业耶?

我久客南洋。对于侨情颇知底蕴,既不欲祖国空费无益之期望,亦不愿侨众辜负国人之推崇。故凭我良心上坦白无隐,据实倾诉,功罪均不之计。虽然,华侨之于祖国,亦非绝无乐观之可能,以我鄙见,约有三事,若能达到,则华侨决不负国人之希冀!

(一)政治纳入正轨,地方秩序良好,无军阀劣绅土豪之欺凌。

(二)交通略已发展,利便新事业之建设。

(三)独资创办或组织股份公司,成绩稳健,利益优厚,则利之所在,人必争趋,而华侨之投巨资归祖国,势如水之就下,即平昔乐不思蜀之流,亦必倾资而乐于归化也。

原载1934年4月《东方杂志》第31卷第7号

对集美学校侨生讲话

一九五三年十一月二十一日

陈嘉庚

校长、教师、各位侨生同学：

本学期集美的侨生是抗战以来最多的一期。我早就想与各位见面，因学期初去北京开会二个月，故到今天才得以与各位见面谈话。我对教育外行，如讲南洋事，诸位有的才回来，比我更了解；如讲国内时事，报纸上又可以看到，所以没有更新的东西可讲。我今天所讲的，不过想把各位不大了解的一些问题，提出谈谈。

首先讲南洋华侨和学生情况：南洋包括越南、暹罗、马来亚、缅甸、印尼、婆罗洲、菲律宾等地。这些地方的华侨人数：越南约有二百万；暹罗有五百多万；印尼，据王任叔大使说，有二百六七十万；缅甸有五十万；新加坡、马来亚有三百万左右；婆罗洲有二十多万；菲律宾十三四万；总共人数一千二百万左右，几乎等于福建全省人数。这一千二百万人中，有些是百年前就迁去的，完全外化，不懂中国话。单（仅）暹罗五百万华侨中，就有三百多万已经暹化，不懂中国语言。印尼也有一百多万印化。马来亚被外化的就没有。其他地方外化的也较少。因此一千二百万华侨中，外化不懂祖国语言的就有五百万人。其余七百万人，仍旧保持祖国语言和风俗习惯，以及与祖国密切的关系。我所以讲华侨人口的情况，就是要来说明华侨读祖国书本的人数和情况。

马来亚（包括新加坡）有六百万人口，其中华侨占三百万左右，比起马来人和其他民族的人，都占优势。华侨学校包括小学、初中、高中就有一千多所。华侨学生四十万人，其中小学最多。至于其他地方，如印尼、暹罗、越南、缅甸也有华侨学校，但尚未有准确的数字。如以马来亚比例推算，学生数也会有四十万人。这样，总共华侨学生在南洋念书的，就有八十万人，每年毕业的就有十万人。其中有许多都想回到祖国，如以百分之十来说，每年回国就有一万人。现在我们祖国与以前不同，解放后政治清明，各方面进步很快。不但华侨学生热爱回国，就是他们的父兄也喜欢子女回家。一家四五个孩子就可以叫二三个回来，所以今后回来的侨生，要年年增多。截至目前，解放以来回国的，已有二万多人。去年和今年最多。今年已到八千人，到年底可能达一万人。回来的印尼为最多，占回国华侨总数百分之三十九；其次马来亚，占百分之三十二三。

侨生回国不断增加，我想有几个原因：（1）侨生热爱祖国，解放后的祖国，政治好、风气好、不断前进，侨生出于真诚爱国，热烈回来；侨生的家长父兄，也与前不同，愿意并且同情其子女回来。（2）南洋华侨的中学教员少，因为帝国主义统治下的殖民地，只准华侨出境，不准入口。因此就很困难聘请精通祖国语文的中学教员。小学是较有办法维持的，只要念过中学和初级师范的学生都可以教；中学师资则难于设法。（3）帝国主义统治下的殖民政府，对中国课本限制甚严，要经审查批准，总之，其目的就是要淘汰中国课本，纯用他们的课本，来灌输殖民地奴化思想。因此，稍有觉悟程度的爱国华侨青年，就不愿意留在南洋念书。（4）从经济上来说，在南洋升学亦有困难，以新加坡为例，中学校多设在郊外，学生要寄宿，单（仅）伙食费就要星币三十八元，还有学费八元，寄宿费四元，以及体育费、杂费、书本费、个人零用费等，总共每月最低也要六十元，折人民币就要五十多万元。新加坡大米是当地政府配给的劣等米，稍好的，每担折人民币要四十万元。加上殖民地政府什么都要钱，自来水、电灯费都很贵。这样受薪的职员、店员，每月一百多元的薪水，只要一个孩子念中学，就要用去一半；做工的则更困难；就是小商人，每个算他一二百元，除了维持家费外，就很难给儿女升学。那将如何呢？只好让其子女回国念书。由于以上四个原因，所以回国侨生就年年增加。

南洋倡办小学，是自新加坡开始的，至今已五十多年。五十年前没有现代学制的学校，有的是旧式书塾，每所不过十数个学生（祖国新式学校也是过去五十年前后才有的）。在五十年前新式小学新加坡开办了四校。广东帮、潮州帮、客家帮、福建帮各有一个。福建帮办的叫道南学校。创立三四年后，我当董事长（当时称为总理）。那时找小学教师很困难，要到上海聘请。学校进一步发展，是在辛亥革命后。中学也是这三十六年来才有的。当时我在新加坡倡办南洋华侨中学，因辛亥以后他处及集美学生陆续有出洋去，聘请教员比较容易。而且革命后大学对教育较有认识，所以当时侨教颇盛，比国内任何一省都普遍。以上是有关南洋的情况。

其次谈到国内一些有关问题：政府对侨生回国念书，有特别优待，与国内一般学生有区别。国内学生，如这两年，有许多小学生没有升学，并非他们程度低，而是因为小学毕业人数发展较快。农民土改后生活较富裕，子弟都进学校，而中学校数少，教员缺乏，收纳的分量跟不上小学毕业人数。不但小学如此，即初中升入高中，也有同样的困难。但政府对侨生并不一样看待，程度低的也收，考不上的也给予补习，全部包下来，不让他们失学。但中学校数不够，政府为什么不多多扩充来容纳呢？这是因为政府建设要有计划，有重点。解放才四年，经费还有限，要先发展重要的，最重要的是重工业、交通业和其他生产事业等。至于学校，只好逐渐增设，不能尽量发展。如件件都建设，面面都照顾，就会削弱了重要的事业，大学也是如此，除北京、南京和广州等重点地区外，其余都只维持现状。厦大的扩大建筑，是由于私人捐助。不过经费或某些要紧的设备，政府是要充分地拨给的。一般的建设或设备，就做不到。因为全国学校很多，要增加设备，就要一大笔资金。目前不能兼顾，只好慢慢增加。这和苏联当时革命成功后首先发展重工业的做法是一样的。至于对工业及其他技术学校，又与中学不同。因为发展工业，要先培养人才，所以政府目前对技术学校是特别重视的。

祖国原来贫困得很。今后要富裕、要发展，就要靠工业。单（仅）靠农业哪能繁荣？哪能富裕？祖国因为过去几十年政治腐败，经过日寇的破坏，蒋匪的肆虐，留下来的一个烂摊，空架子。今后要发展，就要靠工业，过去没好政治、没好人料理，故无工业。工业最重要的是重工业。尤以钢铁工业为要。钢铁与每个人关系很大，一根针都要用钢制。我国过去钢铁全然没有生产，美国年产一亿余吨，苏联将近四千万吨，英、法、德也有一千多万吨，连最小的比利时也年产四五百万吨。虽然我们一九五二年钢的产量已比解放前增加百分之八百四十六，但数量仍然是少的。钢铁出产后，还要有其他工厂来应用。上海有百多家大小工厂。单（仅）鞍山的钢铁，给这些工厂就消化不了。所以钢铁一发展，其他工厂也要相应地发展。

要千百间的工厂，才容纳得下。不但工厂要发展，而且技术人才也要储备。这样发展重工业，国家才会富裕。毛主席今年六十岁，许多同志，要给他做寿，毛主席说等到国家年产钢铁一千万吨时再说。我们地下蕴藏的矿产很多，无所不有。解放以前，因为人才不够，政府不理，货弃于地。现在已开始开采，虽然产量还不多，但今后发展一定很快，将来不难提高到世界第一位。美国钢铁年产量虽然一亿余吨，但已开到很深，而我们矿床接近地面，差不多俯拾即是。所以目前生产虽然不如，只要迎头赶上，再加有苏联先进技术的帮助，将来前途发展，要压倒美帝国主义是很快的。

想起中国过去落后的情形实在可耻，世界轮船注册没有中国的名，因为船位总吨数，要上一百万吨，才够资格，而我们只有数十万吨，像英国有船一二千万吨，日本有四五百万吨，西欧最小的国家也有百万吨以上。难道我们有数千里海岸线的国家，竟和内陆国家瑞士一样？又如自来水与卫生关系很大，各大城市应该普遍设置。福建一省只有厦门有自来水设备，还不够用。其他各省亦少，河南全省和其他若干省份，全没见到。唯东北各省区比较多些。南洋则随地皆有，侨生回来对用水首先感到不充足，这是当然的。我们集美目前还是用井水，将来要想法用抽水装备，把它抽送滤清，然后引导供应使用，才合卫生与便利。又如教学上科学设备，不是每个学校都有。例如显微镜，许多学校就没有。所有科学仪器，多数简陋。南洋中学科学设备也不够，新加坡华侨中学过去有一些科学设备，日本占领时大部分损失无存，到现在还没有补充完备。这一些，都是说明过去落后的缺点。今后我们争取工业化，当然会把这许多缺点填补起来。

要促进国家工业化，必需大量资金。所以我们政府鼓励大家要增产节约。我们人多，用钱要有计划。不必用的就不用，应该用的才用，这就是节约。节约包括很多方面，政府这次对粮食的统购统销，和吃九五米，也是节约的一方面，吃九五米是经过许多医生考虑研究过，才实行的。一九五〇年政府就要大家吃九五米，因为没有抓紧执行，而一般生活比较过得去的，都想吃白米，愈白愈好。从前北京吃小米的占百分之八十，而现在适相反，变为吃白米的占百分之八十，甚至白中求更白，这样就缺乏了营养。因为米的养分都集在含有丰富维他命的外皮。外皮去尽，维他命全失，哪有营养效力，所以现在政府规定，限较白的是九二米，其次就是九五米。苏联当时革命后，人民吃黑面包，穿破棉袄，集中力量发展工业，经过几个五年计划，到现在好了，没吃黑面包了，他们吃的，现在没有限制，可吃各种肉类，和其他富有维他命的补品。我们现在还没到这样富裕，只好吃九五米保持身体健康要紧。等到以后，大家富足起来，就可以一面吃白米饭，一面服其他补品来补充营养。人的食量可大可小，稍加变动，无碍健康。前年这里招致石码工友来做堤工，每人一天要吃三斤米，而现在一天只吃二斤，身体也不见得变坏。一九四九年我避难爪哇一个校友家，他原吃二顿（餐）干饭，以后改吃三顿（餐）稀饭，每天可以少用半斤米，也丝毫无碍健康。再回忆以前，像孙厝我一亲戚，每餐稀饭差不多和米汤一样，那样生活才是困难。但也平安无事，生活下去。现在增产节约，只要每人节省一两米，将近六亿人民，合计起来，那数量才是惊人。至于节约用水，这里也附带一说：此地因为没有自来水，只有井水，就无法像南洋那样，天天用许多水洗身。事实上也不必用很多的水才冲洗得干净。我三十年来，每天要用水洗全身二次，每天擦三四遍，所耗不过半面盆，洗后轻松不减于用多水冲洗。天寒则用一水罐的热水调和半盆冷水洗全身三四遍，然后洗脚就够了。从不用成桶的水量。如不信可以试行便知。如纯用冷水则更合经济，更见节约。新加坡林文庆先生，想必大家应该认识他，他天气再冷也是用冷水洗身，马寅初先生也是如此，他们身体都很健康，气色都很好。

在实行过渡时期的总路线当中，不但一切物力财力要节约，人才的使用也要节约。如本应担任某些工作的人才，一时还没有适当的机会，就不要勉强支配安置，造成浪费，只好调整到别的岗位去。最近我接到水产学校许多学生来信，说毕业后政府还没分配适当工作，有不满的意思。这点大家要谅解清楚。在金门、台湾未解放以前，我国海口在敌匪封锁状态下，政府就无法在这里发展渔业和航业的。航专就是因此并去大连。所以我们要暂且忍耐，先干别的工作。要知道政府对你们，一向特别优待，"针无两头利"并非无意为你们分配适当职业，而是确实有所困难。明白这一点，我们工作，自然一切要服从政府的分配，不能强调个人技术和志愿。

现在再谈谈有关做人问题：做人最要紧是有是非。过去反动政府一塌糊涂，哪里有论什么是非。现在不同了，去年"三反""五反"运动，无论一二十年出生入死积有功劳的党员干部，只要他犯了国法，该枪决的就枪决，其次还要分别轻重徒刑监禁，这样才称得有是非。抗日时候，我代表华侨组织慰劳团回国慰劳。当时国内抗战，战费几乎全靠华侨供应。国内经济繁荣的地方，如天津、上海、汉口、广州都失陷了。资金来源大大减少，友邦的帮助，除了苏联帮助价值三亿元的军火外，美国两次是四千万，而且是以货易货，等于倾销；英国借到五百万，到后来就无处可借了，所以八年抗战期间，大半是靠南洋筹赈与汇款支持。我为了慰劳祖国人民的抗日，便组织慰劳团回来。到了重庆，看到国民党对共产党剑拔弩张快要开火，蒋介石当时以为自己力量大，在延安的中共才一点点，想要消灭它。我看到这种局面很痛苦。南洋爱国侨胞，日夜宣传抗日，积极募捐，支持祖国。不料国内却要发动内战。这怎么能够继续在南洋宣传筹款呢？因此我才想去延安看看，到底那边怎样，是否像蒋介石这样准备内战。同时也因为国民党宣传共产党怎样怎样，而我却不知道究竟，也有实地考察的必要。我要去延安时，并无告诉蒋介石，他却预先知道。共产党很早派车迎接，他也派一辆漂亮的车护送，并派一个科长同行，他总算不敢阻挡我去延安。但对慰劳团其他人员的态度就不是这样了。慰劳团分三团，一团到西安，刚好朱总司令也从前线回来，慰劳团与朱总司令约会，却被国民党阻挠，不让见面。我到延安，开大会欢迎时主席是说我们不打内战，如果国民党打来，我们可以退避三舍。我听了这话，就大大放心。延安颇多集美校友，也有华侨。医院院长是龙岩人，法院院长是厦大学生，陈伯达也是校友，他们曾来（座）谈。当时共产党自己刻苦耐劳，爱护人民，受到人民热烈拥护，一个干部，每月仅支五元，生活极端俭朴，对人异常谦虚友爱。我看了很满意宽怀。它的根据地虽然还小，我相信它一定有发展的前途。所以好政治与坏政治，如白与黑，一看便出。有人说我眼光远大，这并不是什么眼光，凡有是非的人，都可以看出。所以从那时起，我就说延安好话。把延安真实情况，介绍给人。临走时，毛主席交代我两句话：第一是要我碰到蒋委员长（当时对蒋介石的称呼）时，告诉他说，我对他没有坏意，我是爱他做好；第二是要我到南洋时，多多把延安所见情况，代向侨胞报告。我均答应。但我自己想：这不必待到南洋，就是一出延安，到处逢人，都有据实说明真相的必要。回到重庆后，国民外交协会即请我讲话，题目是"西北观感"，我便据实报告。当时有数十家报馆记者到场，除新华日报外，都是国民党办的。隔天新华日报把讲话记录全部刊登，其余都不登载，有的稍带一二句。我这次讲话，引起蒋介石非常不满。他与我会面时，拍桌捶椅，面红耳热，大骂共产党，说要消灭它。隔天他约我吃饭，有许多重要人员作陪，如何应钦、白崇禧等都参加。原来是要招我加入国民党。我以华侨在外募捐身份，婉辞拒绝。以后我又到西南各省，蒋介石则用何应钦名义，电知西南各省，说我被共产党包围，要注意我的行动等语，同时并派吴铁城到南洋活动。这以上就是说：但凭事实真相，谁是谁非，都可以看得出，不是什么眼光大小的关系。分辨是非，不但对国家如此，就是个人也是一样。无是非就不算是人。辨别是非，是做人的基本条件。侨生也不能例外。侨生回国，政府有特别优待，但是非仍要分清，不能因为他在国内没有亲戚，就可随便容许胡为乱作，就可纵宽恕，就可以不讲是非。当然，如果是一二次错误，还可原谅。但是有些不良分子的行为，是一贯的、故意的，不是偶然的，那一定要从严办理，立即制止他的破坏活动。所以同学中如有这样人，我们应该争取去帮助他，教育他，并在小组会上批评他，绝不能袖手旁观不分是非，否则对我们大家都不好。

关于优待侨生问题，我这里再谈一些：一九四九年，我原想去北京，然后转东北参观。但许多相熟朋友，都要我留在北京参加政协，并推举我当华侨首席代表。因为所处地位的关系，更须关心和解决有关华侨问题。本年秋季往京，我眼见归国侨生一天一天增加。而我们学校有限得很，如不加以解决，就无法容纳，临时建校也来不及。侨生回来许多，都愿意去北京这个城市。但北京校舍也有限，如最近新设的一所华侨补习学校，只能容纳一千四百人，而今年已经收容了二三千人，挤得连走廊也排起床铺来。到秋季开学才分发了大部分，尚剩下八九百人。估计侨生以后每年回国的，约有一万人。福建准备容纳二千人，其余分配到北京、广州二地。所以我就建议福建要设立华侨补习学校，提出三个意见：第一就是在厦门找地点盖校舍；第二是附设在厦大，因为厦大宿舍教室还有剩余；第三是设在集美，利用航专原有的校舍，加以扩大建筑。我到北京，就与有关部门当面接洽，乃决定设在集美。预算今年年底先收侨生三百名，以后递增到二千名。

最后我谈谈毛主席建国方针：毛主席建国方针主要在使国家富强，人民生活提高，健康长寿。而最重要是身体健康长寿。健康长寿从哪里来呢？就是在于卫生。所以大家要普遍注意卫生。一二十年前欧美人曾组织调查世界各国人民的寿命，按调查结果，欧美平均每人活五十岁，而且年有进步，中国平均每人才活三十九岁，因为中国人较不讲究卫生，印度人平均寿命不到三十岁，因为早婚，印度十三四岁就结婚生孩子，苏联很注意卫生，上百岁的有数十万人，每人平均有六十多岁，都可以得到社会主义的幸福，每年有一个月或一个多月给工作人员去休假游历。我们今天还没法这样做，因为一切条件还不够。毛主席建国，是要和苏联一样，不过还要十年才会达到。我们都是年轻人，应该加倍努力，响应毛主席的一切号召。

选自王增炳、陈毅明、林鹤龄编《陈嘉庚教育文集》，福建教育出版社1989年7月版

在集美华侨学生补习学校开校式讲话

一九五四年二月二十三日

陈嘉庚

校长、各位来宾、各位侨生同学：

今天集美华侨学生补习学校举行建校典礼，陈校长约我来讲话。我是华侨一分子，侨校是我向中央提议创办的，今天学校成立，我也觉得有对大家说话的必要。

集美设立学校已有四十年的历史，中间很早就有开过补习班，这是因为集美有中学、水产、商业、农业等校，国外许多华侨喜欢送子女来此地读书，而我也喜欢接受。前在南洋时，凡是有小学毕业程度要来升学的侨生，不论当面口说也好，写信请求也好，我都一一答应，介绍回来。但是侨生回国的时间也不一定都和各校招生时间相适合，程度也不一定恰好衔接。因此，到了有相当人数，就另开补习班容纳他们。但补习班的设立是临时性质，而且班数也不多。现在侨生回国的很多，每年都有数千上万的回国人数，这样就不是增开少数补习班可以解决的问题。所以要有政府专设学校，来经常容纳。集美华侨学生补习学校，就为此目的而建立的。校舍设备以及一切经费都是政府拨款供给，规模很大。目前学生数百名，明年就可以发展到二千名以上。

去年十一月，我曾对集美全体侨生讲过一次话，曾印百余份分送侨校同学，想诸位多有看过，这里不再重复。我站在华侨地位，可以比较坦白地对诸位讲：现在人民政府对华侨学生待遇，和国内学生不同，比较重要的有三点。第一，寄宿问题；第二，收录问题；第三，补习问题。现在我就这三个问题逐一说明。

一、先谈寄宿问题：国内学生和侨生寄宿，有什么不同呢？国内寄宿生人数甚少，不及学生总人数百分之十，并且只有城市才有些，农村则更少了。因为有了多数学生寄宿，就要增加宿舍、膳厅等设备，也就要增加经费。一个寄宿生所花费的要比通学生多出五倍。比如集美学校有二千五百名寄宿生，如果改为通学生，就可容纳一万二千多人。今天侨生来校，是百分之百寄宿的。这样经费的负担就要增加数倍，何以说寄宿生一人要抵通学生六人的经费呢？我们来计算一下：每间教室面积要九百平方尺，可容五十名学生，平均每人占十八平方尺。如果是寄宿生，就要增加宿舍。现在我们每间宿舍是四百八十平方尺，住十二人，平均每人就要四十平方尺。单宿舍就比教室多二倍以上。再加上膳厅、厨房、浴室等，每个寄宿生也要多占一倍。此外还要增加医院、图书馆、电灯厂（发电厂）等设备。同时还有教员的家眷住所。如果每班平均只有一个教员携带家眷的话，每个家眷住宅相当于一个教室面积。这样计算，一个寄宿生比通学生所占的面积，还要超过五倍。这说明政府为招收侨生，在建筑设备方面，比招收国内学生，要增加数倍的经费。

二、收录问题：现在全国小学生有五千万人，历届毕业生都无可能全部考入初中。也不可能悉数录取。并非程度不够，完全是目前没有足够的学校和教师。小学、初中毕业后，不尽升入于初高中，亦有大部分投向技术学校。故要政府完全解决学生升学问题，不但要拨一大笔经费，再增设中学，还要增设技术学校，但这是一时办不到的。因为政府建设计划是有重点的。目前集中力量，举办重工业，故对教育事业只能稳步前进。然对侨生不同了。侨生入学不论程度高低，一律收录，又特别设校容纳，没有任何限制。这一点和国内学生完全不同，是很特殊的。

三、补助问题：国内学生虽有人民助学金的设置，但比额有限，请求者不一定都能得到。至于侨生凡属经济困难的，都可以得到政府的照顾补助，像集美学校贫寒侨生，每月政府都拨给补助费。侨校对贫苦侨生补助详情我虽未知，但我想政府也是一样优待的。

大家知道，目前国家还在困难时期，也是正在努力建设的时期。我们每一个人都应该艰苦奋斗，增产节约。毛主席早就号召大家这样做。我们现在正和苏联十月革命成功后初期的困难一样。我记得上次讲话曾提到苏联人民当时吃黑面包、穿破棉袄，但建设方面，该用就用，一个钱都省不得。这样集中力量，建设重工业。我们应该体会这个节约的精神，上次我到北京开政协常务委员会时，毛主席也出席，会场布置了几瓶鲜花，天色未黑，电灯就开亮。毛主席当时就指出这些也是浪费。所以我们应尽量节约，只要对健康对工作对生产没有妨碍，能省得来的，就得省下。

关于华侨补习学校建筑设备费用，我向中央提出预算是六十亿元，收容二千多名学生。这是本着节约的意旨拟订的。我认为学校不是生产的机关，不能增产只有节约。怎么六十亿元的建筑设备费是节约呢？举个例子来说，我在北京时，去看北京华侨补习学校建筑的校舍，那校舍现可容纳一千四百人，中央拨款二百亿元，已用去了一百六十余亿元。宿舍每间四个双层床，住八人。膳厅二间，每间容五百人。礼堂、科学馆、教职员住眷的房子都没有，电灯、自来水是市区供给的。和我们侨校比较，只不过多了一项暖气设备，用了三十亿元。那么建筑费就占去一百三十余亿元了。又如去年福州一间财经学校建筑校舍，预算容纳一千二百人，建筑费拨给八十亿元。福州木材比较此地便宜，而我们要以六万〇一百〇八亿来完成容纳二千人的校舍和设备。这就说明了我们是以节约的精神来建设的。如果我们多预算一些，中央也一样会照拨的。我们不能这样做。但也不是随便节省，马马虎虎，把建筑材料的质量减低。如果把我们的校舍和别人家对比一下，凡是有建筑常识的人都会明白：我们的校舍对于坚固、安全、卫生各方面，都有兼顾到的。比如说，我们宿舍都有走廊，可以让学生生活更加舒适。因为多了室外散步的场所，屋内人多，可以时常出来乘凉，换取新鲜空气。但因为多建走廊，建筑费就要增多四分之一。诸位回国，都有经过广州或其他地方，那边校舍建筑情形怎样？若是看过的，和这边比较，就可明了。我们侨校校舍虽然没有专设礼堂，但集美学校有公用的福南堂，与侨校最为接近，可以通用，不啻专为侨校而设立，所以无须另建，这也是为着节约。因为要建一座可容三四千人的礼堂，是很不容易的，何况无此必要。现正进行东西两膳厅建筑，西膳厅即将完成任务，将来遇有集会，如无须借用福南楼，也可利用膳厅，一样地可以容纳三四千人。

关于体育设备方面，像新加坡英政府规定，每个小学生平均要有三十六方尺面积的体育场所，中学生就要四十余方尺。集美学校运动场所，小学不计，有四十万方尺。现在中等学生人数二千五百人，平均每人有一百余方尺，如将来学生数增多到四千人，每人也有一百方尺。过去航专在这里，曾提起没有运动场，侨校现在也同样地提这意见。其实现有南侨楼第一排与第二排校舍之间，以及附近旷地所辟的运动场，虽然比不上集美学校运动场占地之多，但平均算来，每个学生也有五十方尺上下。当然因为建筑工程尚未结束，还占用了多少空地。但终究一定会多出来。我打算在前面临海和膳厅西边田地，再开辟为运动场，唯现在还用不着。还有乡民在那里种地，要慢一点搞，等到人数达到了相当程度时，再来扩充。这样计算，将来每个学生所占面积，可能增加到七十余方尺了。

关于宿舍内部布置：现在同学们住的房子，有一部分是双层床，集美各校也是这样，这也是节约的做法。不但学生如此，就是教师也必须节约。如过去教师每人住一间房子，现在我们要尽量腾出。一间房子要住两到三人。这样就可以让出三分之二的间数以应其他需用，可较原来经济得多。

关于学习环境方面：在城市的学校，固然眼界可以增广，但环境热闹，容易影响专心求学的情绪，在乡村的学校，固然接触的事物不多，但风景清幽，没有闲杂人事的纷扰，可以安静地学习；两下各有长短。北京侨校，发现有些侨生，经政府分配，转到上海、天津、东北和其他各处去读书的，没有多久，未经学校当局同意，又擅自回京。当然其他学校不予收容，就再回到补习学校。学校不答应，他们便自己住下，遇有空的床位就占，没有床位，就随便睡在膳厅，甚至走廊，不给开饭，他们便自己到饭厅强吃。这样强赖下去，学校不得不替他们想法，他们居然认为胜利，还写信招引其他同学，继续回来滋扰，弄得学校当局非常困难。这实在太无纪律了。一般侨生心理，都喜欢到北京去。当然北京是我们的首都。繁荣热闹，风景好，名胜多，一年中又有几次热闹的节日，如国庆及劳动节等，又经常举行各种展览会，固然是很好的地方。但是一个学校哪能够容纳这么多的侨生？而且天气寒冷，大陆性气候变得厉害，一天之中相差二十度，冷的时候经常在零下若干度，狂风一起尘土满天，哪像南方的寒暑中气候温和。还有住京费用很大，每人生活费平均要十八九万元，比南方要贵到三分之一，现在学生毕业后，均由政府统一分配工作，工作地点不一定都在大城市。越是边远落后的地方就越有事业可做，就越需要派人前往工作。现在并不像旧社会那样，大家都集中到大城市做事，才会露头角，我们求学的时代，更不容许存在这样思想。现在读书先想要到大城市，将来怎能够为人民服务，刻苦耐劳呢？

我认为学习环境，不宜片面强调地点问题。最重要的还是要有良好的学风。良好的学风，要靠纪律来维持。最近集美中学的侨生补习班归并到侨校。其中有少数在洋过惯自由散漫生活的，在中学不守学习制度，甚至有破坏纪律的行为。他们共住一处，不能相勉为善，反而互相包庇，增长嚣张风气。自归并后，侨校把他们分散编入各寝室，在多数善良同学帮助和影响之下，都能逐渐地扭转不良习惯，端正学习态度，这证明同学间互相鼓励与帮助，在教育上起很大的作用。我希望大家在此肄业，必须遵守纪律，培养优良品德，认真学习，发扬爱国主义与集体主义的精神。这才是我们学习的正确态度。我的话完了。

选自王增炳、陈毅明、林鹤龄编《陈嘉庚教育文集》，福建教育出版社1989年7月版

在庆祝厦门大学新校舍落成大会上的讲话

一九五五年六月十一日

陈嘉庚

各位同志、陆副校长、市长：

"今天我很高兴参加这个大会，庆祝新校舍落成典礼。我没有什么话，本来不想来，今天张市长特地到集美与我一起来。"

"我先办集美小学，教员六人。过几年再办师范中学，解决师资困难。办了中学又觉得教员缺，再办大学，解决中学师资困难。"

"厦门大学创办至今有三十多年。当时建的是映雪、集美、同安、群贤、囊萤，先是请上海的朋友工程师来设计的。当时他的意见要建成品字形，我不同意，没有接受他的意见。因为群贤楼在前面，同安与集美在后面，成品字，这样操场的面积就占去一大半。我认为建校舍第一要考虑将来的发展，第二要坚固，第三合规格，第四卫生，第五才美观。"

例如，学生宿舍为什么要建筑走廊？这是上海等地方所没有的，在十年前我在新加坡有一幢房子有走廊，有时可在那里看报、吃茶，使房间更宽敞，所以宿舍增建走廊，多花钱为了同学住得更好，更卫生。

刚刚讲过的集美、同安、群贤三座楼的建筑，本来是认为暂时用一用，三四年后再扩大，后来一直没进行扩建。去年，王校长三次告诉我要将这三幢房子翻盖，需要十几万元，我请了工程师看了一下，最多需要八万多，前天校长到集美告诉我，高教部拨十万元修缮费，准备将同安楼翻修屋顶，我就亲自到同安楼视察，认为盖造新房屋也不需要这么多钱，计算一下只需要三四千元就够了。我不同意拆。毛主席曾说：保护古迹，何况那三座是开基屋，面上也没有倒塌，所以我想是在破坏而不是在建设。

旧的房子都不是钢筋水泥的，这样坚固又省钱，有的房子从下面看上去不美观，没装天花板，如礼堂旁边的楼上没有铺天花板，是为了可以流通空气，不容易生白蚁。

"现在我们是新的公民，在建设的过渡时期应克服困难，如苏联在过渡时期吃黑面包，用克服困难的精神来建设祖国，今天可以省就应该省，不要浪费一元钱，这才是爱国思想，应该节约，积累资金建设国家工业化。"

选自《厦大校史资料》第2辑，厦门大学校史编委会，厦门大学出版社1989年版

在集美学校纪念孙中山先生诞辰九十周年大会上讲话的摘要

陈嘉庚

  孙中山先生曾经说过一句话：华侨是革命之母。这句话以前许多人都晓得。这句话是怎样说的呢？原因是在清朝统治中国那几百年当中，不断有革命人士从国内被迫跑到南洋去。在南洋的华侨看到清朝的腐败，大家希望祖国革新、富强起来，便帮助这些革命人士，并参加与支持革命。

  我记得孙中山先生曾经到过新加坡几次。当时当地英国政府

厦门孙中山追悼大会

是禁止他入境的。他到那里不能公开演说，不能公开宣传活动。他住的时间也不长，常常不久就被英国政府干涉而离开了。

在孙中山先生到新加坡以前，新加坡已经有三点会等革命党的组织，设有"义兴""福兴"等会所。这是以前跑到南洋去的革命人士组织的。以前，南洋各属都还没有很好开发，帝国主义需要华侨去开垦，对华侨的限制较松。以后，南洋开垦得差不多啦，帝国主义对华侨的限制就越来越严了；同时，清朝政府也在那里设领事，通过当时政府，阻止革命人士的活动。

孙中山先生到达新加坡的时候就和"义兴""福兴"等会所的革命人士联系，成立了同盟会的组织，暗中进行活动。当时我和其他几个人也参加了同盟会。

我记得有一次孙中山先生到新加坡的时候住在一间二层楼的私人俱乐部里。有一天晚上，我们十多个人就和孙中山先生在那里讨论要缝制什么样子的国旗；讨论结果就决定用青天白日旗。不过当时的白日是没有那十二个棱角的，只是一片青底和一个白日头，后来所以有十二棱角是孙中山先生逝世后加上去的。

那天晚上，招待人端了白开水给孙中山先生喝，那杯开水突然变成红色的。孙中山先生很高兴地说："红的是大吉"，就举起杯子一下子喝了。很巧，那天晚上有几百只鸟在屋顶上吱吱喳喳叫，叫了一会儿才飞去。我们都说这是喜鹊在报喜，大家很高兴。

后来，新加坡政府禁止孙中山先生入境，孙中山先生就没有再到过新加坡，直到武昌起义以后，孙中山先生从伦敦回国才再经过新加坡。孙中山先生是很俭朴的。他这次和过去坐的都是二等舱。我们晓得他来，大家很高兴，就去欢迎他，并借了一个叫陈武烈的华侨的房子给他住。

在武昌起义之后，我们从报纸上看到福州光复的消息，大家很欢喜。当时新加坡怡和轩俱乐部的会友们就在福建会馆召开会议，大家认为现在支持家乡恢复地方秩序很要紧，就成立"福建保安会"，举我为会长，进行募捐。当场就募集了三万元；会后又再募捐。我们打电话到福州问黄乃裳先生，问福建全省是不是都已经光复了，省的都督是谁？从黄乃裳的回电，我们知道当时国内财政很困难，就先汇回来二万元，以后又陆续汇了二十多万元。当时福州方面就宣传说华侨已经汇了大批款项回来。这样福建人心就更安定了。

我们都知道孙中山先生是没有钱的。他回国以后，我们就汇了五万元到上海给他作费用。

孙中山先生回国以后，我因为长住在新加坡，就没有机会再见到他了。

孙中山先生把他毕生几十年的精力贡献给革命，他的艰苦奋斗的精神是很伟大的。现在他的遗志在中国共产党和毛主席领导下实现了。我们纪念他，就应该好好学习他，把我们的祖国建设成为一个伟大的社会主义国家。

原载1956年11月13日《厦门日报》

介绍集美中学

一九五五年九月

陈嘉庚

集美学校是一九一三年我在厦门创办的，当时只是一所小学，一九一八年增办了师范和中学，一九一九年至一九二二年又增办了幼稚园、水产航海、商业、农林等校。师范和中学的毕业生到南洋去当教员的，每年常有上百人。

集美中学和集美其他各校一样，自开办直至解放时为止，都是处在军阀纷争和帝国主义侵略的日子里。一九三八年日军侵占厦门，全校迁移内地，抗日战争胜利后，迁回原址，校舍已是一片残破景象，虽然经过了部分修复，也没有修复旧貌。一九四九年九月解放军来临时，因为爱护学校，没有用大炮轰击，校舍得以保全。当年十一月十一日，蒋机轰炸集美，校舍遭到严重的破坏。

一九五〇年我返抵故乡厦门，开始修复校舍，并且扩充了科学馆，增建了一座可容四千七百人的大礼堂，一座可容五百人阅览的图书馆，一座可容三千观众的体育馆，此外还开辟了两个游泳池。一九五三年起，集美中学员工工资由政府补助半数。学生的助学金则完全由政府补助。

集美中学在一九四九年只有学生二百人，现在已有学生二千二百多人。海外侨胞热爱新生的祖国，纷纷把子弟送回祖国学习，因此侨生也逐年增加。一九五一年秋季侨生只有五十多人。现在已有一千一百多人。

侨生初次离开父母兄弟归国学习，生活不大习惯，学校总尽量可能给予照顾。对于经济有困难的，学校则给予一定的补助。侨生归国时程度参差不齐，但入学后，在教师的帮助下，学习成绩都有显著的进步。初入学时不及格的，现在已经及格了；初入学时仅仅及格的，现在已提高到七八十分以上。侨生的思想进步也很快。他们还普遍参加了"劳卫制"预备级锻炼，对游泳尤其爱好。一九五四年国庆节受学校奖励的三好学生，三十五人中有侨生二十一人。总之，归国侨生在祖国政府和学校的培育下，体质都在不断地增强，知识都在不断地丰富，新的道德品质也在不断地成长起来。

选自1955年9月《人民画报》

鹰厦铁路与厦门港口的重要性

一九五六年十二月十一日

陈嘉庚

国家之有之铁路，如人身之有血脉，缺乏铁路交通的地方，百业不振，文化落后，正如人身患了麻痹，生活的机能必为损失。福建过去正患缺乏铁路之病，所以民生困苦，问题讫难解决，更无论于不利国防和其他方面的建设了。

回忆五十年前晚清时代，闽人曾拟先从厦门嵩屿为起点，建造铁路至漳州，待通车后，办有成效，再予延长。乃推福州绅士陈宝琛为督办，往新加坡向闽侨募集股份。许多侨胞为桑梓造福，热心响应，募股成绩居然可观。厦门方面，也举几位绅董参加筹办，即兴工建造，定名漳厦铁路。但主办诸人，既无管理路工常识，其所委任实际负责人员，又率为自己引用的私人，任凭朋比为奸，怠工浪费，不加过问。致工程拖延日久，到了期限，铺轨仅至江东桥为止，所有路款，即已告罄。筑成部分不过二十余公里，尚差成半路程，无法继续。乃勉强先行通车，逐月亏损由银行借债垫补，终至无债可借而停顿破产。及抗日战争起，则所遗的轨道，尽行撤毁，已不见有铁路痕迹。无怪闽侨语及漳厦铁路之历史，认为闽省的耻辱，从此视投资乡土为畏途。

一九四九年中央人民政府成立，征求各代表提案，我建设请造福建铁路，虽经通过，然为抗美援朝战事发生，在常务委员会中，承毛主席面示"此事目前虽一时不能兼顾，但福建筑路的正确意见，当为彻底支持"云云。及抗美援朝胜利结束，我再提前议，并上书毛主席，即蒙批准，付诸实施。今天我眼见鹰厦铁路在福建通车，我永远感激这是毛主席英明果毅采纳贡献，施行福国利民政策所赐予的成果。回忆一九五四年，鹰厦铁路开办时，在毛主席欢宴印度尼赫鲁总理席上，我与陈云副总理谈起鹰厦路事，陈副总理谓依滕部长原计划须一九五八年通车，我们拟争取于一九五七年通车。这样估计，当初依一般人想法，或者认为过高，但是今天由于有王震将军所率领的铁道兵执行艰巨的工程，发挥伟大的力量，竟于一九五六年完成了。这不但使闽省急起直追，早一天走上现代化建设的道路，扫除过去历史所遗的污点，而且为国家节省了难以计量的工程费用。因此，我永远感念党和毛主席领导的铁道兵部队移山倒海所造成的丰功伟绩！

闽省矿产多在西南区，将来由于铁路畅通而开发，非但利益国内，对于争取东南亚方面的外汇，亦有绝大利源。因为东南亚地属热带，物产多买我国。有无互通，彼此交换，实为国家重要之政策。况有千余万华侨为媒介，尤其为矿产外销，造有利条件。但闽省而已，即华中华西北省，与海外交通，亦当以取道鹰厦路出口为便利。因为从厦门出口，与东南亚海道交通较近而适中，政府计划以鹰潭为铁路起点，以厦门为铁路终点，实具有为全国运输统筹利益之成算。

但是闽西南重要矿产，如煤、铁、石灰石及其他等等，多在龙岩，该处距鹰厦路经过之漳平，尚离七十公里。似此短程，我希望早日能建支路相联络，无使功亏一篑，况闽省燃料甚感缺乏，薪柴每百斤价值二元以上，贫寒之家，举火为难。

如有支路畅通，则岩产煤炭，可运销其他各地，减低贫民生活的负担，造福社会，亦非浅鲜。又前漳厦铁路所采取的起点嵩屿码头，确为一极有价值的码头。因为它可泊数万吨巨轮，将来交通发达，容纳五洲万国之商船，东南亚贸易之市场，将以此为集散地点。希望政府亦加以注意建设，则厦门港之重要性，必为提高不少。

原载1956年12月11日《厦门日报》

小城春秋（节选）

高云览

第一章

从我们祖先口里，我们常听到：福建内地常年累月闹着兵祸、官灾、绑票、械斗。

常常有逃荒落难的人，从四路八方，投奔来厦门。于是，这一个近百年前就被开辟为"通商口岸"的海岛城市，又增加了不少流浪汉、强盗、妓女、小偷、叫花子……旧的一批死在路旁，新的一批又在街头出现。

一九二四年，何剑平十岁，正是内地同安乡里，何族和李族械斗最剧烈的一个年头。

过去，这两族的祖祖代代，不知流过多少次血。这一次，据说又是为了何族的乡镇流行鼠疫，死了不少人，迁怒到李族新建的祠堂，说它伤了何族祖宅的龙脉。两族的头子都是世袭的地主豪绅，利用乡民迷信风水，故意扩大纠纷，挑起械斗。于是，姓何的族头子勾结官厅，组织"保安队"；姓李的族头子也勾结土匪头，组织"民团"——官也罢，匪也罢，反正都是一帮子货，趁机会拉丁、抽饷、派黑单，跟地主手勾手。这么着，恶龙相斗，小鱼小虾就得遭殃了。

何剑平的父亲何大赐，在乡里是出名慓悍的一个石匠，被派当敢死队。一场搏杀以后，何大赐胸口吃了李木一刀，被抬回来。他流血过多，快断气了，还咬着牙根叫：

"不能死！不能死！我还没报仇……"

何大赐的三弟何大雷，二十来岁，一个鹰嘴鼻子的庄稼汉，当晚赶来看大赐。这时候，外面正下着倾盆大雨。

"李木！……李——木！……"大赐喘着气说不出话，手脚已经冰凉，眼睛却圆睁得可怕。

大雷流着眼泪，当着临死的二哥指天起誓：

"皇天在上，我要不杀了李木，为二哥报仇，雷劈了我！……"

话还没说完，天上打闪，一个霹雷打下来，天空好像炸裂，满屋里的人都震惊了。

大赐听了三弟的起誓，这才合了眼。这不幸的戆直的石匠，在咽最后一口气的时候，还不知道他是为谁送的命。

也和石匠一样戆直的李木，听到石匠死的消息，惊惧了。深夜里，他带着老婆和十四岁的儿子李悦，打同安逃往厦门，告帮在舅舅家。舅舅是个年老忠厚的排字工人。

何大雷随后也带着小侄子剑平，追赶到厦门来，住在他大哥何大田家里。

何大田是个老漆画工，结婚三十年，没有孩子，看到这一个五岁无母十岁无父的小侄子，不由得眼泪汪汪。从此老两口子把小剑平宠得像连心肉似的。

大雷结交附近的角头好汉，准备找机会动手。起誓那天晚上的雷声，时不常儿地在他耳朵里震响着，有时连在睡梦里也会惊跳起来。

忠厚老实的田老大，每每劝告他三弟说：

"你这是何苦！这么杀来杀去，哪有个完啊？常言道：

'宁与千人好，不与一人仇'……"

大雷不理。一天，大雷带着小剑平出去逛，经过一条小街，他指着胡同里一间平房对小剑平说：

"瞧见吗，杀你爹的仇人就住在那间房子里，我天天晚上在这里等他，等了九个晚上了，他总躲着不敢出来……"

说到这里，大雷忽然又指胡同口一个孩子说：

"瞧，李悦在那边，去！揍他！"说时折了一根树枝递给小剑平，"去！别怕，有我！"

小剑平记起杀父之仇，从叔叔手里接过树枝，冲过去，看准李悦的脑袋，没头没脑地就打。

血从李悦额角喷出来，剑平呆了。树枝险些儿打中李悦的眼睛。李悦不哭，正想一拳揍过去，猛地看见对方的袖子上扎着黑纱，立刻想到这孤儿的父亲是死在自己父亲的刀下，心抖动了一下。他冷冷地瞧了剑平一眼，掉头跑了。

大雷很高兴，走过来拍着侄子的肩膀说：

"有种！你看，他怕你。"

从那天以后，剑平不再见到李悦。

李木自从听说大雷追赶他到厦门，整日价惶惶不安地躲在屋里，老觉得有个影子在背后跟踪他。那影子好像是大雷，又好像是大赐。

不久以后，大家忽然风传李木失踪，接着风传他出洋，接着又风传他死在苏门答腊一个荒岛上。

其实李木并没有死。

原来有一天，有一个随着美国轮船往来的捎客，在轮船停泊厦门港内的时候，来找李木的舅舅，对李木的遭遇表示豪侠的同情。到开船那晚，他慷慨地替李木买好船票，说是可以带他到香港去做工。李木一想这一走可以摆脱大雷的毒手，不知要怎样感谢这一位仗义的恩人。船经过香港，恩人又告诉他，香港的位置给别人抢去了，劝他随船到苏门答腊的棉兰去"掘金"。这天船上又来了二百多名广东客和汕头客，据他们说，也都是要"掘金"去的。船到棉兰时，李木才知道，他跟那二百多名广东客和汕头客，一起被那位恩人贩卖做"猪仔"了。

二百多个"猪仔"被枪手强押到荒芭上去。从此李木像流放的囚犯，完全和外界隔绝了，呼天不应，日长岁久地在皮鞭下从事非人的劳动，开芭、砍树、种植烟叶。这荒芭是属于荷兰人和美国人合营的一个企业公司的土地，荒芭上有七百多个"猪仔"，全是被美国和荷兰的资本家派遣的骗子拐来的。

烟叶变作成沓成沓的美金和荷兰盾。发了昧心财的美国老板和荷兰老板，在纽约和海牙过着荒淫无耻的"文明人"的生活。那些被拐骗的奴隶，却在荒岛上熬着昏天黑地的日子，每月只能拿到两盾的苦力钱。

李木把拿到手的苦力钱，全都换了酒喝。

最初一年，他逃跑了两次，都被抓了回去，一场毒打之后，照样被迫从事无休止的苦役。

八年过去了，本来是生龙活虎的李木，现在变得像个被压扁了的人干似的，背也驼了，脚也跛了，耳朵也半聋了，右臂风瘫，连一把锄头也拿不动了。他终于被踢了出来，也就是说，他捡得了一条命。

一个姓李的华侨捐款把他送回厦门。

李木做梦也没想到，他这把老骨头还有带回家的一天。他看见儿子李悦已经长大成人，娶了媳妇，而且是个头等的排字工人，不由得眼泪挂在脸上，笑一阵又哭一阵，闹不清是欢喜还是悲酸。

第二天，李悦带了一个年轻的小伙子来看父亲，附在父亲半聋的耳旁，亲切地嚷着说：

"爸，认得吗？他是谁？"

李木把那个小伙子瞧了半天，直摇头。李悦又笑了笑，说：

"爸，他是剑平，记得吗？"

"剑平？"李木又摇头，"唉，唉，不中用了，记不起来了。"

"爸，他就是何大赐的儿子剑平。"

一听见"何大赐"，老头子忽然浑身哆嗦，扑倒在地上，哽咽道：

"饶了我吧！……饶了我吧！……我……我……"

两个年轻人都吃惊了，赶紧把他扶起来。

"事情早过去了，李伯伯！"剑平激动地大声说，"你看呀，我跟李悦不都是好朋友吗？"

李悦小心地把父亲搀扶到里间去歇。过后，他感慨地对剑平说：

"老人家吓破了胆子啦。你看，他过了这么一辈子，前半生吃了地主老爷的亏，后半生又吃了外国资本家的亏，现在剩下的还有多少日子呢……"

李木的确没有剩下多少日子。元宵节过后的一天，他拄着拐棍，自己一个人哆里哆嗦地走到街上去晒太阳，忽然面前一晃，一个人挡住了他的路。他抬起头来一看，那人穿着挺漂亮的哔叽西装，鹰嘴鼻子，嘴里有两个大金牙。

"哈，找到你了！"那人狞笑着说，"姓李的，认识我吗？"

李木一听到那声音，登时浑身震颤，手里的拐棍也掉在地上。他惶乱中仿佛听到一声"天报应！"接着，胸口吃了一拳，血打口里涌出，就倒下去不省人事了。

李木被抬回家又醒过来，但已经起不了床。他发谵语，不断地嚷着：

"天报应！天报应！"

破船经不起顶头浪，李木心上吃的那一惊，比他胸口吃的那一拳还厉害。他挨不到三天，就咽气了。临死的时候，他还安慰李悦说：

"得感谢祖宗呢，亏得这把骨头没留在番地……"

出殡那天，剑平亲自走来执绋。就在这时候，大雷跑到田老大家里，暴跳得像一只狮子似的嚷着：

"大绝户！辱没祖宗！我替他老子报仇，他倒去替仇人送殡！这叫什么世道呀！这叫什么世道呀！……"

第二章

这两个相视如仇的年轻人怎么会变成好朋友了呢？让我们打回头，再从何剑平跟他叔叔到厦门以后的那个时候说起吧。

李木失踪死亡的消息传来时，小剑平觉得失望，因为失去了复仇的对象。大雷却像搬掉心头一块大石头，暗地高兴他可以从此解除往日的誓言，睡梦里也可以不再听见那震动心魄的雷声。

这时小剑平在小学六年级念书。伯伯干的漆画都是散工，每年平均有六七个月没有活干，日子一天比一天坏。剑平穿不起鞋，经常穿着木屐上学，有钱的同学叫他"木屐兵"，他索性连木屐也不穿，光着脚，高视阔步地走来走去，乖张而且骄傲。同学们看他穿得补补钉钉的衣服，又取笑他是"五柳先生"。他倒高兴，觉得那个"不戚戚于贫贱"的陶渊明很合他脾胃。

剑平读到初中二年级，因为缴不起学费，停学了。他坐在家里，饥渴似的翻阅着当时流行的普罗文艺书刊，心里暗暗向往那些革命的英雄人物。家里到了连饭都供不起时，他只好到一家酒厂去当学徒。可是上班没几天，就吃了师傅一个巴掌，他火了，也回敬了一拳。不用说，他被赶出来了。

不久他又到一家药房里去当店员。老板是个"发明家"，同时又是报馆广告部欢迎的好主顾。他用一种毫无治疗功用的、一钱不值的草药制成一种丸药叫"雌雄青春腺"，然后在报上大力鼓吹，说它是什么德国医学博士发明的山猿的睾丸制剂，有扶弱转强，起死回生之效。剑平的职务是站柜台招呼顾客，每天他得替老板拿那些假药去骗顾客的钱，这工作常常使他觉得惭愧而且不安。叫人奇怪的是，那个靠诈骗起家的老板，倒处处受到尊敬，人家夸他是个热心的慈善家。他除了把自己养得胖胖白白之外，每逢初一和十五，还照例要行一次善，买好些乌龟到南普陀寺去放生。每回到买乌龟的时候，他还亲自出面讲价钱。

"喂喂，这是放生用的，你得便宜卖给我！"他对卖乌龟的说，"修修好，也有你一份功德啊。"

剑平没等到月底，就卷起铺盖走了。

失学连着失业，剑平苦闷到极点。这时候，那个长久留在伯伯家的大雷，不再想回乡去种地，却仗着他从内地带来的一点武术，就在这花花绿绿的城市里，结交了一批角头歹狗，靠讹诈和向街坊征收"保护费"过日子。他脱掉了庄稼汉的旧衣服，换上了全套的绸缎哔叽，赌场出，烟馆进，大摇大摆地做起歹狗头来了。

一天晚饭后，大雷和田老大聊天，大谈他的发财捷径。他说赚钱的不吃力，吃力的不赚钱；又搬出事实，说谁谁替日本人转卖军火，谁谁跟民团（土匪）合伙绑票，谁谁印假钞票，都赚了大钱。他又吹着说他新近交上几个日本籍民，打算买通海关洋人，走私一批鸦片……

"不行，不行，"田老大听得吓白了脸说，"昧心钱赚不得！一家富贵千家怨，咱不能让人家嚼脊梁骨！……"

"可是大哥，"大雷说，"人无横财不富，要不是趁火干它一下，这一辈子哪有翻身的日子啊……"

剑平平日里本来就把大雷憎恶到极点，听到他这么一说，忍不住了。

"你想的就没一样正经！"剑平板着脸轻蔑地说，"这些都是流氓汉奸干的，你倒狗朝屁走，不知道臭！……"

大雷拱了火，回嘴骂，剑平不让，顶撞起来了。大雷虎起了脸，刷地拔出了雪亮的攘子。剑平也铁青着脸，冲进去拿出菜刀："来吧！"站稳了马步，准备拼。说也奇怪，这条在街头横行霸道的恶蛇，一看到剑平那一对露出杀机的眼睛，倒有些害怕了。他知道侄子的脾气，说拼就拼到底，惹上身没完没了。

这时田老大夹在当间，哆嗦着不知往哪一边劝。倒是外号叫"虎姑婆"的田伯母，听见嚷声，赶了出来，才把两人喊住了。

"进去！进去！"她怒气冲冲地推着剑平，吆喝着，"你也跟人学坏了，使刀弄杖的！哼！……进去！……"

她又转过身来，指着大雷劈脸骂：

"你做什么长辈啊！你！……"

"是他先骂我……"大雷装着善良而且委屈地说。

"活该！"田伯母叉着腰股嚷着，"谁叫你不务正啊！孙子有理打太公！……你做什么叔叔！……还不给我滚！……"

田老大看看风势不对，就做好做歹把大雷拉到外面去了。

不久，大雷暗地跟日籍浪人勾串着走私军火鸦片，果然捞到了几笔，就买了座新房，包了个窑姐，搬到外头去住了。

这一年春季，剑平在一个渔民小学当教员。他非常喜爱这些穷得连鞋子都穿不起的渔民子弟，对教书的工作开始有了兴趣，虽说每月只有八元的待遇，而且每学期至多只能领到三个月薪水。

这时剑平才十六岁，长得个子高，肩膀阔，两臂特别长，几乎快到膝头；方方的脸，吊梢的眉毛和眼睛，有点像关羽的卧蚕眉、丹凤眼；海边好风日，把他晒得又红又黑，浑身那个矫健劲儿，叫人一看就晓得这是一个新出猛儿的小伙子。

"五九"十六周年这一天，剑平带着渔民小学的学生参加大队游行，经过一家洋楼门口时，示威的群众摇着纸旗喊口号，剑平一抬头，看见那家洋楼的大门顶上钉着一块铜牌：

"大日本籍民何大雷"。

这一下剑平脸涨红了。群众正在喊着：

"打倒汉奸走狗！"

剑平跟着愤怒地大喊，把嗓子都喊哑了。

散队回家，剑平一见伯伯就气愤地跟他提起这件事，末了说：

"你去告诉他，他要不把狗牌拿掉，马上退籍，咱就跟他一刀两断！"

"不能这样，剑平，怎么坏也是你叔叔……"

"我不认他做叔叔！"剑平说，"他是汉奸，他不是咱家的人！"

大田只好跑去找大雷，苦苦央求，要他退籍。大雷坦然回答道：

"大哥，这哪行！没有这块牌子，我这行买卖怎么干啊！"

"你就洗手别干了吧，咱有头有脸的……"

"谁说我没脸？来，我让你看看，"大雷得意地指着四壁挂的照片对他大哥说，"这是谁，知道吗？公安局长！那边挂的那个是同善堂董事长！还有这个是我的把兄，侦探队长！你看，他们哪一个不跟我平起平坐？谁说我没脸呀？……"

田老大说不过大雷，失望地走了。

这天晚上，剑平到母校第三中学去看游艺会。观众很多，连过道两旁都挤满了人。

游艺会头一个节目叫《志士千秋》，是本地"厦钟剧社"参加演出的一个九幕文明戏。男主角是赵雄，女主角是男扮的叫吴坚。剧情大意是说男女主角因婚姻不自由，双双逃出封建家庭，投身革命，男的刺杀卖国贼，以身殉国；女的最后也为爱牺牲。观众是带着白天游行示威的激情来看这出戏的，所以当男主角在台上慷慨陈辞时，大家就鼓掌；轮到日本军官上台，大家就"嘘！嘘！"

不知谁乱发的入场券，会场上竟混进了好些个日本"华文报"记者、日籍浪人和角头歹狗。剑平一看，歹狗堆里，大雷也在里面。戏演到第三幕，那些歹狗忽然吹口哨，装怪叫，大声哗笑。会场秩序乱了，群众的掌声常常被喝倒采的声音掩盖了去。剑平越看越冒火，幕一闭，他就像脱弦箭似的走过去，冲着那些歹狗厉声喊：

"喂！遵守秩序，不许怪叫！"

歹狗堆里有个外号叫"赛猴王"的宋金鳄是剑平的邻居，满脸刁劲地望了剑平一眼道：

"嚎丧！眼毛浆了米汤吗？！……"

剑平心头火起，捏紧拳头，直冲过去。这时后排几个歹狗，都离开座位站起来。剑平猛觉得人丛里有人用手拦住他，一瞧是个大汉，不觉愣了一下；这汉子个子像铁塔，比剑平高一个头，连鬓胡子，虎额，狮子鼻，粗黑的眉毛压着滚圆的眼睛；他抢先过去，用他石磨般的腰围碰着金鳄的扁鼻尖，冷冷地说：

"猴鳄！好好看戏，别饭碗里撒沙！"

这声音把金鳄的刁劲扫下去了。

"七哥，你也来啦？"金鳄堆下笑，欠起屁股来说，"坐，坐，坐……"

"坐你的吧！"大汉眼睛放出棱角来说，伸出一只毛扎扎的大手，把金鳄按到座位上去，"告诉你，这儿是人家的学校，别看错地方！"

金鳄像叫大熊给抓了一把，瘟头瘟脑地坐着不动；前后歹狗也都坐下去，不吭声了。这时围拢上来的观众，个个脸上都现出痛快的样子。剑平不由得向大汉投一瞥钦佩的目光。

剑平回到原来座位，一个坐在他身旁的旧同学偷偷告诉他说：

"你知道那个大汉是谁吗？他就是吴七。"

吴七！——剑平差一点叫出声来。好久以前，他就听过"吴七"这名字了。人家说他过去当过撑夫，当过接骨治伤的土师傅，后来教拳练武，徒弟半天下，本地陈、吴、纪三大姓扶他，角头好汉怕他，地痞流氓恨他，但都朝他扮笑脸。

"真是一物降一物。"剑平想，不觉又从人堆缝里望吴七一眼。

游艺会散场后，剑平走过来跟吴七招呼、握手。吴七好像不习惯握手这些洋礼儿，害臊地低着头笑。他笑得很媚，胡须里露出一排洁白闪亮的牙齿。适才他那金刚怒目的威杀气，这时似乎全消失在这弥勒佛般的笑容里了。

"你认识吴坚吗？"吴七问。

"听过他的名，还不认识。"剑平回答。——吴坚是《鹭江日报》的副刊编辑，剑平曾投过几回稿。

"你要不要看看他？我带你去，他是我的堂兄弟。"

剑平跟着吴七到后台化装室来看吴坚。

吴坚刚好卸装，换上一件褪色的中山服。他约莫二十三四岁，身材纤细而匀称，五官清秀到意味着一种女性的文静，但文静中却又隐藏着读书人的矜持。剑平和他握手时，觉得他那只纤小而柔嫩的手，也是带着"春笋"那样的线条。

吴坚一听到剑平介绍自己的姓名，立刻现出"我知道了"的神气说：

"你的稿子我读得不少，倒没想到你是这么年轻。"

吴坚诚恳地请剑平批评《志士千秋》的演出。剑平立刻天真而大胆地说出他对全剧的看法，末了又说：

"虽然有些缺点，但应当说，这样的戏在今天演出，还是起了作用的。"

"我不大喜欢这个戏。"吴坚谦逊地说，"特别是我不喜欢我演的角色。殉情太没意思，有点庸俗。既然让她从封建家庭里冲出来，干吗又让她来个烈女节妇的收场？这不前后矛盾吗？……"

这时化装室的斜对过墙角，有人在高声地说话。吴坚低声对剑平说：

"那个正说话的就是赵雄，他不光是主角，还兼编剧呢。"

"他演得顶坏！"剑平冲口说，"装腔作势，十足是个'言论小生'，叫人怪难受的。"

吴坚淡淡地笑了。

那边赵雄刚洗完脸，在打领带。从侧角看过去，他显得又魁梧又漂亮。他正跟一个布景员在那里谈着。

"怎么样，"赵雄说，"就义那一幕，我演得不坏吧？好些人都掉眼泪呢。"

"我可没掉。"布景员说。

"你？你懂得什么！"赵雄满脸瞧不起地说，"你是冷血动物！"

剑平正想起来告辞，不料这时吴坚已经悄悄地走去把赵雄带来，替他们两人介绍了。

赵雄礼貌地和剑平握手，客气一番；他和蔼地微笑着，用一般初见面的人常有的那种谦虚，请剑平对他的演出"多多指教"。剑平把这交际上的客套当了真，就老老实实地说出他的意见，同时指出赵雄演技上存在的一些缺点。

"'言论小生'最大的一个缺点就是言论太多，动作太少。"剑平说道，"再说，说话老带文明腔，也不大好，比如说，公园谈情那一幕，你差不多全用演讲的声调和姿势，好像在开群众大会似的，这也不符合真实……"

话还没说完，赵雄脸色已经变了。他从头到脚打量着剑平，一看到他发皱的粗布大褂和龟裂的破皮鞋，脸上登时露出"你是什么东西"的轻蔑的神色。这一下剑平觉察出来了，他停止了说话，骄傲地昂起头来，接着又把脸扭过去。

吴坚觉得有点不好意思，正想缓和一下僵局，剑平却已经望着他和吴七微笑着告辞道：

"我得走了，再见。"他转身就走，瞧也不瞧赵雄一眼。吴坚把他送到门口，约好后天再见。

过两天，吴坚到渔民小学来看剑平，对他说：前晚他和赵雄回家时，被浪人截在半路上，幸亏吴七赶到，才把他们救了。现在外面有人谣传，说是《志士千秋》侮辱了日本国体，浪人要出面对付，叫他们当心。赵雄怕了，今天早晨已经搭船溜到上海去了。

接着，吴坚请剑平参加他们的"锄奸团"——一个抵制日货的半公开组织，剑平高兴地答应了。

从此他们天天在一道。有时锄奸团的工作太忙，剑平就留在吴坚家里睡。

第三章

"五九"十六周年过后，抵制日货的运动渐渐扩大。走私日货的商人，接二连三地接到锄奸团的警告信，有的怕犯众怒，缩手了；有的却自以为背后有靠山，照样阴着干。于是接连几天，几个有名的大奸商先后在深夜的路上被人割去了耳朵。市民暗地叫好。日货市场登时冷落下来。

接着，差不多所有加入日本籍的人，都在同一天的早晨发现门顶上的籍牌被人抹了柏油。大雷也不例外。市民又暗地叫好。

锄奸团有群众撑腰。小火轮搜出来的日货都被当场烧掉了。剑平当搜货队的队长。这一天，他从码头上搜查日货回来，田老大迎着他说：

"刚才你叔叔来过，他说他有些货还在船舱里，找不到人卸，又怕会被烧……"

"当然得烧！"剑平直截了当地回答。

"他说，他把所有的本钱都搁在这批货上……"田老大不安地望着剑平说，"要是被烧了，就得破产……"

"破产？好极了！"剑平高兴地叫着，"这种人，活该让他破产！"

"我也骂他来着！"田老大说，"他咒死咒活，说往后再也不敢干了……他说这回要破产了，他就得跳楼……"

"鬼话！别信他。真的会跳楼，倒也不坏，让人家看看奸商的下场！"

剑平一边说着，一边走进里间来，劈面看见桌子上摆着一大堆五花十色的东西：日本布料、人造丝、汗衫、罐头食品。

他惊讶了：

"哪来的这些？"

"你叔叔送来的，他……"

"你收下啦？"

"他……他……"田老大支吾着说，"他希望你跟锄奸团的人说一说，让他的货先卸下来……下回他再也不敢了……"

剑平火了，两手一推，把桌子上的东西全推在地上。

田老大呆了一下，愠怒地望了侄子一眼，一句话不说地就退到厅里去了。

剑平有点后悔不该对老人家这么粗暴。他听见伯母急促的脚步声从灶间走过来。伯母手里拿着一根劈柴，喘吁吁地冲着他骂道：

"大了，飞了……你跟谁凶呀！你！……你！……"她拿起劈柴往剑平身上就打。

剑平低下头，一声不响地站着，由着伯母打。伯母打到半截忽然心酸，把劈柴一扔，扭身跑了。剑平听见她在厅里嚷着：

"老糊涂！叫你别理那臭狗，你偏收他东西！……现在怎么啦？体面啊？体面啊？……"

剑平这时才发觉他左手的指头让劈柴打伤了，淌着血，却不觉着痛。过了一会儿，他自动地走去跟伯伯和解，又婉转地劝伯伯把那些东西送去还大雷。伯伯嘀咕了一阵，终于答应了。

这一晚，剑平睡在床上，朦胧间，仿佛觉得有人在扎他指头的伤。他没有睁开眼，但知道是伯母。

码头工人和船夫听了锄奸团的话，联合起来，不再替奸商搬运日货。轮船上的日货没有人卸，大雷和那些奸商到处雇不到搬工和驳船，急了，收买一些浪人和歹狗，拿着攘子到码头上来要雇工雇船，就跟船夫和工人闹着打起来了。这边人少，又没有带武器，正打不过他们，忽然纷乱中有人嚷着：

"吴七来了！吴七来了！"

吴七一出现，那边浪人歹狗立刻着了慌。吴七看准做头儿的一个，飞起一腿，那家伙就一个跟斗栽在地上。这边乘势一反攻，浪人和歹狗都跑了。

然而事情却从此闹大了。双方招兵买马，准备大打。

这边码头工人、船夫、"大姓"、乡亲，都扶吴七做头儿，连吴七的徒弟也来了。大伙儿围绕着他说：

"七哥，你说怎么就怎么，大伙全听你的！"

双方干起来了。开头不过是小股的械斗，越闹越大，终于变成列队巷战。

这边请吴坚当军师，秘密成立"总指挥部"。剑平向学校请了长期假，也搬到"总指挥部"来帮吴坚。

那边浪人头子沈鸿国，用他的公馆做大本营，纠集人马。大雷和金鳄，也被当做宝贝蛋给拉进去。沈鸿国把每天的经过暗中汇报日本领事馆。

官厅方面，对吴七这一帮子，一向是表面上敷衍，骨子里恨；一边想借浪人的势力压他们，一边又想利用他们这些自发的地方势力，当做向日本领事馆讨价还价的外交本钱。现在一看双方都大打出面，也就乐得暂时来个坐山观虎斗了。

街道变成战场。枪声、地雷声，没日没夜地响着。家家拴门闭户。浪人乘乱打家劫舍。街头警察躲在墙角落，装聋。

吴坚秘密地接洽了十二个有电话的人家，做他们通报消息的联络站。

浪人们渐渐发觉他们是在一个"糟透了"的环境作战。他们无论走到哪一条街，哪一个角落，都没法子得到掩护；因为周围居民的眼睛，从门缝，从窗户眼，偷偷地看着他们；一有什么动作，就辗转打电话给"总指挥部"。

"瞎摸"架不住"明打"。个把月后，浪人们躲在沈鸿国的公馆里，不敢出阵了……沈鸿国天天在别墅里跟公安局长会谈。

谁料就在这紧要关头，吴七这边也出了毛病：开始是三大姓闹不和，随后是徒弟里面有人被收买当奸细；随后又是那几个在码头当把头的被公安局长暗地请了去，一出来就散布谣言，说什么日本海军就要封锁海口，说什么省方就要派大队来"格杀勿论"。谣言越传越多，竟然有人听信，逃往内地，也有人躲着不敢露面，另外一些游离分子就乘机捣鬼。吴七气得天天喝酒，一醉就捶着桌子骂人，大家不敢惹他，背地里都对他不满。

吴七总想抓个奸细来"宰鸡教猴"一下，吴坚和剑平反对；怕闹得内部更混乱，又怕有后患。最后吴坚找大伙儿来个别谈话，那些游离分子明里顺着，暗里却越是捣乱得厉害。剑平眼看着情势一天坏比一天，苦恼极了；一天黄昏，他坐在"总指挥部"灯下，叹着气对吴坚说：

"他们快吃不住了，偏偏咱们也干不起来；乌合之众，真不好搞！"

"不错，分子太复杂，是不好搞。"吴坚说，"不过也得承认，我们头一回干这一行，实在是太幼稚、太外行了。我们怪吴七太凶，太霸气，可是我们自己呢，也拿不出什么办法。我总觉得，我们好像缺少一个什么中心……"

这时外面忽然传来欢呼的声音，接着，一大伙人兴冲冲地嚷闹着拥进来说：

"咱们赢了！咱们赢了！"

一问清楚，才知道是沈鸿国那边，自动地把十二个俘虏放回来了。

大伙儿得意洋洋地以胜利者自居，主张把这边扣留的俘虏也放还给沈鸿国。

俘虏一放，"总指挥部"从此没有人来，一了百了，巷战不结束也结束了。

一九三一年"九一八"事变，日本帝国主义侵占我东北三省。全国沸腾，上海十万群众举行反日大示威，八十万工人组织抗日救国联合会。接着，国民党军警向各地示威的学生群众吹起冲锋号，南京学生流了血，广州学生流了血，太原学生也流了血。一批一批奔赴南京请愿的学生被强押回去……

九月二十三日，中国共产党发出宣言，号召全国武装抵抗日本侵略。宣言发出的第二天，蒋介石在南京市国民党党员大会演讲说："这时必须上下一致……暂取逆来顺受态度，以待国际公理之判决。"

吴坚在《鹭江日报》发表社论，响应全国武装御侮的号召，同时抨击国民党妥协政策的无耻。

过了四个月又十天，"一二·八"淞沪抗战爆发，厦门这个小城市的人民又怒吼起来；到了淞沪撤退的消息发出那一天，示威的群众冲进一家替蒋介石辩护的报馆，捣毁了排字房和编辑室，连编辑老爷也给揍了。

吴坚在这一天的《鹭江日报》上发表一篇《蒋介石的真面目》的时评。报纸刚一印出，就被群众抢买光了。

这一年三月间，吴坚加入了共产党；八月间，剑平也加入了共青团。

"我们到现在才摸对了方向。"吴坚在剑平入团的那一天，对剑平说，"我决定一辈子走这条路！"

"我得好好研究理论！"剑平天真地叫着说，"我连唯物辩证法是什么，都还不懂呢，糟糕！糟糕！……"

"我家里有一本《辩证法唯物论》，一本《国家与革命》，你要看，就先拿去看吧。"

从此剑平像走进一个新发现的大陆。他天天读书到深夜，碰到疑难问题，就走去敲吴坚的门。有一夜，已经敲了十二点，他照样把吴坚从被窝里拉起来。

"睡虫！这么早就睡啦？"他叫着。对他来说，十二点当然还不是睡眠的时间，"来，来，来，解答我这个问题：到底真理是相对的还是绝对的？你说，我搞不清！"

他翻开《辩证法唯物论》，指着书上画红线的一节叫吴坚看。

吴坚揉揉朦胧的眼睛，望着剑平兴致勃勃的脸，笑了。看得出，吴坚像一个溺爱弟弟的哥哥，对这一位深夜来打扰他睡眠的朋友，没有一点埋怨的意思。

吴坚引譬设喻，把"无数相对真理的总和即绝对真理"解释给他听。剑平还是闹不清，开头是反问，接着是反驳。两人一辩论，话就越扯越远，终于鸡叫了。

"睡吧，睡吧，明天再谈。"吴坚说，一面催着剑平脱衣、脱鞋、上床，又替他盖好被子。

灯灭了，剑平还在黑暗里喃喃地说：

"我敢说，你的话有漏洞！……一定有漏洞！……赶明儿我翻书，准可驳倒你！你别太自信了。……"

吴坚装睡，心里暗笑。

"怎么，睡了？"剑平低声问，"再谈一会儿好不好？……嗐，天都快亮了，还睡什么！干脆别睡吧……我敢说，你受黑格尔的影响……不是我给你扣帽子，你有唯心论倾向！……对吗？……我敢说！……"

吴坚还没把下文听清，剑平已经呼呼地打起鼾来了。到了吴坚觉得瞌睡来时，剑平还在支支吾吾地说着梦话：

"不对不对！……马克思不是这么说！……不对！……"

天亮时吴坚起来，剑平还在睡。吴坚蹑手蹑脚跑出去洗脸，怕吵醒他。

"啊！……"剑平忽然掀开被窝，跳了起来，"吴坚，你太不对了！"

吴坚大吃一惊：

"怎么？"

"九点钟我还有课！"剑平忙叨叨地穿着衣服说，"你先起来，干吗不叫我？太不对了！"

吴坚微笑：

"快洗脸吧，等你吃早点。"

吃早点时，吴坚问剑平：

"下午你来不来？"

"不，"剑平说，"下午我要翻书找材料，准备晚上再跟你开火。"

"好了，好了，该停一停火了，昨儿晚上才睡两个钟头呢。"

"决不停火！晚上十二点再见吧。"剑平顽皮地说。

吴坚哈哈地笑了。

"说正经的，下午五点钟你来吧。"他收敛了笑容说，"我约一位同志来这儿，我想介绍你跟他认识。他是个排字工人，非常能干的一个同志。"

剑平点头答应，拿起破了边的旧毡帽随便往头上一戴，匆匆走了。

下午五点钟，剑平赶到吴坚家，一推门，就看见吴坚跟一个穿灰布小褂的青年坐在那里谈话。

"来来，剑平，我给你介绍，"吴坚站起来指着那青年说，"这位是李悦同志……"

剑平愣住了。

瞧着对方发白的脸，他自己的脸也发白了。不错，是李悦！七年前他用树枝打过的那个伤疤还在额角！剑平一扭身，往外跑了。

"剑平！……"仿佛听见吴坚叫了他一声。

他不回头，急忙忙地往前走，好像怕背后有人会追上来似的。

他心绪烦乱地随着人流在街上走，不知不觉间，已经走出喧闹的市区，到了靠海的郊野。

顺着山路，爬上临海的一个大岩石顶，站住了。天是高的，海是大的，远远城市的房屋，小得像火柴匣。近处，千仞的悬崖上面，瀑布泻银似的冲过崎岖的山石，发出爽朗的敞怀的笑声。

"是呀，道理谁都会说……"剑平拣一块岩石坐下，呆呆地想，"可是……可是……如果有一个同志，他就是杀死你父亲的仇人的儿子，你怎么样？……向他伸出手来吗？……不，不可能的！……"

海风带着海蜇的腥味吹来，太阳正落海，一片火烧的云，连着一片火烧的浪。浮在海浪上面的海礁是黑的。成百只张着翅膀的海鸥，在"火和血"的海空里翻飞。"世界多么广阔呀。……"他想。海的浩大和壮丽把他吸引住了。

岩石下面，千百条浪的臂，像攻城的武士攀着城墙似的，朝着岩石猛扑，倒下去又翻起来，一点也不气馁……

忽然远远儿传来激越的吆喝的声音，他站起来一看，原来是打鱼的渔船回来了。一大群渔民朝着船老大吆喝的地方奔去，一下子，抬渔网的，搬渔具的，挑鱼挑子的，都忙起来了。……这正是一幅渔家互助的木刻画呢。

剑平呆看了一阵，天色渐渐暗下来，远远城市的轮廓开始模糊；灯光，这里，那里，出现了。

走下山来，觉得心里宽了一些，到了嚣乱的市区，又在十字路口碰到吴坚。吴坚正要到《鹭江日报》去上班。他过来挨近剑平，边走边说：

"我知道了，李悦刚跟我谈过。……"

剑平不作声。

"刚才你为什么一句话不说就跑了？"吴坚又问，"你跟他还有什么不能当面谈的？"

"我不想谈。"

"不想？"吴坚微笑。"感情上不舒服，是吗？"

"当然也不能说没有。"

"瞧你，谈理论，谈别人的问题，样样都清楚，为什么一结合到你自己，倒掉进了死胡同，钻不出来了？"

"没什么，感情上不舒服罢了。"剑平喃喃地说，觉得委屈。

"感情是怎么来的呢？要是把道理想通了，还会不舒服吗？刚才李悦跟我说，他很想跟你谈一下。"

"跟我谈？唔……我从前打过他，他没提起？……"

"提了。他还觉得好笑呢。依我看，他这个人非常开朗，不会有什么个人的私怨……"已经到了《鹭江日报》的门口，吴坚站住了，"我得发稿去了。明天下午，你来看我好吗？咱们再谈。"

"好吧，明天见。"

剑平一路回家，脑子里还起起伏伏地想着那句话：

"他这个人非常开朗，不会有什么个人的私怨……"

第二天，剑平一见到吴坚，就从口袋里摸出一封信来说：

"这是我给李悦的信，请你替我转给他，信没有封，你可以看看。"

吴坚把信抽出来，看见上面这样写着：

　　……昨天，我一看见你就跑了。我向你承认，倘若在半年前，要我把这些年的仇恨抹掉是不可能的；但是今天，在我接受无产阶级真理的时候，我好容易明白过来，离开阶级的恨或爱，是愚蠢而且没有意义的。

　　不爱不憎的人是永远不会有的。我从恨你到不恨你，又从不恨你到向你伸出友谊的手，这中间不知经过多少扰乱和矛盾。说起来道理也很简单。然而就是这么一个简单的道理，要打通它却不是一件简单的事。

　　正因为打通它不简单，我们家乡才有年年不息的械斗，农民也才流着受愚和受害的血。他们被迫互相残杀，却不知道杀那骑在他们头上的人。

　　谁假借善良的手去杀害善良的人？谁使我父亲枉死和使你父亲流亡异邦？我现在是把这真正的"凶手"认出来了。

　　父的一代已经过去，现在应该是子的一代起来的时候了。让我们手拉着手，把旧世界装到棺材里去吧。

　　我希望能和你一谈。

剑　平

第四章

　　从此剑平和李悦成了不可分离的好朋友。到了李悦的父亲从南洋荒岛上回来又被大雷打死了后，他们两人的友谊更是跟磐石一样了。不久李悦因为原来的房子租金涨价，搬家到剑平附近的渔村来住，他们两人往来就更加密切了。

　　七年前，李悦比剑平高，现在反而是剑平比李悦高半个头了。这些年来，剑平长得很快，李悦却净向横的方面发育。他的脑门、肩膀、胸脯、手掌，样样都显得特别宽。初看上去，他似乎有点粗俗，有点土头土脑，但要是认真地注意他那双炯炯的摄人魂魄的眼睛，聪明的人一定会看出这是个不同凡响的人物——李悦的确不同凡响，他才不过小学毕业，进《鹭江日报》学排字才不过两年，排字技术已经熟练到神速的程度。别人花八个钟头才排得出来的版，他只要花三个钟头就够了。党的领导发现他聪明绝顶，便经常指导他钻研社会科学，他又特别用功，进步得像飞似的快。他涉猎的书很多，但奇怪的是人家从来不曾看见他手里拿过一本书或一枝笔，他一点也不像个读书人的模样。

　　他们和吴坚常常借吴七的家做碰头的地点。有时候，党的小组也在那里开会。吴坚背地告诉他们：他有好几次鼓励吴七参加他们的组织，吴七不感兴趣……

　　"俺是没笼头的马，野惯了，"吴七这样回答吴坚，"叫俺像你们那样循规蹈矩的，俺干不来。"过后吴七又换个语气说，"俺知道，你们净干好事。你们干吧，什么时候用到俺，只管说，滚油锅俺也去。"

剑平听说吴七不乐意参加组织，心里恼火；吴坚却说：

"别着急，总有一天他会走上我们这条路来的。咱们得等待，耐心地等待。"

接着，吴坚便把吴七的过去简单地讲给他们听：

吴七是福建同安人，从小就在内地慓悍的人伙里打滚，练把式，学打枪，苦磨到大。乡里有械斗，当敢死队的总是他。他杀过人，挂过彩。乡里人管他叫"神枪手"，又叫"铁金刚"。因为他身材长得特别高大，人家总笑他："站起来是东西塔，躺下去是洛阳桥。"

八年前，他一拳打死一个逼租的狗腿子，逃亡来厦门。

一个外号叫"老黄忠"的老船户钱伯，疼爱这个小伙子的刚烈性，收留他在渡船上做帮手。从此吴七从当撑夫、当艄公到当接骨治伤的土师傅。他力大如牛，食量酒量都惊人，敞开吃喝，饭能吃十来海碗，土酒能喝半坛子，三个粗汉也抵不过他。

不久，吴七的慓悍名声终于传遍了厦门。人们用惊奇的钦佩的眼睛瞧着这一个"山地好汉"。有一年，西北风起，到鼓浪屿去的渡船给刮翻了，吴七在急浪里救人，翻来滚去像浪里白条，一条船四个搭客没有一个丧命。又有一年，火烧十三条街，吴七攀檐越壁地跳上火楼，救出八个大人和两个孩子，火里进火里出，灵捷像燕子。

吴七有一套接骨治伤的祖传老法。穷人家来请他，黑更半夜大风大雨他都赶着去。碰到缺吃没烧的病人，就连倒贴药费车费也高兴；但不高兴听人家说一句半句感恩戴德的话。这么着他交了不少穷哥们，名气也传得老远。街坊人唱道："吴七吴七，接骨第一。"有钱人家来找他的，他倒摆架子，医药费抬得高高的，有时还别转脸说：

"你们找挂牌的大夫去吧，俺是半路出家，医死人不偿命！"

他从来不找人拜年拜寿，也不懂得什么叫寒暄，听了客套话就腻味。有人说他平时饿了不进浪人开的食堂，病了不进日本人开的医院，又不喝三样酒：太阳啤酒、洋酒、花酒。本地的流氓个个都不敢跟他作对，背地里骂他、恨他，可是又都怕他。

一九三三年春天，福建漳州的《漳声日报》，派人来请吴坚去当总编辑。组织上决定让吴坚去，同时由他介绍孙仲谦同志代替他在《鹭江日报》原有的工作。

吴坚决定到漳州去的一个星期前，吴七知道了这消息，心里不好过。这天夜里，月亮很好，他特别约了吴坚、剑平、李悦去逛海，说是吴坚要走了，大伙儿玩一下。

七点钟的时候，吴七自己划着小船来，把他们载走了。船上有酒，有茶，有烧鸭和大盆的炒米粉。海上是无风的夜，大月亮在平静的海面上撒着碎银。四个人轮流着划，小木桨拨开了碎银，发出轻柔的水声。

月光底下，鼓浪屿像盖着轻纱的小绿园浮在水面。沿岸两旁和停泊轮船的灯影，在黑糊糊的水里画着弯曲的金线。

四个人边吃边谈，一坛子酒喝了大半，不觉都有点醉。李悦说起上个月沈鸿国生日，公安局长亲自登门拜寿的事。吴坚报告一些报纸上不发表的新闻：一条是红军在草台冈打败了罗卓英部，国民党五十二师和五十九师的师长都前后被俘；一条是蒋介石三月九日赴河北，对请求抗日的部队下命令说："侈言抗日者杀勿赦！"……

吴七酒喝得特别多，一肚子牢骚给酒带上来，便骂开了。他从蒋介石骂到沈鸿国，又从内地地主豪绅骂到本地党棍汉奸，什么粗话都撒出来了。

过了一阵，李悦拿出琵琶来弹。转眼间，一种可以触摸到的郁怒的情绪，从那一会儿急激一会儿缓慢的琵琶声里透出来。李悦用他带醉的、沙哑的嗓子，唱起老百姓常唱的"咒官"民谣来：

> 林换王，
> 去了虎，
> 来了狼；
> 王换李，
> 没有柴，
> 没有米。

剑平一边听着，一边划着，桨上的水点子，反射着月光，闪闪的像发亮的鱼鳞片。猛然，蓝得发黑的水面，啪的一声，夜游的水鸟拍着翅膀，从头上飞过去了。

琵琶声停了的时候，剑平问吴坚，要不要带些印好的小册子到漳州去分发……吴七没有听清楚就嘟哝起来：

"俺真闹不清，老看你们印小册子啊，撒传单啊，这顶啥用？俺就没听过，白纸黑字打得了天下！"

剑平连忙郑重地向他解释"宣传"和"唤起民众"的用处。吴七一听就不耐烦了。

"得了得了，"他截断剑平的话说，声音已经有些发黏了，"要是俺，才不干这个！俺要干，干脆就他妈的杀人放火去！老百姓懂得什么道理不道理，哪个是汉奸，你把他杀了，这就是道理！"

剑平哈哈笑了。

"怎么？俺说的不对？"

"不对。"剑平说，"你杀一百个，蒋介石再派来一百个，你怎么办？"

"俺再杀！"

"革命不能靠暗杀，你再杀他再派。"

"再派？他有脖子俺有刀，看他有多少脖子！"

剑平又哈哈笑了。

"干吗老笑呀！"吴七激怒了说。

"好家伙，你有几只手呀？"剑平冷笑说，"人家也不光是拿脖子等你砍的呀，你真是头脑简单，莽夫一个！"

吴七涨红了脸说：

"后生家！往后你再说俺莽夫，我就揍你！"

剑平顽皮地叫道：

"莽夫！莽夫！"吴七刷地站起来，抢着拳头，走到剑平面前，望着那张顽强的孩子气的脸，忽然噗嗤地笑了：

"好小子！饶你一次！"

吴坚微笑地拉剑平的衣角说：

"你跟他争辩没有用，他这会儿醉了，到明天什么都忘了。"

"谁说俺醉呀？哎，再来一坛，俺喝给你看看。"

吴七说着，拿起酒坛子，往嘴里要倒，吴坚忙把它抢过来，和蔼地说道：

"不行，够了。"

"够了？好，好，好，"吴七笑哈哈地摸着后脑勺，好像一个顽皮的孩子在爸爸跟前不得不乖顺似的，"俺说呀……你们都是吃洋墨水的……俺可跟你们不一样，俺吴七呀，捏过锄头把，拿过竹篙头……你们拿过吗？……俺到哪儿也是单枪匹马！你们呀，你们是秀才造反，三年不成……"

剑平想反驳，看见吴坚对他使眼色，便不言语了。

"该回去了，我也有点醉了呢。"李悦说，把剑平手里的小木桨接过来。

小船掉了头。海面飘来一阵海关钟声，正是夜十一点的时候。吴七靠着船板，忽然呼噜呼噜地打起鼾来。吴坚脱了自己的外衣，轻轻地替他盖上……

第二天晚饭后，吴坚在《鹭江日报》编好最后一篇稿子，李悦悄悄地推门进来，低声说：

"听说侦缉处在调查你那篇《蒋介石的真面目》，说不定你受注意了。"

外面电话铃响，吴坚出去听电话，回来时对李悦说：

"仲谦来电话，说侦缉队就要来了，叫我马上离开。……我看漳州是去不成了。"

吴坚把最后一篇稿子交给李悦，就匆匆走了。

半个钟头后，十多个警探分开两批，一批包围《鹭江日报》，一批冲入吴坚的住宅，都扑了个空。

就在这时候，海关口渡头一带悄无人声，摆渡的船只在半睡半醒中等着夜渡鼓浪屿的搭客。阴暗中，吴七带着吴坚跳上老黄忠的渡船，悄声说：

"钱伯，开吧，不用搭伴了。"

钱伯把竹篙一撑，船离开渡头了，划了几下桨，吴七忽然站起来说：

"钱伯，我来划吧，你歇歇儿。咱们要到集美去，不上鼓浪屿了。"

钱伯瞪着惊奇的眼睛说：

"吴七，你做啥呀，黑更半夜的？"

吴七把双桨接到手里来说：

"咱有事……别声张！"

　　船一掉头，吴七立刻使足劲儿划起来。这时船灯吹灭了。船走得箭快，拨着海水的双桨，像海燕鼓着翅膀，在翻着白色泡沫的黑浪上一起一伏。山风绕过山背，呼呼地直灌着船尾，仿佛有人在后面帮着推船似的。吴七的头发叫山风给吹得竖起来了。

　　两人在集美要分手时，吴坚头一回看见那位"铁金刚"眼圈红了，咬着嘴唇说不出话。吴坚说：

　　"暂时我还不打算离开内地，我们迟早会见面的，总有一天，你会来找我……"

　　泪水在吴七眼里转，但他笑了。

　　"我很替你担心，"吴坚又说，"你这么猛闯不是事儿……我走了，你要有什么事，多找李悦商量吧。"

　　"李悦？他懂得什么！……"

　　"别小看人了，老实说，我们这些人，谁也没有李悦精明。"

　　"算了吧，看他那个鸡毛小胆儿，就够腻味了。"

　　"不能这样说，"吴坚语气郑重地说，"李悦这人心细，做起事来，挺沉着，真正勇敢的是他。往后，你还是多跟他接触吧。"

　　吴七像小孩子似的低下头，揉揉鼻子……

第五章

　　吴坚出走以后，党的小组每个星期仍旧借吴七的家做集合的地点。

　　剑平每天下午腾出些时间，跟吴七到附近象鼻峰一个荒僻的山腰里去学打枪。他进步很快，没三个月工夫，已经连左手也学会了打枪。吴七高兴地拍着他的肩膀说：

"小子，你也是神枪手呀。"

剑平倒脸红了。

枪声有时把树顶上的山鸟吓飞了。有一回，吴七就手打了一枪，把一只翻飞的山鸟打下来，剑平圆睁了眼说：

"嗨，七哥，你才真是神枪手！"

他们有时就坐在山沟旁边的岩石上歇腿，一边听着石洞里琅琅响着的水声，一边天南地北地聊天。吴七说他小时候在内地，家里怎样受地主逼租，他怎样跟爷爷上山采洋蹄草和聋叶充饥，有一天爷爷怎样吃坏了肚子，倒在山上，好容易让两个砍柴的抬下山来，已经没救了……

"俺忘不了那些日子。"他说，眼睛呆呆地还在想着过去。

吴七很喜欢听红军的故事。有一次，剑平告诉他，民国十八年那年，江西的工农红军第四军从江西开进闽西，各地方的农民像野火烧山般地都起义了。八十万农民分得了土地，六万农民参加了赤卫队……

"我可是闹不清，"吴七插嘴问道，"庄稼汉赤手空拳的，拿什么东西起义呀？"

"起初使的是砍马刀、镖枪、三股叉、九节龙……"

吴七听了像小孩似的笑得弯了腰说：

"那怎么行！人家使的是洋炮……"

"怎么不行？有了红军就有了办法。"剑平说，"红军是穷人自己的军队，越打人越多。当时龙岩、上杭、永定、长汀这些地方都是农民配合红军打下来的。前年红军还打到漳州来呢。"

"要是红军能打厦门，那多好啊。"吴七说，"不客气说，俺们要起来响应的话，就不是使什么三股叉、九节龙的，俺们有的是枪杆。"

吴七越扯越远，好像红军真的就能打到厦门来似的。

"真有那么一天的话，"吴七接着说，"俺要把沈鸿国那狗娘养的，亲手砍他三刀！……"

入夏那天，有一个内地民军的连长，小时候跟吴七同私塾，叫吴曹的，经过厦门到吴七家来喝酒。老同学见面，酒一入肚，自然无话不谈。

"七哥，俺要是你，俺准造反！"吴曹带醉嚷道，"厦门司令部，呸！空壳子！有五十名精锐尽够了，冲进去，准叫他们做狗爬！……"

吴七也醉了，醉人听醉话，特别对味儿。

"七哥，俺当你的参谋吧，咱一起造反！"吴曹又嚷着说，"你出人，俺出枪。枪，你要多少有多少，你说一声，俺马上打内地送一船给你！"

吴曹第二天回内地去了。吴七知道吴曹好吹牛，自然不把他的醉话当话，可是"造反"这两字，却好像有意无意地在吴七心里投了一点酵子，慢慢发起酵来。他想起从前内地土匪打县城时，乒乒乓乓一阵枪响，几十个人就把县府占了。多简单！他又想起现在他管得到的角头人马，真要动起来，别说五十个，就是再五个五十个也有办法！……

接着好几天，吴七暗中派他手下去调查厦门海军司令部、乌里山炮台、保安队、公安局和各军警机关人马的实情，他兴奋起来了：

"他妈的，吴曹说'空壳子'，一点儿不假！"

这天星期日，他到象鼻峰时，就把他全盘心事偷偷跟剑平说了。他要剑平把他这个起义的计谋转告吴坚。

"你替我问问他看，"吴七态度认真地说，"到时候他是不是可以派红军到厦门来接管？"

剑平万万想不到吴七竟然会天真到把厦门看做龙岩，并且跟农民一样的也想来个起义。

剑平用同样认真的态度，表示不同意他那个干法，并且也不同意把这些事情转告吴坚。

这一下吴七恼火了。

"好，别说了！"他说，"这么现成的机会不敢干，还干什么呢！俺知道，你当俺是莽汉，干不了大事，好，哼，好，好，没说的！……"

"我没有那个意思。"

不管剑平怎么解释，吴七总觉得剑平的话里带着不信任他的意思。

"咱们问李悦去，看他怎么说，"吴七气愤愤地说，"要是李悦说行，就干；说不行，拉倒！没说的。你们都不干，光俺一个干个什么！"

"跟李悦谈谈也好。"

"可话说在头里，到李悦那边，不管他怎么说，你可不许插嘴破坏。……"

"好吧，好吧，好吧。"剑平连连答应，笑了。

这天晚上，吴七便和剑平一同来找李悦。

吴七慎重地把房门关上。他那轻手轻脚的样子，似乎在告诉李悦，他是个懂得机密和细心的人，人家拿他当莽汉是完全错误的。

三个人坐下来，吴七便压低嗓门，开始说他的计划。他一直怕李悦顾虑太多，所以再三说明他自己怎样有办法，对方怎样脓包。他说海军司令部是豆腐，公安局也是豆腐，水陆军警全是豆腐！他又说，东西南北角，处处都有他的脚手，他全喊得动！三大姓也全听他使唤！他郑重地重复地说道：

"这桩事不是玩儿的，不干就算了，要干就得加倍小心，先得有个打算，马马糊糊可不行！"

接着他便说出他要攻打司令部和市政府的全盘计划。他说，只要把司令部和市政府打下来了，其他的像乌里山炮台、公安局、禾山海军办事处，都不用怎么打，他们准缴械，挂起白旗！……

他又对李悦说：

"只要你点头说：'行，干吧！'俺马上可以动手！不是俺夸口，俺一天就能把厦门打下来！目前短的是一个智多星吴用，吴坚不在，军师得由你当，你要怎么布置都行，俺们全听你！你们手里有工人，有渔民，好办！……可话说在头里，俺吴七是不做头儿的，叫俺坐第一把交椅当宋公明，这个俺不干，砍了头也不干！俺要么就把厦门打下来，请你们红军来接管，俺照样拿竹篙去！……"

吴七越说越起劲，好像他要是马上动手，就真的可以成功似的。

李悦静静地听着，看吴七把话说够了，就拿眼瞧着剑平问道：

"怎么样，你的意见？……"

"你说你的吧，我是听你的意见来的。"剑平回答。

李悦开始在屋里徘徊起来。吴七瞧瞧剑平又瞧瞧李悦，着恼了，粗声说：

"别这么转来转去好不好？干吗不说话啊！"

"好，我说，"李悦坐下来，"可是话说在先，我说的时候，你不能打岔。"

"说吧，说吧！"吴七不耐烦了。

李悦一开头就称赞吴七，说他一心一意想闹革命迎红军。吴七暗地高兴，瞟了剑平一眼，好像说：

"瞧，李悦可赞成哪……"

"可是我得先让你明白一件事，"李悦接着又说，"现在我们还不是在城市里搞起义的时候，因为时机还没来到。"

李悦停顿了一下，打抽屉里拿出一小张全国地图叫吴七看；吴七一瞧可愣住了：他妈的厦门岛才不过是鱼卵那么大！

李悦把厦门的地理形势简单说了一下，接着便把"不能起义"的理由解释给吴七听：

"第一，厦门四面是海，跟内地农村联接不上，假如有一天需要在城市起义的话，也决不能挑这个海岛城市；第二，目前红军的力量主要是在农村扩大根据地，并不需要进攻城市。"李悦又加强语气说，"拿目前的形势来说，敌人在城市的势力比我们强大，我们暂时还打不过他们……"

吴七听到这里就跳了起来，打断李悦的话说：

"不对，不对！你别看他们外表威风，撕破了不过一包糠！俺敢写包票，全厦门水陆军警，一块堆儿也不过三五百名，强也强不到哪里！"

"你怎么知道是三五百？"李悦问。

"顶多也不过五七百！"

"五七百？三五百？到底哪个数准？"

"就算他一千吧，也没什么了不起，喊也把它喊倒！"

"可也不能光靠喊啊。"李悦说。

剑平两眼一直望着窗外，好像这时候他即使是瞟吴七一眼都可能引起对方的不愉快似的。

"不客气说，"吴七继续叫道，"厦门这些老爷兵，俺早看透了！全是草包，外面好看里面空，吓唬人的。……你知道吗？从前俺领头跟日本夕狗打巷战的时候，俺们也没让过步！……现在俺要是喊起来，准比从前人马多！"

"你能动多少人马？"李悦故意问道。

"六七百个不成问题，包在俺身上！"

李悦知道吴七说的都没准数，就不再追问下去。他告诉吴七，据他所知道的，眼前厦门水陆军警、海军司令部、乌里山炮台、禾山办事处、保安队、公安局、宪兵，总数至少在三千四百名以上。他又指出，最近三大姓为着占地面，又在闹不和，可能还会再械斗；还有那些角头人马，也都是糟得很，流氓好汉一道儿混，有的被官厅拉过去，有的跟浪人勾了手……

吴七一声不响地听着，心里想：

"奇怪，干吗李悦知道得这么多，俺不知道的他都知道……"

"好，就不干了吧。"吴七有点难过似的喃喃地说，两只大手托着脑袋，那脑袋这时候看上去好像有几百斤重似的。

"可俺还是不死心，干吗人家拿三股叉、九节龙的能造反，咱们枪有枪人有人，反倒不成啦？……嘻，就不干了吧。"他抬起头来，望望剑平，又说，"你们俩是一个师傅教出来的，想的全一样。"

过了一会儿，李悦向剑平使个眼色，微笑着走过去，拿手轻轻搭在吴七肩上，温和地说：

"七哥，有件事要你帮忙一下，我们有一位同志，被人注意了，打算去内地，你送他走好吗？明儿晚上九点，我带他上船，你就在沙坡角等我……"

吴七一口答应了。他站起来，似乎已经忘了方才的难过，倒了一大碗冷茶，敞开喉咙喝了个干。

第六章

李悦和剑平接到上级委派他们的两项任务：一项是办个民众夜校；一项是搞个地下印刷所。

剑平利用渔民小学现成的地点，请校内的同事和校外的朋友帮忙，招收了不少附近的工人和渔民做学生，就这样把夜校办起来了。

李悦请剑平做他的帮手，在自己的卧房里挖了个地洞，里面安装了各式各样的铅字、铅条、铅版、字盘、油墨、纸张。上面放着一张笨重的宁式床。他们就这样搞了这个完全属于他们自己的印刷所。碰到排印时铅字不够，李悦就拿《鹭江日报》的铅字借用一下，或是拿木刻的来顶替。

剑平很快地跟李悦学会了简单的排字技术。他们的工作经常是在深夜。李悦嫂帮他们裁纸调墨。这女人比李悦大三岁，长得又高又丑，像男子，力气也像男子；平时，满桶的水挑着走，赛飞，脾气又大，说话老像跟人吵架。李悦却很爱她。他总是用温柔的声音去缓和她那火暴暴的性子。表面上看去，好像李悦样样都顺着她，事实上，她倒是一扑心听从李悦的话。

这个平时粗里粗气的女人，到了她帮助丈夫赶印东西的时候，就连拿一把裁纸刀，说一句话，也都是轻手轻脚，细声细气的。

李悦和剑平一直过着相当艰苦的日子。剑平一年只拿三个月薪，连穿破了皮鞋都买不起新的。李悦虽说每月有四十二元的工资，大半都被他给花在地下印刷和同志们活动的费用上面；那当儿正是党内经费困难到极点的时候。

附近是渔村，鱼虾一向比别的地方贱，但对他俩来说，有鱼有虾的日子还是稀罕的。他们也跟祖祖辈辈挨饿受冻的渔民一样，租的是鸽子笼似的小土房。

渔村，正像大都会里的贫民窟一样，眼睛所能接触到的都是受穷抱屈的人家。渔民们一年有三个海季在海上漂，都吃不到一顿开眉饭。打来的鱼，经一道手，剥一层皮，鱼税剥，警捐剥，鱼行老板剥，渔船主剥，渔具出租人剥，地头恶霸剥，这样剩下到他们手里的还有多少呢。渔夫们要不死在风里浪里，也得死在饥里寒里。

四月梢，正是这里渔家说的"白龙暴"到来的日子。

这一天，天才黑，对面鼓浪屿升旗山上已经挂起了风信球。渔村里，渔船还没有回来的人家，烧香、烧烛、烧纸、拜天、拜地、拜海龙王爷，一片愁惨。入夜，天空像劈裂开了，暴雨从裂口直泻，台风每小时以二十六里的速度，袭击这海岛。

海喧叫着，掀起的浪遮住了半个天，向海岸猛扑。哗啦！哗啦！直要把这海岛的心脏给撞碎似的。

大风把电线杆刮断，全市的电灯熄灭。黑暗中的海岛就像惊风骇浪里的船一样。远处有被风吹断的哭声……

就在这惨厉的黑夜里，李悦和剑平打开了地洞，赶印着就要到来的"五一"节传单。两岁的小季儿香甜地睡在床上，火油灯跳着。

十一点钟的时候，他们把传单印好。李悦嫂刚把铅字油墨收拾到地洞里去。忽然——

"砰！砰砰！砰砰！"一阵猛烈的敲门声。

李悦嫂脸吓白了，望着李悦颤声问：

"搜查？……"

李悦微笑说：

"不是。"

风呼呼地刮过去，隐约听得见被风刮断了的女人的叫声：

"悦……嫂……悦……"

"把传单收起来！我去开门……"李悦说，急忙往外跑，剑平也跟着。

门一开，劈面一阵夹雨的暴风，把两个灰色的影子抛进来，厅里的凳子倒了，桌子翻了，纸飞了，坛坛罐罐噼里乒琅响了，李悦颠退好几步，剑平也险些摔倒。风咆哮着像扑到人身上来的狮子。

进来的是邻居的丁古嫂和她十七岁的女儿丁秀苇。

好容易李悦嫂赶来，才把那咆哮着的大风推了出去，关上门，插上闩，再拿大杠撑住。

"吓死我啦！……"丁古嫂喘吁吁地说，"我家后墙倒了，差点儿把我砸死！……悦嫂，让我们借住一宿吧！……"

李悦嫂用一种男性的豪爽和热情把母女俩接到里屋去，随手把房门关上。她让她们把淋湿的衣服脱了，换上她自己的衣服。

李悦和剑平留在外面厅里，他们重新把火油灯点亮，把被风刮倒的东西收拾好。风刮得这么大，看样子剑平是回不去了。

剑平听见她们在里屋说话，那做母亲的好像一直在诉苦、叹气，那做女儿的好像哄小孩似的在哄她母亲，话里夹着吃吃的笑声。那样轻柔的笑声，仿佛连这暴风雨夜的凄厉都给冲淡了。

过了一会儿，秀苇穿着李悦嫂给她的又长又宽的衣服，挥着长袖子，走到厅里来。她笑着望着李悦说：

"悦兄，瞧我这样穿，像不像个老大娘？"

李悦和剑平看见她那个天真的调皮劲，都忍不住笑了。

一听见剑平的笑声，秀苇这才注意到那坐在角落里的陌生的男子，她脸红了，一扭身又闪进房里去。

这一晚，李悦嫂、丁古嫂、秀苇、小季儿，四个睡在里屋，李悦和剑平铺了木板睡在厅里。整夜的风声涛声。火油灯跳着。

天一亮，风住了。

大家都起来了。剑平到灶间去洗脸时，看见秀苇也在那里帮着李悦嫂烧水。他记起了那轻柔的、吃吃的笑声，不由得把这个昨晚在灯底下没有看清楚的女孩子重新看了一下：她中等身材，桃圆脸，眼睛水灵灵的像闪亮的黑玉，嘴似乎太大，但大得很可爱，显然由于嘴唇线条的鲜明和牙齿的洁白，使得她一张开嘴笑，就意味着一种粗野的、清新的、单纯的美。她那被太阳烤赤了的皮肤，和她那粗糙然而匀称的手脚，样样都流露出那种生长在靠海的大姑娘所特有的健壮和质朴。

秀苇的母亲显得格外年轻。开初一看，剑平几乎误会她俩是姊妹。特别是那做母亲的在跟她女儿说话的时候，总现出一种不是三十岁以上的妇人所应该有的那种稚气，好像她一直在希望做她女儿的妹妹，而不希望做母亲似的。

大门一开，外面喧哗的人声传进来。剑平、李悦和秀苇，三个年轻人都朝着海边走去了。

海边人很多，差不多整个渔村的大大小小都走到这里来。

海和天灰茫茫的一片，到处是台风扫过的惨象。海边的树给拔了，电灯杆歪了，靠岸的木屋，被大浪冲塌的冲塌，被大风鼓飞的鼓飞。从海关码头到沙坡角一带，大大小小的渔船、划子，都连锚带链的给卷在陆地上。礁石上面有破碎的船片。

远远五老峰山头，雨云像寡妇头上的黑纱，低低地垂着。太阳不知躲到哪里去了。

潮水退了。昨晚被急浪淹死的尸体，现在一个个都显露出来，伏在沙滩上，浑身的沙和泥。死者的亲人扑在尸体旁边，呼天唤地地大哭……

听着前前后后啼呼的声音，剑平和李悦都呆住了，望着铅青色的海水，不说一句话。

秀苇偷偷地在抹泪，当她发觉剑平在注意她时，就把脸转过去。接着，似乎抑制不住内心的难过，她独自个儿朝着家里走了。

这时候，就在前面被台风掀掉了岸石的海岸上，大雷和金鳄两个也在号哭的人堆里钻来钻去。

"好机会！大雷。"金鳄两眼贼溜溜地望着前前后后哭肿了眼睛的渔家姑娘，低声对大雷说，"那几个你看见了吗？怎么样？呃，好哇！都是家破人亡的，准是些便宜货，花不了几个钱就捞到手！怎么样？不坏吧。……刮这一阵台风，咱'彩花阁'不怕没姐儿啦……"

"五四"十四周年纪念这一天，剑平组织了街头演讲队，分开到各条马路去演讲。傍晚回来，他到李悦家里去，听见房间里有人在跟李悦嫂说话，声音很细，模糊地只听到几个字：

"蒋介石不抵抗……把东三省卖给日本人……"

"谁在里边？"剑平问。

"秀苇。"李悦回答，接着又告诉剑平：秀苇在女一中念书，学校的教师里面，有一位女同志在领导她们的学生会，最近学生会正在发动同学们进行"街坊访问"的工作……

"这女孩子很热心，只要有机会宣传，她总不放弃。"李悦说。过了一会儿，他又问剑平："你知道她父亲是谁吗？"

"不知道。"

"她父亲从前当过《鹭江日报》的编辑，跟吴坚同过事。现在在漳州教书，名字叫丁古。"

"丁古？我知道了，我看过他发表的文章，似乎是个糊涂家伙。"

"是糊涂。他还自标是个'孙克主义'者呢。"

"什么'孙克主义'？我不懂。"

"我也不懂。我听过他对人家说：'孙中山和克鲁泡特金结婚，可以救中国。'大概他的孙克主义就是这么解释的……"

听到这里，剑平不由得敞开喉咙大笑。

不久，秀苇的"街坊访问"发展到剑平家里来了。田老大和田伯母也像李悦嫂那样，听着这十七八岁的女学生对他们讲救国大道理。也许是秀苇人缘好的缘故吧，老两口子每回看见她总是很高兴，特别是她叫起"伯母""伯伯"来时，他们更美得心里开花。

秀苇很快就在剑平家里混熟了，熟得不像个客人，爱来就来，爱走就走，留她吃点什么，也吃，没一句寒暄。有时她高兴了，就走到灶间帮田伯母，挽起袖管，又是洗锅，又是切菜，弄得满脸油烟，连田伯母看了也笑。

"秀苇这孩子人款倒好。"田伯母背地里对田老大说，"不知哪家造化，才能有这么个儿媳妇。"

田老大猜出老伴的话意，只不做声。

六月的头一天是伯母的生日，秀苇早几天已经知道。上午十一点半的时候，她悄悄地来了，剑平不在，田伯母和田老大在里间。厨房里锅清灶冷，火都没生哩。她正心里纳闷，忽地听见田伯母跟田老大在里间说话：

"……怎么办，掀不开锅拿这大褂去当了吧，……冬天再赎……"

秀苇悄悄溜出来，一口气走到菜市场，把她准备订杂志的钱，买了面条、蚝、鸡子、蕃薯粉、韭菜、葱，包了一大包，高高兴兴地拿着回来。

"伯母！"她天真地叫着，把买来的东西搁在桌子上，

"今天我给你做生日……"

田伯母一时又是感动，又是不好意思，哆哆嗦嗦地把秀苇拉到身旁来说：

"这合适吗？孩子，你……你……"就哽住，说不下去了。

灶肚里火生起来了。秀苇亲自到厨房去煮蚝面。她跟田伯母抢着要掌勺，加油加盐，配搭葱花儿，全得由她，好像她是在自己家里。

蚝面煮熟了时，剑平也从外面回来了。他还不知今天家里差点掀不开锅呢。

秀苇和他们一起吃完了生日面，就跟剑平谈她最近访问渔村的情况；接着她又说前一回她看了风灾过后的渔村，回来写了一首诗，叫《渔民曲》；剑平叫她念出来给他听，秀苇道："你得批评我才念。"剑平答应她，她就念道：

> 风暴起哟，
> 天地毁哟；
> 海上不见片帆只桅哟，
> 打鱼人家户户危哟。
> 爹爹渔船没回来哟，
> 娘儿在灯下盼望累哟。
> 门窗儿惊哟，
> 心胆儿碎哟。
> 爷爷去年风浪死哟，
> 爹爹又在风浪里哟。
> 狗在吠哟，
> 泪在坠哟。

"怎么样？请不客气地批评吧。"秀苇说。心里很有把握地相信自己的诗一定会得到称赞。

"你这首诗，"剑平沉吟了一会儿说，"最大的缺点是缺乏时代的特征。如果有人骗我说，这是一百年前的人写的诗，我也不会怀疑；因为它只写了一些没有时代气息的天灾，而没有写出今天的社会对人的迫害——今天，我们的渔民是生活在这个半封建半殖民地的海岛上，他们所受的苦难，主要的还不是天灾，而是比天灾可怕千百倍的苛政。这一点，在你的诗里是看不到的。也就是说，你漏掉了主要的而抓住了次要的……"

"得了，得了，加几句标语口号，你就满意了。"

"我不是那个意思。"剑平说，"不要怕批评，既然你要人家不客气地批评你……"

"谁说我怕批评呀！说吧，说吧。"秀苇忍着眼泪说。

"再说，"剑平又坦然地说下去，"既然是渔民曲，就应当尽可能地用渔民的感情来写，可是在你的诗里面，连语言都不是属于渔民的……"

"对不起，我得补充一句，这首诗，我是试用民歌的体式写的。"

"可惜一点也不像，千万不要以为用一些'哟哟哟'就算是民歌体式了，那不过是些皮毛。依我看，你这首诗，还脱不了知识分子的调调……"

"知识分子的调调又怎么样？"秀苇涨红了脸说，"神气！你倒写一首来看看！……"

剑平哈哈笑起来，还想说下去，却不料秀苇已经别转了脸，赌气走了。

秀苇回到家里，越想越不服劲。忽然记起她父亲说过白居易的诗老妪能解的故事，就又走出来。她在渔村里找到一位大嫂，便把《渔民曲》谱成了闽南小调唱给大嫂听。她唱的时候心里充满了激情，那大嫂也听得入神。

"怎么样？"秀苇唱完了问道。

"好听，好听。"大嫂微笑地回答。

秀苇满心高兴，又问道：

"唱的是什么意思，你听得出来吗？"

大嫂呆了一下，忽然领悟过来似的说：

"听得出来，听得出来，你不是唱'卖儿葬父'吗？"

秀苇失望得差点哭了。她跑回家来，把《渔民曲》撕成碎片，狠狠地往灶肚里一塞。

到六月底，秀苇搬家了。

原来前些日子丁古从漳州回来，接受了《时事晚报》的聘请，当了编辑，便决意搬到报馆附近的烧酒街去住。

搬家后整整一个月，秀苇没有到剑平家来。

"好没情分的孩子！人一走，路也断了。"田伯母老念叨着，实在她老人家心里是在替侄子懊恼。

可是侄子似乎不懂得世界上还有懊恼这种东西，人一忙，连自己也给忘了。白天有日课，晚上有夜校，半夜里还得刻蜡版或赶印小册子，平时参加外面公开的社团活动，免不了还有些七七八八的事儿；对剑平来说，夜里要有五个钟头的睡眠，已经算是稀罕了。

第七章

不久以前，日本外务省密派几个特务，潜入闽南的惠安、安溪、德化这些地方，暗中收买内地土匪，拉拢国民党中的亲日分子，策动自治运动；同时，华南汉奸组织的"福建自治委员会"，也就在鼓浪屿秘密成立了。这自治会的幕后提线人是日本领事馆，打开锣戏的是沈鸿国。

沈鸿国成为法律圈外的特殊人物：日籍的妓馆、赌馆、烟馆，全有他暗藏的爪牙；日本人开的古玩店和药房，都是他的情报站和联络站；在他的公馆里，暗室、地道、暗门、收发报机、杀人的毒药和武器，样样齐全。公安局通缉的杀人犯，可以住在他公馆里不受法律制裁，公安局长跟他照样称兄道弟。内地土匪经过厦门，都在沈公馆当贵宾。大批走私来的军火鸦片，也在他那边抛梭引线地卖出买进。在他管辖下，各街区都设有小赌馆，开"十二支"。对厦门居民来说，这是一种不动刀枪的洗劫。

这种斯文的洗劫是通过这样的"合法"手续干起来的：

赌场派出大批受过专门训练的狗腿子，挨家挨户去向人家宣传发财捷径，殷勤地替人家"收封"。所谓"收封"，就是人家只要把押牌写在纸封里，连同押钱交给狗腿子带去，就可以坐在家里等着中彩了。赌场的经理把所有收进去的封子，事先偷开来看，核计一下，然后把押注最少的一支抽出来，到时候就这样公开合法地当众出牌。于是，中彩的，狗腿子亲自把钱送到他家去报喜；不中彩的，狗腿子也照样百般安慰，不叫他气馁。

这么着，全市大户小户人家的游资，就一点一滴地被吸收到赌场的大钱库里去。"十二支"很快地成了流行病似的，由狗腿子传布到渔村和工人区来。听了狗腿子的花言巧语而着迷的人家，一天比一天多。疯魔了的女人卖尽输光，最后连身子也被押到暗门子里去。负了债的男人坐牢的，逃亡的，自杀的，成了报纸上每日登载的新闻了。

剑平向夜校学生揭发"十二支"的欺诈和罪恶，叫他们每人回家去向街坊四邻宣传。不用说，他们跟狗腿子结下了仇。最后，拳头说话了，不管狗腿子上哪一家收封，他们一哄上去就是一顿打。

金鳄这一阵子做狗腿子们的大总管，也弄得很窘，轻易不敢在这一溜儿露面。

一天下午，剑平从学校回家，路上，有个十三四岁模样的孩子从后面赶来，递给剑平一个纸皮匣子，只说了一句"土龙兄叫我交给你"，就扭身跑了。纸皮匣子糊得很紧，把它一层一层地剥开来看，原来里面是一把雪亮的攮子，贴着一张纸，上面写道：

姓何的，你要不要命？井水不犯河水。你敢再犯，明年今日是你周年。

乌衣党

剑平四下一瞧，那孩子已经不知哪去了。他一转念头，便带着攮子到吴七家来。

他把他碰到的经过说了一遍，同时向吴七借了一把左轮，带在身上。

"得小心，剑平。"吴七送剑平出来时说，"这些狗娘养的，什么都干得出来。我陪你回家吧。"

"不用，不用。"剑平把吴七拦在门内说，"他们不敢把我怎么样的，吓唬吓唬罢了，有了这把左轮，我还怕什么！"

"不能大意，小子！"吴七把剑平拉住，摇着一只龟裂而粗糙的指头，现出细心人的神气说，"听我说，要提防！小心没有坏处，'鲁莽寸步难行'，还是让我做你的保镖吧。"

一听到保镖，剑平浑身不耐烦。

"不，不，你放心，我会提防的。"剑平说，"你千万别这样，免得我伯伯知道了，又得担惊受怕。"

剑平离开吴七，自己一个人走了。他一边走，一边想起那个大大咧咧的吴七今天竟然也会拿"鲁莽寸步难行"的老话来劝告他，心里觉得有点滑稽。

到了家门口，正要敲门，碰巧一回头，看到一个高大的背影在巷口那边一闪不见了。他这才知道原来吴七暗地里一直跟着他。

狗腿子成了过街的老鼠，到处有人喊打。喊打成了风气，一个街区又一个街区地传着。人们一发现可以自由使用拳头，都乐得鼓舞自己在坏蛋的身上显一下身手。狗腿子到了知道众怒难犯的时候，就是再怎么胆大的也变成胆小了。

赌场收到的封子一天一天少下去，最后只好把"十二支"停开。于是沈鸿国又另打主意，改用"开彩票"的花样。

沈鸿国自己不出面，却让一些不露面的汉奸替他拉拢本地的绅士、党棍和失意政客，做开彩票的倡办人。报纸上大登广告。钱庄、钱店，挂起"奖券代售处"的牌子。有倡办人的名字做幌子，彩票的销路竟然很好。有钱的想更有钱，没钱的想撞大运，都拿广告上的谎言当发财的窍门。其实真正拿这个当发财窍门的是沈鸿国。他有他整套的布置：头一期，先在本市试办；第二期，推行全省，一月小效，半月大效。万水千流归大海，钱一到手，"自治会"有了活动费，就可以使鬼推磨。只要多少给倡办人一些甜头，再下去，还怕他们不下水当"自治会"委员吗？

头期彩票销了十多万张，沈鸿国越想越得意。

这天晚上，李悦和剑平一同参加党的区委会。在会上，上级派来的联络员向同志们报告最近华南汉奸策动自治运动和沈鸿国开彩票的阴谋，大家讨论开了，最后决定在"九一八"二周年各界游行示威这一天，发动群众起来揭穿和反对这个阴谋。

开完会，已经是午夜了。李悦回家把老婆摇醒，叫她帮着赶印后天的传单。剑平就在李悦家里赶写"反对开彩票"的文章，写好了又抄成六份，到天亮时，就骑上自行车，亲自把文章送到六家报馆去，打算明天"九一八"可以同一天发表。

可是第二天，发表这篇文章的只有仲谦同志主编的《鹭江日报》一家，其他五家都无声无息。那位所谓"孙克主义"者丁古，本来当面答应剑平"一定争取发表"，结果也落了空。

早晨八点钟，剑平从家里出来的时候，马路上已经有大大小小的队伍，拿着队旗，像分歧的河流似的向中山公园的广场汇集过去。这里面有学生，有工人，有渔民，有商人，有各个阶层各个社团机关的人员，黑压压地站满了广场。

开完纪念大会，人的洪流又开始向马路上倾泻，示威的队伍和路上的群众汇合一起，吼声、歌声、口号声、旗帜呼啦啦声，像山洪暴发似的呼啸着过来。群众经过日本人开的银行、学校和报馆的门口时，立刻山崩似的怒喊起来：

"打倒日本帝国主义！"

"滚蛋！东北是我们的！"

那些日本的行长、校长、社长都不知躲到哪里去了。好些"日本籍民"的住宅也都拴紧了大门，没有人敢在楼窗口露面。

马路上的交通断绝了。警察赶过来想冲散队伍，但群众冲着他们喊：

"不打自己人！不伤老百姓！"

"停止内战，枪口对外！"

"欢迎爱国的军警！"

警察平时也受日籍浪人的欺侮，这时听见群众这么一喊，心也有些动，有人冲到他们面前向他们宣传抗日，他们听着听着倒听傻了。

十一点钟的时候，在靠海马路的另一角旷地上，出现了年轻的演讲队，剑平和秀苇也在里面。秀苇穿着浅灰的旗袍，站在一座没有盖好的房架子旁边的石栏上面，向旷地上的群众演讲。她的嘹亮的声音穿过了旷地又穿过了马路，连远远的一条街也听得见。热情的群众不时用暴风雨般的掌声和口号去响应她。在她背后，灿烂的阳光和浅蓝色的天幕，把她整个身段的轮廓和演讲的姿态都衬托得非常鲜明。

"想不到她倒有这么好的口才……"剑平想，不自觉地从人丛里望了秀苇一眼。不知什么缘故，他觉得自从认识秀苇以来，仿佛还没有见过她像今天这样美丽。

群众里面混杂着自己的同志和夜校的学生，都分开站着，彼此不打招呼。传单一张一张传着……对面街头忽然出现了警察的影子。一个夜校学生打了一声唿哨，警察赶来的时候，散发传单的人像浪头上钻着的鱼，一晃儿就不见了。

一向讨厌参加群众示威的吴七，今天例外地也在人堆里出现。他远远地望着剑平，用狡黠的眼睛对他瞪了一下。李悦在人家不注意的一个墙角落站了一会儿，又慢慢走进人丛里去，他经过剑平身旁时，瞧也不瞧他一下。

秀苇演讲完了下来，剑平接着跳上去。他从纪念"九一八"讲到反对汉奸卖国贼，很快地又讲到彩票的危害……这时人丛里有人喊着：

"我们要退还彩票！""不要上奸商的当！"一喊都喊开了。喊声从每个角落里发出，在场的夜校学生手里挥着彩票嚷：

"退票去！马上退票去！"里面有个二十来岁的高个子，

拿着长长的一连彩票，大声嚷道：

"同胞们，我们大家都退票去！谁要退票的，跟我来！……"

立刻有一大群人跟着他走，剑平跳下来也跟着走，吴七闷声不响地也跟上去。

十五分钟后，代售彩票最大的一家万隆兴钱庄，门里门外都挤满了退彩票的群众。掌柜的望着黑压压的人头，吓白了脸，连连点头说：

"照退！照退！这不干我们的事。请挨个来！……"

一家照退，家家都照退了。

有一家拒绝退彩票的小钱庄，被嚷闹的群众把柜台砸烂了。砸烂是砸烂，退还得退。

全市十多万张的彩票，这一个下午就退了五万张，钱庄收市的时候声明"明天再退"，大家才散了。

拿到退彩票的钱的人们心安理得地回到家里去吃晚饭。吃不下晚饭的是沈鸿国，他呆呆地坐在太师椅上一直到深夜，想着，想着……

第八章

九月二十一日下午，剑平口袋里带着前天没有发完的传单，到大华影院去看首次在厦门公映的新影片。电影快完的时候，剑平离开座位，把七十多张传单掏出来，在黑暗里迅速地向在座的观众传送过去，观众还以为是戏院里发的"影刊"呢。

趁着电灯没亮，他溜出了电影院。这一刹那，他为这种来无影去无踪的行为感到愉快。

　　马路上白蒙蒙地下着大雨，披着油布雨衣的警察站在十字路中指挥车辆，行人顺着马路两旁避雨的走廊走，剑平也混进人堆里去。走了十几步，听到喧哗的人声，回头一看，电影院已经散场，一堆一堆拥出来的观众被雨塞在大门口，有的手里还拿着自以为是"影刊"的传单呢。剑平认出有个暗探在人丛里东张西望，不由得暗暗好笑……

　　"剑平！"

　　浅绿的油纸伞下面，一张褐色的桃圆的脸，露出闪亮的珍珠齿，微笑着向他走来。

　　"没有伞吗？来，我们一块走……"秀苇说。她的愉快的声音，在这黄昏的恶劣的天气中听来，显得格外亲切。从屋檐直泻下来的大股雨水在伞面上开了岔，雨花飞溅到剑平的脸上来。

　　剑平飞快地钻进雨伞下面去。他仿佛听见走廊上传来急促的脚步声，便闷声不响地拉着秀苇走了。

　　伞面小，剑平又比秀苇高，得弯着背，才免得碰着伞顶。这样，两人的头靠得近了。

　　"我正想找你，"秀苇说，"我父亲叫我告诉你，你那篇反对彩票的文章，本来已经排好了，谁知被总编辑发觉，临时又抽掉了。"

　　"没关系，彩票的事早过去了。"

　　"还有呢，我父亲要我通知你，说外面风声很不好，叫你小心——我可不信这些谣言！"

　　"什么风声？"

　　"他说有人要暗杀你——真笑话，这年头什么谣言都有！"

　　"谁告诉他的？"

　　"他没说，大概是报馆的记者吧。"

　　"你再详细问他一下，到底谁告诉他的？"

"怎么，你倒认真起来啦？都是些没影儿的话，理它干吗？我告诉你，前天我参加了演讲队，我父亲还跟我嘀咕来着。剑平，要是我们把谣言都当话，那真是什么都别想干了。"

秀苇的语气充满着年轻的热情和漠视风险的天真。剑平喜欢她的热情却不同意她的天真。他想，起码他何剑平是不能像丁秀苇那样，把世界想得如此简单的。人家吴七都还懂得讲"鲁莽寸步难行"呢。

经过金圆路时，雨下得更大，水柱子随着斜风横扫过来，街树、房屋水蒙蒙的一片，像快淹没了。雨花在坑坑洼洼的石子路上泛着水泡儿，滚着打转。冷然飕的一声，一阵顶头风劈面吹来，把伞打翻个儿，连人也倒转过去。这一下，油纸伞变成降落伞，两人紧紧地把它拉住，像跟顽皮的风拔河。秀苇高兴得吃吃直笑，一个不留神，滑了个趔趄，剑平急忙扶她一下，不料右手刚扶住了秀苇，左手却让风把伞给吹走了。两人又手忙脚乱地赶上去追，伞随着风转，像跟追的人捉迷藏，逗得秀苇边追边笑。好容易剑平扑过去抓住了伞把儿，才站住了；可是伞已经撞坏了，伞面倒背过去，还碰穿了几个小窟窿。

"差点把我摔倒！"秀苇带笑地喘着气说。

"瞧，连伞条都断了！"剑平惋惜地说。

"不用打伞了，这么淋着走，够多痛快！"

"不行，看着凉了。"

剑平忙撑着破伞过来遮秀苇，两人又顶着风走，这回破伞只好当挡风牌了。

"靠紧点儿，瞧你的肩膀都打湿了。"秀苇说。

剑平觉得不能再靠紧，除非揽着她肩膀走，可这怎么行呢？他长这么大也没像今天这么紧靠地跟一个女孩子走路！……当他的腮帮子不经意地碰着她的湿发时，他好像闻到一股花一样的香味，一种在雨中走路的亲切的感觉，使他下意识地希望这一段回家的道儿会拉长一点，或是多绕些冤枉路……

"好久不上我家来了，忙吧？"剑平问道。

"忙。你把伞打歪了。过两天我看伯母去。"

"搬了新地方，好吗？"

"倒霉透了！我们住的是二楼，同楼住的还有一家，是个流氓，又是单身汉，成天价出出进进的，不是浪人就是妓女，什么脏话都说，讨厌死了！前天玩枪玩出了火，把墙板都给打穿了。我母亲很懊悔这回搬家。"

"懊悔？她不是怕台风吗？"

"是呀，我也这么说她，可是这回她说：'刮风不可怕，坏邻居才可怕呢。'她还惦念着悦嫂，总说：'行要好伴，住要好邻。'我们还打算再搬家，可是房子真不好找！"

"我们夜校附近也许有空房子，我替你找找看。"剑平说，"秀苇，你能不能帮我们夜校教一点课？最近我们来了不少罐头厂的女工，需要有个女教师。"

"我只有星期六晚上有时间，我们最近正考毕业考。"

"行，你能教两点钟课就好，这星期六你来吧。我问你，你毕业以后，打算怎么样？想不想当教员？"

"我想当女记者，当记者比当教员有趣。"

"记者的职业容易找吗？"

"不清楚。"

"我想不容易找。现在失业的新闻记者多极了，哪轮得到咱们新出猛儿的。听说前天《鹭江日报》登报要用个校对，报名应试的就有一大批。"

"要是叫我当校对，我才不干。"

"先别这么说吧，好些个大学毕业生、留学生，还争不到这位置呢。"

"要是当不了记者，我就天涯海角流浪去。"

"别做诗了，扎实一点儿吧。"

"那么，你告诉我，我干什么好——留神！那边有水洼子。"

"我说，记者也好，教员也好，不管当什么，还应当多干些救亡工作。你的口才真好，前天听你演讲，把我都给打动了。"

秀苇臊红了脸说：

"你不知道人家一上台就心跳，还取笑——汽车来了，快走，别溅一身水！……"

到了剑平家门口时，两人下半截身子全都湿透了。秀苇拿起淌水的旗袍角来拧水，笑吟吟的，仿佛这一场风雨下得很够味儿。她说：

"我不进去了，过两天我来吧。"

剑平站在门槛下瞧着她打着破伞，独个儿走了。路上是坑坑洼洼的，她的灌饱了水的布鞋，在泥泞的地面吃吃地发声；那跟暮色一样暗灰的旗袍，在水帘子似的雨巷里消失了。前面，潮水撞着沙滩，哗啦，哗啦。

第九章

第二天，秀苇的外祖父做七十大寿，派人来请秀苇全家到他那边去玩几天，他们便高兴地去了。

到了晚上，秀苇要温习功课时，发觉少带了一本化学笔记，忙又赶回家去拿。她一进门，屋里黑洞洞的，好容易摸到一盒火柴，正要点灯，忽然听见一阵嘈杂的脚步声沿着楼梯上来，一阵对恶邻的憎恶和女性本能的自卫，使得她一转身就把房门关上了。

"一个鬼影儿也没有！"那位叫黑鲨的邻居走上来说，"到我房间去谈吧。"

秀苇听见好几个人的脚步走进隔壁的房间。她屏着气，不敢点灯。

虽然隔着一堵墙板，秀苇照样模糊地听见他们说着刺耳的肮脏话。当她听到那些话里还夹着"剑平"的名字时，她惊讶了，便小心地把耳朵贴着墙板，听听他们说些什么。这一下她才弄明白，原来这些坏蛋正在谈着怎样下手谋杀剑平。

他们争吵了半天，商量好这样下手：地点在淡水巷；巷头，巷中，巷尾，每一段埋伏两个人。他们知道每天晚上剑平从夜校回家，准走这一条巷子。他们打算，剑平走过巷头，先不动手；等他走到巷中，才开枪；要是没打中，他跑了，就巷头巷尾夹着干……

"他就是插起翅膀，也逃不了咱们这个！"黑鲨说。

"要是过了十一点钟他还不出来，干脆就到他学校去！"又有一个说，"你看吧，老子就是不使一个黑枣儿，光用绳子，勒也把他勒死！……"

秀苇伏在墙缝里偷看一下，里面有六条影子，都穿着黑衣服。他们谈一阵，喝一阵，快到九点钟时，就悄悄地走出去了。

秀苇随后也走出来，一口气朝着夜校跑……

这边夜校正好放学。最近这几天晚上，剑平每次回家，吴七总赶来陪他一起走，不管剑平乐意不乐意。今天晚上不知什么缘故，九点已经敲过了，吴七还没来；剑平急着要回去帮李悦赶印小册子，就打算先走了。

他戴上帽子，刚跨出校门，忽然望见对面路灯照不到的街屋的阴影底下，一个模糊的影子迅速地向他走来，似乎是穿着裙子的⋯⋯

"秀苇！"剑平低声叫着，走上去迎她。

"你不能走！"秀苇喘着气说，粗鲁地拉着剑平往校门里走，她的手是冰凉的，"你不能走！外面有坏人！⋯⋯"她说时急忙地把校门关上了。

剑平疑惑了。他问：

"到底怎么回事呀？"

秀苇急促地把黑鲨他们的暗杀阴谋告诉了剑平。

"怎么办？"她忧愁而焦急地说道，"他们过了十一点就会到这儿来！"

剑平望一望壁上的挂钟，九点二十分。他正在考虑要怎么样才能脱身，外面忽然冬冬冬地响着猛烈的敲门声。

秀苇脸色变了，说：

"来了？这么快！⋯⋯"

老校工从门房里赶出来正要去开门，急得秀苇跑过去拦住他，压着嗓子说：

"别，别，别，别开！"

剑平也忙向老校工摆手。他跑进门房里去，跳上桌子，从一个朝外的小窗户望出去，校门口，一个高大的影子站着，是吴七。

剑平赶忙去开门。吴七一跨进来就嚷：

"敲了这半天！俺还当你走了。"

剑平拉了吴七过来，把秀苇方才说的情形告诉了他。

"俺早不是跟你说过吗，这些狗，狗——"吴七瞥了秀苇一眼，咽下了两个字，"什么都干得出！⋯⋯呃？淡水巷？对呀，俺刚从那边经过，黑鲨站在巷口，一看见我就闪开了……呃？这孬种！……剑平，你的枪还有几颗子弹？"

"八颗。"

"八颗？好。"吴七从腰边抽出手枪来说，"我这儿也有八颗。二八一十六颗，够了！"他高兴起来，"剑平，把你的枪给我！我现在就到淡水巷去，我要不把这些狗，狗——拾掇了，我改姓儿！"

剑平没想到前几天还在说"鲁莽寸步难行"的吴七，现在竟然想单枪匹马去过五关斩六将，话还说得那么轻便！

"那不成！"剑平说，"他们人多，有准备，又是在暗处，暗箭难防……"

吴七挥着手不让剑平说下去。

"那，等他们来吧。"吴七说，一转身跑进了门房，跳上桌子，靠着小窗户口朝外望，一边又叫着：

"好地方！就在这儿等他们来好了，一枪撂他一个！……"

"犯不上这样。"秀苇拉着剑平低声说，"都是些流氓歹狗，咱们跟他们拼，不值得。咱们还是走吧，回避一下好……"

"剑平！上来瞧吧……这地方很好，一枪撂他一个！……"吴七还在那里叫着。

剑平赶忙走过去，摇着吴七的腿说：

"你下来，我有话跟你说。"

吴七只得跳下来。

"听我说，七哥，"剑平说，"这学校后面，有个小祠堂，那看祠堂的老头儿跟我很熟，我们可以从祠堂的后门，穿过后面的土坡子，绕个大弯就到观音桥……"

"不用说了！"吴七不耐烦地说，"你要跑，你跑好了，我在这儿等他们！"

"观音桥离你家不远，"剑平只管说下去，"今晚我要到你家去睡，你得带我去。"

一听剑平说要睡在他家，吴七又觉得没理由反对了。

"好，走吧，走吧。"他气愤愤地说，好像跟谁生气似的。

剑平对老校工交代了几句，便和吴七、秀苇一起穿过小祠堂后门，沿着土岗子的小路走。他在观音桥那边和秀苇分手，嘱咐她捎带到他家跟他伯伯说一声。

第二天，快吃午饭的时候，李悦赶来吴七家找剑平。昨晚的事他到今早才知道。他对剑平说，那些坏蛋，昨晚十点钟提枪冲进夜校，搜不到人，把老校工揍了，又赶来敲剑平家的门，田老大不敢开，门被踢倒了，田老大的脊梁叫枪头子顿了一下，今天起不来床……

剑平气得脸发青，跳起来要赶回去。李悦好容易把他按住，安慰他说：

"瞧你急的！他老人家躺一天两天不就没事啦。你这么赶回去，反倒多叫他担心了。"

李悦接着又说：他已经向上级报告，上级认为照目前这情况，剑平最好暂时离开厦门到闽西去，因为那边正需要人……

"离开？"剑平一时脑子磨转不过来，"那些坏蛋会以为我是怕他们才逃了的……不，咱们不能让步，咱们得回手！趁这个机会收拾他一两个！……"

"喏，又是个吴七。"李悦微笑说。

剑平脸红了。

"你想想看，"李悦继续说道，"这些不三不四的狗腿子，值得我们拿全副精神来对付吗？应该往大处看，暂时离开还是对的。过了这一阵以后再回来吧，这跟刮风一样，一阵就过去的。聪明的艄公绝不跟坏天气赌，他只把船驶进避风塘，休息一下。何况你到闽西并不是去休息，你不过是转移一个阵地罢了。那边的斗争比这儿还剧烈呢。"

"夜校搞了一半，怎么办？"

"组织上自然会找人代替你的，你放心走好了。"李悦回答道。

就在这天夜里，吴七把去年秋天载过吴坚出走的那只渡船划来，把剑平载到白水营去。第二天，剑平找到联络的关系，就离开那边到长汀去了。

第十章

一九三六年二月二十四日，剑平从福建内地回到厦门。

伯母和伯伯看到离家两年多的侄子回来，都年轻了十岁。伯母的两只脚颠出颠进地忙着，亲手给剑平做吃的，煮了一碗金钩面线。田老大也喜欢得合不拢嘴。他一边看着剑平吃面线，一边跟剑平谈着家常。

"你叔叔……你叔叔……"谈到半截，田老大忽然脸沉下来，声音发颤地说，"没想到……他……他给人暗杀了……"

"唔。"剑平望望伯伯的脸，照样吃面线，顺嘴又问，"什么时候给暗杀的？"

"两个月前……"田老大说，喉咙叫眼泪给塞住了，"不知道跟谁结的仇，落了这么个下场！……"

剑平不乐意看见伯伯为了大雷的死那样悲伤。他撂下筷子，抹抹嘴，往里间走。

"伯母！"他叫着，"帮我找那件蓝布大褂，我要看李悦去。"

田老大一个人坐在厅里，心里暗暗难过：

"唉，这孩子也真心硬……好歹总是你叔叔，竟没一点骨肉情分……"

剑平穿上蓝布大褂，满心高兴地往李悦家走。他把大雷的死撂在一边了。

一推门进去，就看见李悦弯着腰，手里拿着一把锯，正在锯一块木板，锯末撒了一地。一只没有钉好的木箱子，搁在板凳的旁边。

瞧见剑平进来，李悦直起腰，怔了一下。

"你回来了。"李悦呆呆地说，"坐吧，我把这个赶好……"

李悦没有过来跟剑平握手，没有显着见面的快乐，甚至手里的锯也没有放下来。他照样弯下腰去，又锯那块木板。

"钉这木箱子干吗？"剑平问。

"不是木箱子，是棺材。……"李悦回答。一种被掩藏起来的哀伤在他阴暗的脸上现了一下，又隐没了。

里边传出哽塞的、抑制的哭声。

剑平心跳着，走进里间去。李悦嫂坐在床沿，拿一条手绢，捂着嘴，伤心地、窒息地哭着。床上小季儿躺着，小脸发紫，眼珠子不动，硬挺挺的像一个倒下来的蜡像。

剑平难过得说不出话。他明白这一对夫妇内心的哀痛。记得李悦对他说过，李悦嫂前些年害过一次大病，已经不能再生育，也许因为这缘故，才使他们平时把小季儿疼得像命根子。

李悦把木箱子钉好了。他静静地把小季儿抱在怀里，然后轻轻地放进木箱子里，轻轻地盖上木盖，仿佛怕惊动他心爱的孩子。他拿起锤子和钉子，忽然手发抖，额角的汗珠直冒。他一下一下地钉着，脸也一阵一阵地绷紧，好像那冬冬响着的锤子，正敲在他心坎上似的。

李悦嫂突然哭出声，扑过去，两手痉挛地掀着木盖，但木盖已经给钉上了。

李悦扔下锤子，叫剑平帮他把木箱子抬起来搁在肩膀上。他一手扶着，一手拿着锄头，对剑平说：

"我得先把这埋了。回头你来半山塘找我，我有话跟你谈……"

李悦歪歪地低着脑袋，似乎那看不见的悲哀压着他，比那压在他肩膀上的小棺材还要沉重。他一步一步地迈出了大门，如同一个扛着闸门走的人。剑平望着他微斜的肩膀和微弯的脊背，不由得联想到珂勒惠支石刻中那个低头瞧着孩子死亡的父亲……

剑平赶快追上去，替李悦拿锄头，跟着走。

两人在半山塘野地里刨了个土坑，把小季儿埋了。

半山腰传来女人哭坟的声音。李悦拉着剑平，急忙离开坟地，仿佛有意不让自己泡在悲哀的气氛里。剑平问起小季儿害病的经过时，李悦用手擦着脑门，像要擦去上面的暗影，嘘一口气说：

"别提了……是我看顾得不好……唉，别提了……咱们谈别的。——我派人捎去的信，你接到了吗？"

"接到了。"

"你回来得正是时候，大伙儿都在等着你。"

"我们在区委会讨论你的信，大家都赞成我回来。"

"吴坚有什么嘱咐吗？"

"他有信给你，大概后天郑羽来时，会带给你。"

山风绕着山脊奔跑，远远树林子喧哗起来。他们沿着挡风的山背面走。李悦说：

"我们早替你安排好位置了，你明天就得上课去。"

"哪个学校？"

"滨海中学附属小学，"李悦说，"这个位置，是陈四敏介绍的，他认识薛校长。"

"陈四敏？"

"对了，你还不认得他，他是我们的同志，两年前从闽东游击区来，去年在滨海中学当教员，掩护得很好。他也学会了排字。你走了以后，这一阵都是他帮着我搞印刷……"

"薛校长是个怎么样的人？"剑平问，"为什么我们要让他当厦联社的社长呢？"

"我正要把这些关系告诉你，坐下来吧！"

李悦拉着剑平在一座古坟的石碑上面坐下，山脚传来山羊咩咩的声音。

"薛校长名字叫嘉黍，"李悦开始说，"他是我们统战工作中主要争取的对象。首先，他比较有民主思想，社会声望高，有代表性；其次，他今年六十八，胡子这么长，起码人家不会怀疑他是共产党员。在厦门这样复杂的环境里，有这样一个人来当厦联社的社长，正是我们今天所需要的。听说，他从前在法国念书的时候，受了当时马克思主义思想的影响，参加过旅欧学生组织的工学互助社，后来，大概是他本身的阶级局限了他吧，他没有再继续上进……据我们所了解的，他父亲是吉隆坡的一个有名的老华侨，相当有钱，二十年前死了。薛嘉黍从法国奔丧到南洋，把他父亲遗留下来的一个椰油厂拍卖了，英国的殖民政府向他敲去一大笔遗产税，他很生气，可是有什么办法呢，那是在英国的殖民地啊。他把剩下的遗产带回厦门，就在海边建筑这座滨海中学。不到五年工夫，他把遗产花得干干净净。有钱的亲戚都骂他，说他没出息，不会继承父业，把家毁了，但也有些人，倒喜欢他这个傻劲。他有点固执，还有点书呆子气，有时候进步，有时候保守。你说他戆直吧，他做事可一点也不含糊；你说他手头大吧，他自己可是节省得赛个乡巴佬——滨海中学的校舍你也看过，全是现代化建筑，教职员和学生的宿舍，也都相当讲究；可是你要是跑进薛嘉黍的住宅，你会以为你跑错了地方，那是一所又矮又暗的旧式小平房，他老人家甘心乐意地住在里面……正因为这缘故，他受到尊重。我还记得，前些年，他领头揭发教育厅长的劣迹，教育界人士都响应了他，结果教育厅长只好自己滚蛋了。厦门的官老爷，没有一个不讨厌他，可也没有一个不怕他，因为他是华侨，又是个'毁家兴学'的热心家，又有那股戆直气——老百姓正喜欢他那股戆直气呢……"

"他跟陈四敏的关系怎么样？"剑平问道。

"很好。"李悦接下去说，"可以说，他相当器重四敏。他曾私下对四敏说：'让我来干吧，凡是你不敢干的，都由我来出面。我不怕他们——我这么大年纪了，他们敢把我怎么样！'……你知道，毛主席指示我们要承认争取一切可能的同盟者，我们通过薛嘉黍出面组织厦联社，正是为这个。我们就这样干起来了。厦联社组织社会科学研究会、文学研究会、木刻研究会、剧团、歌咏团，还开办业余补习学校，成立书报供应所，出版刊物；我们尽量利用各个学校、社团、报馆和各个文化机关团体来进行活动。现在我们已经有了七百多个社员，中间有一大部分是滨海中学的教员和学生……"

"这回可以大干一下了！"剑平高兴地叫着。

"可是，不要忘记，这工作照样是艰苦而且复杂的。"李悦说，"前两天蒋介石颁布'维持治安紧急治罪法'，你看见了吗？那里面明文规定，军警可以逮捕爱国分子，解散救亡团体……现在厦门的特务也多起来了，处处都有他们的眼线，这里的侦缉处长，就是南京派来的那个小头目赵雄。"

"赵雄？"剑平惊讶了，"是不是从前跟吴坚合演过《志士千秋》的那个？"

"就是他。从前他是吴坚的好朋友，现在他可是沈奎政的好朋友了。"

"沈奎政又是谁？"

"浪人的头子。"

"从前不是沈鸿国吗？"

"沈鸿国早完蛋了。对了，我还没告诉你大雷被暗杀的事。"

"我刚听我伯伯提过，我还没有详细问他。"

"我们该下山了，我还得去《鹭江日报》走一趟。"李悦站起来，边走边说，"这是两个月前的事：有一天晚上，大雷带了一个叫金花的女人，参加这里'十二大哥'的金兰酒会，沈鸿国也在场，都喝醉了。据说金花是大雷刚替她赎身的一个歌女，沈鸿国乘醉调戏了她，她哭了。大雷挂了火，仗着酒胆子，把沈鸿国揍了一拳。当晚回家的时候，大雷就在半路上，吃了谁一枪，倒了……"

"这准是沈鸿国干的！"

"你听着——从前不是有一个名叫黑鲨的要暗杀你吗？——就是那家伙，在大雷死了的第二天，半夜里，被人用绳子勒死在烧酒街二楼上。据人家过后说，大雷的死，是沈鸿国指使黑鲨下的歹毒；黑鲨的死，又是大雷手下报的仇；但是也有人说，黑鲨的死是沈鸿国为着要灭口，才把他'铲'了的。"

"正是狗咬狗！"

"还没完呢。过了半月，沈鸿国把那个披麻戴孝的金花强要了去。据他对人说，他不过是要'泄一口气'。那天晚上他喝得大醉，睡倒了。第二天，用人看他到晌午还不开门，就破门进去，这一下才发现，沈鸿国被菜刀砍死在床上，金花吃了大量的鸦片膏，也断了气……闹到这一步，事情不了也了啦。沈鸿国死了以后，福建自治会主委就换了沈奎政；沈公馆也由沈奎政接管了。他跟赵雄两人混得挺好……还有金鳄那家伙，从前是沈鸿国的一条看门狗，现在已经在赵雄的手下，当起侦缉队长来了。"

"这坏蛋！咱们跟他又是街坊，得当心。你看他会不会注意了你？"

"我这土包子样儿，谁还看上眼？"

剑平瞧瞧李悦，不错，李悦的确像个乡巴佬。

"这两年来，你就一直当排字工吗？"

"是的。"

"我觉得，你要是当个编辑，倒也是挺合适的。"

"不。"李悦淡淡地笑了，"拿掩护来说，再没有比排字更适合我的职业了。人家看不起排字的，不正是对我方便？再说，我要不干这个，谁来干这个呢？"

两人边走边谈，不知不觉到了山脚。剑平想打听一下秀苇的近况，不知怎的，忽然觉得脸上发烧，说不出口。

"你还有什么要问的吗？"李悦似乎觉察到了，问剑平。

"没有什么……"剑平支吾着，有点狼狈。

"那末，晚上见吧。我约四敏今晚八点在仲谦家里碰头，你也来吧。"

两人分手了。

"不中用的家伙！"剑平生气地骂着自己，"这有什么不好意思的？！……"

第十一章

晚上还不到八点钟，剑平已经到仲谦同志家里来了。

仲谦同志身材瘦而扁，戴着六百度的近视眼镜，看来比他四十岁的年龄要苍老。他有点口吃，平时登台讲不上两句话就汗淋淋的，拿起笔杆来却是个好手。自从吴坚出走以后，《鹭江日报》副刊一直由他接任。在报社里，他编，李悦排，彼此态度都很冷淡，像上级对下属，但在党的小组会上，仲谦常常像个天真的中学生，睁着近视眼睛听李悦对他进行严厉的批评。有不少回，国民党的猎狗把鼻子伸到《鹭江日报》的排字房和编辑室去乱嗅，却嗅不出什么。上一个星期日晚上，仲谦跟报馆的社长在吃晚饭，金鳄来了，社长倒一杯五加皮请他。可巧这时候，李悦拿一张校样从门口经过，金鳄问社长：

"他是不是叫李悦？我跟他是街坊。"接着又半真半假地开玩笑说，"你看他是不是个正货？"社长笑得连饭都喷出来了，金鳄瞟了仲谦一眼，也哈哈笑了。仲谦傻傻地只管吃他的饭……

仲谦同志见到两年多不见的剑平，欢喜极了，用着一种跟他年龄不相称的天真的热情去拥抱他。谈过别后的情况，他忽然从头到脚打量剑平，眨巴着眼睛，绷红了脸说：

"不行！……这，这，这，这，不行！……"

"老天爷！慢慢说吧，怎么回事呀？"

"这蓝布大褂不行。"仲谦好容易让自己松弛下来，缓慢地说，"你这样子打扮，要是上书店去翻书，狗准注意你！……"

随后仲谦拿他两年前穿的一套西装，恳切地要剑平先拿去穿。他还说了一套道理：

"北极熊是白的，战舰是海水色的，我们也一样，需要有保护色。"剑平看见他说得那么认真，也就接受了。

这时候陈四敏和李悦先后进来了。

叫剑平微微感到不舒服的，是陈四敏的外表缺少一般地下工作者常有的那种穷困的、不修边幅的特征。这两年来剑平在内地，从没见过一个同志像今晚四敏穿得那么整齐：烫平的深咖啡色的西装，新刮的脸，剪得贴肉的指甲，头上脚下都叫人看出干净。人长得并不好看，额顶特别高，嘴唇特别厚，眉毛和眼睛却向下弯，宽而大的脸庞很明显地露出一种忠厚相。他眯眼微笑着和剑平握手，剑平觉得他的手柔软而且宽厚，正如他的微笑一样。

四个人坐下来交谈。剑平报告闽西这半年来的工作概况。仲谦分析"一二·九"以后，抗日运动如何在各地展开。接着，李悦报告最近华北方面，日本密派坂垣赴青岛，土肥原赴太原，策动"冀察政委会"；华南方面，日本外务省也派人赴闽南内地收买汉奸，组织秘密团体。又说，福建自治会沈奎政登台以后，极力拉拢赵雄，暗中交换"防共"情报……

四敏静静地听着大家说话，香烟一根连着一根地抽着，不时发出轻微的咳嗽。这时仲谦家里一只大猫，悄悄地钻到四敏的两脚间，他轻轻地把它抱到膝上，让它伏伏贴贴地蹲着，轻轻摩挲它。轮到四敏发言时，他说得很简短，很像拟电报的人不愿多浪费字句。他扼要地报告厦联社的工作，他说他们最近正在排练四幕话剧《怒潮》，准备下个月公演，同时还准备开个"新美术展览会"……

"你来得正好，"四敏对剑平说，"希望会参加我们这一次的演出……"

正话谈完，大家便漫谈开了。仲谦一边起来倒茶，一边说道：

"今天我们又收到几封读者来信，都是要求多登邓鲁的文章，《论救国无罪》那篇短评，很受到欢迎……"

"邓鲁是谁？"剑平问。

四敏不作声。李悦指着四敏笑道：

"就在你身边，你还不认识。"

"是他？"剑平用完全欣喜的神气说，"我们在内地的时候，厦门的报纸一到，大家都抢着要看邓鲁的时评。"

"这边也是一样。"李悦说，"《鹭江日报》最近多登了几篇邓鲁的文章，报份突然增加了不少。"

"外边人知道吗？"

"当然不能让他们知道。"仲谦回答剑平道，"好些读者以为邓鲁就是报馆的编辑，还有人说他是厦门大学的邓教授，听说有个学生走去问邓教授，邓教授倒笑而不答，好像默认的样子。"

李悦和剑平都听得哈哈笑了。李悦说：

"前几天，我排《论救国无罪》那篇稿子，'错排'了两个字，校对先生校出来，我没有给改上，事后主编还跟我大发脾气；其实所谓'错排'的那两个字，正是四敏通知我替他改的……"

李悦正说着，不知什么时候那只大猫已经从四敏怀里溜到地上去，用它的小爪子抓着李悦的脚脖子，李悦吓了一跳，恼了，踢了它一脚。大猫翻了个跟斗，哀叫一声，跳到四敏身上去了。

"不能踢它，它怀孕呢。"四敏用谴责的目光望了李悦一眼，不住地替大猫摩挲肚子。

"你瞧，"仲谦说，"我是它的主人，它不找我，倒跑到他身上去了。"

"他到哪儿也是那样。"李悦说，"小猫小狗总跟他做朋友——我就讨厌这些东西！"

"不管你怎么说，幼小的生命总是可爱的。"四敏说，把大猫抱在怀里，让它舔着他的手指。

仲谦忽然联想到什么似的说：

"我问你，四敏，你敢不敢杀人？"

四敏觉得仲谦问得好笑，便笑了。

"我杀过人的。"他说，"我杀过的白军，至少在十个以上。"

"我看见四敏射击过，"李悦说，"他的枪法很好。"

"有一次，我们在闽西，"四敏接下去说，又点起烟来，"白军突然包围了我们红坊村，那天碰巧我没带手枪，我拿到一把砍马刀，躲在一个土坑里，一个白军向土坑冲来，我一刀砍过去，他倒了，脑瓜子开花，血溅了我一身。我看他半天还不断气，又砍了一刀。那天晚上，我们在另一个村子睡觉，我睡得特别甜……"

仲谦搔着后脑勺，眨巴着近视眼说：

"可是，四敏，我记得那一回我们野餐，你亲手做菜，我看你连拿着菜刀宰鱼，手都哆嗦呢。"

"是呀，老兄，那是宰鱼，那不是宰白军啊。"

四敏的回答，引得李悦和剑平又都哈哈笑了。

他们一直谈到夜里十一点才散。在回家的路上，剑平悄悄对李悦说：

"想不到四敏文章写得那么尖锐，看他的外表，倒像个好好先生。"

"唔。他是有点婆婆妈妈的。"李悦说，"一个人太善良了，常常就是那样……"

第二天，剑平由四敏带着去见了薛校长，便到"小学部"来上课。他把铺盖也搬到教员宿舍来了。他住的是一间通风敞亮的单人小房，和四敏住的单人房正好是对面。

下午，他在休息室喝茶时，看见墙上挂的"教职员一览表"上面有丁秀苇的名字，才知道秀苇也在这里初中部担任史地课，不知什么缘故，他忽然剧烈地心跳起来，但立刻他又恼怒自己：

"心跳什么呀！人家跟你有什么关系！"

散学后，剑平出来找吴七时，才知道吴七已经搬到草马鞍去了。找了半天，好容易才在一条九弯十八转的小巷子里找到吴七的新址。

吴七见了剑平很高兴，又是推，又是拉，简直像小孩子了。接着，他一个劲儿打听吴坚的情况；问得很琐碎，问了又问，好像回答他一次还不能满足似的。剑平从没看见这硬汉像今天这样罗嗦过。

剑平在吴七那里吃了晚饭，回到学校，已经八点钟了，一个人来到宿舍，一进门，房间里月光铺了一地。写字台那边，青一块，黑一块，青光下面，一只破了嘴的瓷瓶出现了一束小白花，看去就像一团雾，瓷瓶底下，压着一张纸，开灯一瞧，纸上写着：

听说你回来了又没见到你，真急人哪。留一本油印的《怒潮》在你桌上，请读一读，我们正在排演呢。

把沿途采来的野花留在你的瓶里，不带回去了。

明天下午四点再来看你，请等我。

秀苇　下午六时半

剑平把灯又关了。一个人静静地坐在黑暗中，重新看着那水一般的月光和雾一般的花。花的清香，混合着温柔的情感来到心里……远远传来潮水掠过沙滩的隐微的喧声。他想起后面靠海的月色，便走出来了。

校舍外面，通到乌里山炮台去的公路像一条金色的飘带，月光直照几十里。

前面是厦门大学和南普陀寺。五老山峰在暗蓝的夜空下面，像人立的怪兽。月亮把附近一长列的沙滩铺上了银，爬到沙滩来的海浪，用它的泡沫在沙上滚着白色的花边。

剑平来到岸边一棵柏树下面，站住了，望着海。蓝缎子一样飘动的海面，一只摇着橹的渔船，吱呀吱呀摇过来，船尾巴拖着破碎的长月亮。夜风柔和得像婴孩的手指，轻轻地抚摸着人的脸……

远远有人说话，声音由小而大，慢慢靠近过来：

"……我不当主角……"

"我还是希望你当。这角色的性格，有点像你……"

"让柳霞当吧。她有舞台经验……"

剑平心跳着，控制不住自己地向说话的人影走去。

"秀苇！"他低低叫了一声。

人影朝他走来。

"剑平吗？"秀苇叫着，拉住剑平的手，像小鸟似的跳着，"你呀，你呀，找你三趟了——看到我的字条吗？"

"看到了，谢谢你的花。"剑平说，有点害臊。

秀苇穿着全黑的夹旗袍。两年多不见，她变得高了，瘦了。庄重带着天真，和成熟的娇挺的少女风姿，使得她那张反射着月光的脸，显得特别有精神。剑平傻傻地让她拉着他的手，忘了这时候后面还有个人朝着他走来。

"是你啊。"四敏愉快地说，"我们刚提到你……秀苇说你对戏剧很有兴趣，我们正打算请你帮我们排戏……"

"排戏我可外行。"剑平谦逊地说，"从前我搞的是文明戏，现在你们演的是话剧。"

"不妨试试。"秀苇说，"我们走走吧，月亮多好。"

三人并排着在沙滩上走。秀苇轻轻挽着剑平的胳臂，像兄妹那么自然而亲切。

"这一向你做什么？没有当女记者吗？"剑平问。

"呦，你还记着我的话。"秀苇不大好意思似的说，瞧了四敏一眼，"现在我在厦大念书，还在这儿初中部兼一点课，半工半读，不用让家里负担我的学费。"

"你父亲还在《时事晚报》做事吗？"

"还在那边。剑平，我可要怪你哪，干吗你一走，连个信儿都不捎，要不是我打听悦兄，我还不知道你是在上海呢。"

剑平和四敏交换了个眼色。

"我很少跟人通信，"他终于结结巴巴地回答，"再说，你又新搬了地方……"

"得了，得了，反正你把厦门的朋友都给忘了。悦兄也怪你没有给他信……你知道吗，从前要暗杀你的那个黑鲨，已经给人暗杀了，还有沈鸿国……"

"我知道，李悦已经跟我说了。"

"真是，'恶人自有恶人磨'，天理报应！"

"你也相信报应？"剑平不由得笑了。

"怎么，我落后啦？哼，要是天理不昭昭，人理也是昭昭的。"

"原来你们还是老朋友……"四敏插进来说，微微咳嗽了一下。

　　“我们过去是老街坊。”秀苇说。

　　接着，她又带着天真的骄傲，对四敏谈她跟剑平从前怎样参加街头的演讲队……

　　沙滩上飘来学校的钟声。

　　“我得回去了，已经敲睡觉钟了。”四敏说。

　　“那么，你先走吧，”秀苇说，“我还想跟剑平走一会儿。”

　　“好，明天见。”四敏温和地微笑说，神色愉快地向剑平挥一挥手，迈开大步走了。

　　“四敏！”秀苇忽然叫了一声，追上去。

　　四敏转过身来。

　　“四敏！不好再熬夜了，把作文簿拿来，我替你改。”

　　“不用，今晚我再赶一下。”

　　“你还是早点儿睡吧，你咳嗽呢。”秀苇委婉地说。

　　“没关系。少吸几根烟，就不咳了。”

　　“你总不听医生的话，越熬夜就越吸烟。”秀苇声音隐含着温柔的责备，“还是把作文簿交给我吧，我跟你进去拿。”

　　“不，不，”四敏微微往后退，“已经熄灯了，你别进去。明天见，秀苇。”

　　四敏急忙忙地向校门走去，秀苇默默地转回来，像失掉了什么似的。

　　看到秀苇怅惘的神色，剑平隐微地感觉到一种类似铅块那样的东西，压到心坎来。

　　“我送你回家吧。”剑平说。

　　他们离开沙滩沿着一条通到市区去的小路走着，远远的夜市的灯影和建筑物模糊的轮廓，慢慢地靠近过来了。他们谈着过去，谈着厦联社，谈着四敏……

　　“据校医说，四敏的左肺尖有点毛病，可能是肺结核……"秀苇说，脸上隐藏着淡淡的忧郁。

"我看他身体倒挺好，不像有病的样子。"

"你没看他老咳嗽吗？——咳了半年啦。这个人真固执，医生叫他别抽烟，他偏抽；叫他早睡，他偏熬夜；叫他吃鸡子、牛奶、鱼肝油，他也不吃，嫌贵，嫌麻烦；厦联社的工作又是那么多，什么事情都得找他问他。我不知说过他多少回，可他不在乎。看也没看见过这样的人，真讨厌！……"

听着秀苇用那么爱惜的感情说出"讨厌"这两个字，剑平忽然感到一种连自己也意料不到的嫉妒。

"以后我来帮他吧，也许我能分他一点忙。"剑平说，极力赶掉自己内心的不愉快。

"我也这么想，要是你们能一起工作，你一定是他的好搭档。"

剑平想多了解一些四敏周围的群众关系，便尽量让秀苇继续谈着四敏。他意识到，秀苇的心灵深处仿佛隐藏着一种难以捉摸的秘密，那秘密，她似乎又想掩盖又想吐露，剑平也带着同样微妙的感觉，又想知道又怕知道。

剑平送秀苇回家后，回到宿舍，心里有点缭乱，久久静不下来。他在小房间里走来走去地想：

"不会吧？……唉……别想了。……不会的。……睡吧，睡吧。……"

看看对面，四敏房间里的灯还亮着，剑平又不想睡了。他把桌上的《怒潮》翻出来看。这是四敏用"杨定"的笔名写的一个以东北抗日为题材的四幕剧。剑平一幕又一幕地看下去，不知不觉被剧中的人物和情节吸引住。到了他看完站起来，才发觉自己因为激动，眼睛潮湿了。

已经是夜里两点了。整个宿舍又静又暗，都睡着了，只有他和四敏房间的灯还亮着。他关了灯，走到对面窗口，隔着一层玻璃窗看进去，里面四敏伏在桌子上，睡着了。毛笔搁在砚台旁，烟缸里塞满烟蒂和烟灰，一堆叠得高高的作文簿上面，一只小黑猫蹲伏在那里打盹……

剑平走进去把四敏摇醒，让他睡到床上去，又替他关了灯。黑暗中，他偷偷地把桌子上的作文簿拿出来，带回自己房间，重新开了灯，一个劲儿改到天亮。

第十二章

党领导的全国救亡运动，影响一天天扩大，厦门的救亡工作也由厦联社推动起来了。请求入社的青年越来越多，社员们散布到各个学校、报馆和民众社团里面去。救亡的刊物空前地多起来。本地的记者协会、美术协会、文化协会、诗歌会，为团结御侮与言论自由，都前后发表宣言。各地的读者纷纷写信给报馆，要求尽量多登抗日的文章。聂耳和冼星海的救亡歌曲，随着厦联社组织的青年歌咏队，像长了翅膀似的，飞过码头、工厂、渔村、社镇，传唱开了。遇到什么纪念日，这些歌曲又随着群众来到街头，示威的洪流一次又一次地冲过军警的棍子和刺刀……

厦联社的工作一天比一天繁重。剑平和四敏除教书外，几乎把全部精力都投入了工作。这是党在这个时期交给他们的主要任务。

在宿舍里，每晚把电灯亮到深夜一两点钟的，只有他们两个。有时候，四敏甚至工作到天亮。

秀苇每天见到剑平，总问：

"四敏昨晚几点睡的？"

剑平照实告诉她。她叹息了：

"天天熬夜，人就是钢打的，也不能这样呀。"

奇怪的是秀苇从来不问剑平几点钟睡。

秀苇每天一到下午上完了史地课，总一个人悄悄地到四敏的房间去改卷子，尽管四敏经常不在。这个混合着香烟味和男子味的房间，似乎对她有着奇异的吸引力。她一向讨厌人吸烟，但留在这房间里的烟味却有点特别，它仿佛含着主人性格的香气。

她常常替四敏整理写字台上的书籍和簿册，好像她就是这房间的主妇。有时候她走出来碰到了剑平，不由得脸红了，但一下子她又觉得很坦然。

年轻人在热恋的时候总是敏感的。剑平一从秀苇的眼睛里看出异象，便有些忧郁。最初他是嫉妒，接着他又责备自己感情的自私。他想，他既没有权利叫一个他爱的人一定爱他，他也没有权利叫他的同志不让他爱的人爱。何况秀苇从来就不曾对他表示过任何超过友谊的感情。分别两年多，他不曾给她捎过一个字。假如说，秀苇爱的是四敏，那也没有什么可责备的。他，作为秀苇的朋友和作为四敏的同志，为什么不能用愉快的心情来替别人的幸福欢呼呢？他有什么理由怨人和自怨呢？

剑平终于摆脱了内心的苦恼。

可是不久，一个新的变化又使得剑平内心缭乱了。

不知什么缘故，每回，当四敏发见秀苇和剑平在一起的时候，总借故走开。在厦联社，遇到有什么工作需要两个人办的，四敏也总叫他俩一道去办。为什么他要这样做呢？

四敏是厦联社的骨干。各个研究小组都要他指导。文化周刊每期要他看最后一遍稿才付印。许多学习写作的青年，把成沓的稿件堆在他桌子上，等着他修改。每天有一大伙年轻人围绕在他的身旁，当然别人不会像秀苇那样敏感地注意他的咳嗽。大家一遇到什么疑难的问题不能解决时，总说：

"问四敏去，他是百科全书。"

四敏也的确像一部百科全书。他的博览强记到了叫人无法相信的程度。许多人都说他是"奇人"，说他看书的速率比普通人快八倍，说他过目不忘。消息传到厦门大学那里，引起一位生物学教授特别来登门拜访。他拿一条布尺在四敏的头上量了半天，又在自己头上量了半天。他说他正在研究骨相学，但他找不出四敏的脑壳跟普通人有什么差别。

四敏每天把繁杂的社务料理得叫人看不出一点忙乱。奇怪的是他看书那么快，说话偏偏慢条斯理，如同小孩子背着没有熟的书；声音又是那么柔和，仿佛无论说什么激烈的言语都可以不必加上惊叹号。平时，他常常沉默地听别人说话，把香烟一根接连一根地抽着，烟丝熏得他眯缝着眼睛，有时他长久地陷入沉思。爱说话而不爱抽烟的人，也许会惊奇这一位博学多才的人为什么既然那么吝惜他的发言，却又那么浪费他的香烟。

厦联社的社员多数是从各地各界来的知识分子，成分当然复杂一些。这里面有不同的阶级，不同的职业，不同的教育程度和不同的兴趣。不用说，好的有，不好的也短不了。剑平常常因此而感到对付人事的困难。他有时着恼了，对四敏说：

"我就讨厌知识分子，尽管我自己也是。你看他们，十个人十个样子，头真不好剃！"

"不能要求别人跟要求自己一样。"四敏回答剑平说，"你可以严格要求自己，但不能用同样的尺度要求别人。"

剑平一面觉得四敏的话是对的，一面又觉得四敏平时待人太宽，他感到不安。

四敏待人的宽厚，正如他溺爱一切幼小生命一样，成为他性格方面的一种习惯。很难想象，一个人可以溺爱小动物到那样的程度。学校里厨子养的小黑猫，每晚上总是悄悄地跑来睡在四敏的床上，甚至于撕破他的蚊帐，他也不生气。他从来不打死那些爬过他桌面的蚂蚁、蟑螂、壁虎，或是从窗外飞进来的蛾子。他对它们最严厉的处分是用纸包着它们到校园里去"放生"。有时，就连花匠烧死那些残害花木的害虫，他也觉难受。有时，看见蜜蜂撞着玻璃窗，不管他怎么忙也得起来开窗让它们飞出去。他不喜欢看见人家把小鸟关在鸟笼里，也不喜欢看见小孩子用线绑着蜻蜓飞。

就是这么一个连蚂蚁也舍不得踩的人，他要和人吃人的制度进行无情的搏斗……

剑平刚入厦联社不久，社员们讨论要出版一个文艺性质的半月刊。社员柳霞是个剪男发，瘦削严峻的女教师，她主张刊物的名称用"海燕"，秀苇反对，主张用"红星"。

"红星有上'红'字不好。"柳霞反对地说。

"好就好在'红'字！"秀苇回答。

"你想让人家封禁？"

"言论自由，他敢封！"秀苇说，有些轻蔑柳霞的胆怯，"他封一百次，咱们就出版一百零一次。一期换一个名，'红星''红火''红日'都可以！"

"好呀，你巴不得红出了面，好让人家来逮！"柳霞愤愤地说，"你这等于通知人家来消灭自己！"

"怕就别干，干就别怕！"

柳霞气得脸发青。社员中也有赞同秀苇的，也有赞同柳霞的，争辩起来，最后他们走来问四敏。

"我同意用'海燕'。"四敏眯着眼微笑地看看大家，又问秀苇，"干吗你非得有个'红'字不可呢？"

"红是强烈的颜色，代表反抗。"

"但重要的不在名称，而在刊物的内容。"四敏说，"名称淡一点好。应当从大处着想。"

四敏的答话永远是那么简短，平淡无奇，但不知什么缘故，听的人总自然信服，连好辩的秀苇也没有话说。

《怒潮》在大华戏院公演五天，场场满座，本来打算再续演三天，但戏院拒绝了。后来才知道，原来戏院经理遭到侦缉处的秘密警告。厦联社暂时不准备跟当局对冲，打算等到暑假的时候，到漳州、泉州各地去演出。

现在他们又忙着"新美术展览会"的筹备工作了。这次征集的展览品主要是侧重有宣传价值的。剑平和四敏都被选作展览品的鉴选人。

这天午后，剑平在厦联社的大厅里，把征集来的展览品重新选编。

周围很静，秀苇在屏风后面翻阅报纸。

一阵格登登的皮鞋声从外面进来，把书柜的玻璃门都颤响了。剑平回头一看，一个胖胖的青年走进来，他方头大耳，小得可怜的鼻子塌在鼓起的颊肉中间，整个脸使人想起压扁了的柿饼，臃肿的脖子，给扣紧的领圈硬挤出来，一股刺鼻的香水味，从他那套柳条哔叽西装直冲过来。

"四敏兄在吗？"来人温文尔雅地问道，微微地弯一弯腰说，"我是他的朋友。"

"他刚出去。"剑平回答。

来人便向剑平说明来意，他说他要约四敏到他家去选他的画。他再三表示谦虚地说：

"哪一种画才算有教育意义的，我自己辨别不出。"他没有等剑平回答，立刻又问，"请问贵姓大名？"

"我叫何剑平。"

"原来是何剑平先生！"来人叫起来，和剑平握手，显出一个老练交际家的风度，"有空请和四敏兄一起上我家，你也是鉴选人啊……鄙人叫刘眉——眉毛的眉。前几天我在《厦光日报》发表的木刻'沙乐美'，你该看过了吧？……我已经参加社里的木刻组，最近我们学校成立了一个木刻小组，也是我领导的……"

"我最近也参加了木刻组。"剑平说，"以后希望多多联系。"

刘眉从西装口袋里掏出一个精致的蛇皮小皮包，抽出一张名片来说：

"让我们交换名片。"

"嘻，我没有名片。"

"没关系，没关系。"

刘眉用一种优雅的姿态把名片递到剑平手里。名片上面印着："刘眉。厦门艺术专门学校教授。厦门美术协会常务理事"。

"哪儿来的这么个宝贝……"剑平想。

"何先生，贵处是同安吧？"刘眉忽然又客客气气地问道。

"唔，是同安。"

"怪道呢，你说话还带同安腔，咱们是乡亲。家父也是在同安生长的。家父叫刘鸿川，是医学博士，家祖父是前清举人，叫刘朝福，你大概听过他的名字吧？"

"没有听过。"

"没有听过？"刘眉表示遗憾，"嗳，我不至于打扰你的时间吧？"他从口袋里掏出一束稿子，"这篇稿，请交给四敏兄，希望能赶上《海燕》的创刊号，我这篇文章是向艺术界扔一颗炸弹！我相信将来一发表，新的论战就要开始了……"

剑平把稿子翻开来看看，题目是《论新野兽派与国画》——怪别扭的题目！往下一看，一整行古里古怪的字句跳出来了：

"……新野兽派与国画的合璧，将使我国惊人的绘画突破艺术最高限度，且将以其雄奇之线条与夫大胆潇洒的姿态而出现于今日之艺坛……"

"怪论！原来是这么一颗炸弹……"剑平想，不再往下看了。

"怎么样？请指教。"刘眉表示虚心地问道。

"我外行。我不懂什么叫新野兽派……"

"你太客气了！你太客气了！"刘眉叫着，"何先生，你真老实！……"

剑平正闹不清刘眉为什么说他老实，突然，屏风后面传出一阵低低的笑声，秀苇走了出来。

"哦，秀苇，你也在？"刘眉有点尴尬，"我们正谈得投机……"

"得了，得了，"秀苇冲着刘眉不客气地说，"又是医学博士，又是前清举人，又是扔炸弹，够了吧？"

"秀苇，你真是，"刘眉显着庄重地说，"我跟何先生是初次见面，彼此交换些意见……"刘眉一边说一边看手表，"我得走了，我还有约会，对不起，对不起。"

不让秀苇有往下说的机会，刘眉礼貌十足地跟剑平和秀苇点头，就扭转身走了。

　　剑平暗暗好笑。

　　"你怎么会认识他？"

　　"他呀，从前在集美中学跟我同学，高我三级，后来听说到上海混了几年，回来竟然是'教授'了。"

　　"哦，原来如此。"剑平笑了。

　　…………

附：诗歌咏厦门

题延平故垒

蔡元培

叱咤天风镇海涛，
指挥若定阵云高。
虫沙猿鹤有时尽，
正气氤氲不可淘。

（据蔡元培手稿）
中华民国十六年一月来此凭吊

过平户延平诞生处

苏曼殊

行人遥指郑公石，
沙白松青夕照边。
极目神州余子尽，
袈裟和泪伏碑前。

乘轮绕鼓浪屿

谢觉哉

春风一舸载明珠，
雾作钗鬟浪作趺。
楼阁参差花正发，
客来不复羡仙居。

日光岩题壁

蔡廷锴

心存只手补天工，
八闽屯兵今古同。
当年故垒依然在，
日光岩下忆英雄。

游鼓浪屿

连　横

依剑来寻小洞天，
延平旧迹委荒烟。
一拳顽石从空坠，
五色蛮旗绝海悬。
带水尚存唐版籍，
伏波已失汉楼船。
日光岩畔钟声急，
时有鲸鱼跋浪前。

夏日过鼓浪屿饮程玙嘉将军署中

张煌言

入林偏爱晚凉生，
灌木疏疏坠月明。
鹤梦到山原独醒，
蝉声绕树有余清。
不堪归兴逢人急，
真觉炎趋较世轻。
相对素心聊一醉，
盘飧何用五侯鲭！

鼓浪洞天

江　煦

石室何人作洞天，
朝曦乍上照岩前。
诗僧应许开莲社，
浴日同参米十禅。

菽庄四咏

许南英

听潮楼

一辈旧人尝往返，十年豪气已除删。

倚栏顾盼兼天浪，举手招呼旧岸山。

澎湃潮声都入耳，参差黛色尽开颜。

客来莫话沧桑事，容我浮生片刻闲。

眉 阁

桥下一渠添勺水，阶前万种列盆花。

绿杉落日司空屋，黄草秋风老杜家。

可有渔人寻晋魏，偶同农父话桑麻。

高吟四壁飞天籁，兀坐忘机树影斜。

芦 溆

凿石成隍引海流，黄芦多处系扁舟。

青山树里新蜗屋，红蓼花时小鹭洲。

细浪频吹来有约，懒云欲出暂勾留。

头衔且署清凉士，仁看天容气已秋。

蕙香榭

穷途薄命有知音，一笑相逢证素心。

名士美人香草意，孤臣山鬼女萝吟。

与君入室言宜佩，招我归山迹可寻。

领取祖香清气味，自从海外到于今。

水操台（二首）

李 禧

凤凰山下飒天风，春水艨艟泛碧空。
老马只今怜少侠，看花谁解吊英雄。
剿夷崖蠹铭文古，飞蝠山深夜色濛。
能挽郑舟威海国，却饲金豹寇瀛东。

跃入龙泉一剑横，古津端合谥延平。
青山劫后名园出，白右滩前夜月明。
谁遣铜驼零涕泪，可怜海石咽涛声。
水犀军起藤牌在，却忆沙虫国姓兵。